Sündhafte Vermählung

(Wicked Horse Vegas, Buch Vier)

von
Sawyer Bennett

Copyright

Besuchen Sie Sawyer im Netz!
sawyerbennett.com
twitter.com/bennettbooks
facebook.com/bennettbooks

Ebenfalls von Sawyer Bennett

Wicked Horse Vegas – Die Serie:
Sündhafter Gefallen (Buch Eins)
Sündhaftes Begehren (Buch Zwei)
Sündhafte Eifersucht (Buch Drei)
Sündhafte Vermählung (Buch Vier)
Sündhafte Entscheidung (Buch Fünf)
(ab Ende April 2019 erhältlich)

Affären vor Gericht – Die Serie:
Affären vor Gericht: Die Geschichte von McKayla
(Buch Eins)
(ab Ende März 2019 erhältlich)

The Wicked Horse – Die Serie:
Wicked Fall (Buch 1)
Wicked Lust (Buch 2)
Wicked Need (Buch 3)
Wicked Ride (Buch 4)
Wicked Bond (Buch 5)
(ab Anfang April 2019 erhältlich)

Inhalt

KAPITEL 1

Andrew

HEUTE HABEN MEINE beiden besten Freunde Dane und Avril geheiratet und ich kann es nicht leugnen … dieser Umstand ändert alles. Natürlich veränderten sich die Dinge bereits, als wir uns auf eine sexuelle Dreierbeziehung miteinander eingelassen haben. Ich meine, seien wir doch ehrlich … in dem Moment, in dem Avril anfing, meinen Schwanz zu reiten, während Dane sie in den Arsch fickte, ist die Dynamik unserer Freundschaft ziemlich durcheinandergebracht worden.

Und dann hat sich wieder alles verändert, als mir klar wurde, dass mein bester Freund und mein süßes Mädchen Avril im Begriff waren, sich ineinander zu verlieben, sogar als wir drei uns noch ein Bett teilten. Es war ein wildes, erotisches Abenteuer, auf das ich mich mit den beiden für einige Wochen begeben hatte, aber ich erkannte schnell, dass Dane und Avril zusammen etwas Besonderes sind. Deswegen blieb mir nichts anderes übrig, als Abstand zu nehmen.

Ich bin heilfroh, dass unsere freundschaftlichen Bande, die wir bereits in unserem ersten Collegejahr geknüpft haben, stark genug waren, um das Geschehene auszuhalten. Und ich kann gar nicht sagen, wie dankbar ich bin, dass mein Herz dazu imstande war, das alles unbeschadet zu überstehen.

Wenn ich gedacht hätte, dass ich in irgendeiner Form Reue oder Sehnsucht verspüren würde, sobald Avril in ihrem weißen Hochzeitskleid die Kirche betritt, hätte ich falschgelegen. Der Tag war einfach durch und durch perfekt, ab dem Moment, in dem ihr Vater mit ihr den halben Weg durch die Kirche bis zu mir geschritten ist – und ich sie dann den Rest des Weges geführt habe, um sie Dane zu übergeben –, bis hin zu den wunderbaren Ehegelübden, die beide selbst geschrieben haben, und dem anschließenden Hochzeitsempfang.

Die darauffolgende Hochzeitsparty wurde von mir ausgerichtet, aber Dane und Avril nahmen es mir nicht übel, dass ich mich entschuldigte, bevor es zum Wurf des Strumpfbandes kam. Ich hatte keine Lust, dass dieses Ding auch nur in meiner Nähe landet, denn während dieser ganzen Sache hatte sich noch etwas verändert.

Von jemandem, der immer fest an die wahre Liebe geglaubt hat, habe ich mich in einen Mann verwandelt, der sich nicht mehr vorstellen kann, dass sie ihm begegnen würde. Ich meine, ich war der Romantiker von uns dreien. Ich war derjenige, der immer von Hochzeit, Kindern und einem Häuschen im Grünen geträumt hat.

Dane hatte sich streng der Genusssucht verschrieben und Avril war einfach zu praktisch veranlagt gewesen, wenn es um die Liebe ging.

Doch als dann diese sehr seltsame, aber außerordentlich befriedigende Dreiecksgeschichte passierte, wurde plötzlich alles auf den Kopf gestellt. Dane und Avril sind jetzt schwer verliebt und befinden sich in einer festen Beziehung miteinander, und ich bin nun derjenige, der davon überzeugt ist, dass sich ihm diese Sache mit der wahren Liebe nie eröffnen wird.

Aber das ist schon in Ordnung.

Ich habe meine Arbeit, das ist etwas Wichtiges.

Ich bin gesund.

Ich habe Geld. Sehr viel sogar.

Und wenn ich vögeln will, besitze ich nun auch eine Mitgliedschaft im Wicked Horse, dem erstklassigen Sex-Club in Las Vegas.

Was brauche ich denn sonst noch weiter?

Ich verlasse den Country Club, in dem der Hochzeitsempfang schon bald vorbei sein wird. Dane und Avril fliegen am frühen Abend nach Tokio, wo sie ihre Flitterwochen verbringen werden. Sie sagten, sie hätten vor, zwei Wochen zu bleiben, aber ich kenne sie sehr gut. Beide sind arbeitssüchtig und ich wette, dass sie innerhalb von sieben Tagen zurück sein werden.

Zehn, maximal.

Während sie weg sind, werde ich die Leitung von Caterva übernehmen, dem milliardenschweren Biotech-

Unternehmen, das Dane nach unserem Collegeabschluss gegründet hat und an dem Avril und ich eine bedeutende Anzahl an Anteilen besitzen. Als wissenschaftlicher Leiter beaufsichtige ich sämtliche Forschungs- und Laborein-richtungen bei unserem Vorhaben, eine komplexe Krankheitsanalyse aus nur einem Tropfen Blut zu erstellen. Das ist etwas vollkommen Revolutionäres. Einige würden es sogar als Wunder bezeichnen. Es hat uns ebenfalls stinkreich gemacht, aber das Geld ist nicht das, was uns drei antreibt.

Wir tun es, um die Welt zu verändern.

Tatsächlich ist es sogar so, dass ich an nichts anderes denken kann, als nach Hause zu fahren, diesen Smoking auszuziehen und mich den ersten Testberichten eines neuen Bild-Zytometers zu widmen, das wir derzeit entwickeln und von dem wir hoffen, es schon bald patentieren lassen zu können. Oder ich werde vielleicht kurz im Wicked Horse vorbeischauen. Ich habe schon seit einigen Wochen keinen Sex mehr gehabt und die Beziehung, die ich mit meiner Hand habe, ermüdet mich langsam.

Trotz meines immensen Reichtums mache ich mir keine Gedanken darum, dass ich weniger lässig wirken könnte, als ich meinen unscheinbaren grauen Subaru starte. Ich wohne in einer teuren Eigentumswohnung, die nur einige Vegas-Häuserblocks von Caterva entfernt liegt, und gehe jeden Tag zu Fuß zur Arbeit. Ich besitze diesen Komfort-Geländewagen nun beinahe schon drei

Jahre und habe mit ihm kaum zehntausend Kilometer zurückgelegt. Während ich durch die Außenbezirke in Richtung Stadt fahre, erhöhe ich den Tachostand um weitere fünfundzwanzig Kilometer.

Ich fahre auf der Bundesstraße 564 in westlicher Richtung nach Las Vegas und klappe die Blende herunter, um meine Augen vor dem Leuchten der untergehenden Sonne zu schützen. Trotz meiner Ray-Ban-Sonnenbrille sind die Strahlen auf dem ausgebleichten Asphalt und dem Wüstensand so grell, dass ich Kopfschmerzen bekomme. Ich blicke auf den Knopf am Radio und ändere den Sender, sodass nun statt der Foo Fighters die Musik von Soundgarden ertönt. Als ich den Kopf wieder hebe, muss ich gleich zweimal hinsehen, weil ich überzeugt bin, dass sich mir soeben meine erste Fata Morgana präsentiert.

Dort auf dem Seitenstreifen ... geht eine Frau in meine Fahrtrichtung – eine Frau in einem bodenlangen, trägerlosen, leuchtend weißen Hochzeitskleid. Sie trägt sogar einen Schleier, der an ihrem Hinterkopf befestigt ist und wegen eines leichten Nordwindes nach rechts weht. Ihr dunkles Haar ist zu einem losen Dutt zusammengebunden und herausgefallene Strähnen fliegen in dieselbe Richtung. Schockierender als eine Braut mitten in der Wüste ist jedoch die Tatsache, dass sie ihren linken Arm mit geballter Faust und nach oben gerichtetem Daumen ausgestreckt hat. Mit ihrem anderen Arm hält sie eine braungraue Umhängetasche fest.

Sie läuft tatsächlich in einem Hochzeitskleid eine Wüstenstraße entlang und trampt.

Ich befinde mich mit ihr etwa auf gleicher Höhe, bevor ich auf die Bremse steige. Ich fahre vor ihr auf den Seitenstreifen und sehe dann zu, wie sie auf der rechten Seite zu meinem Wagen kommt. Ich betätige den Knopf, um das Beifahrerfenster herunterzulassen, und nehme meine Sonnenbrille ab.

Die Frau duckt sich, um hereinzublicken, und für einen Moment bin ich sprachlos. Nicht wegen ihrer Schönheit – obwohl sie wirklich sehr hübsch ist –, sondern wegen der wilden Entschlossenheit in ihrem Gesicht. Mit festem Blick und angespanntem Kiefer fragt sie: »Kannst du mich bis in die Stadt mitnehmen?«

»Willst du nicht einmal wissen, ob ich ein Serienmörder bin oder so etwas?«, entgegne ich. Denn ernsthaft, welche Frau fährt heutzutage schon per Anhalter?

»Wegen eines Mordes in deinem Wagen solltest du angesichts meiner Laune eher Angst vor mir haben.«

Wir starren einander einige Augenblicke an, während ich darüber nachdenke, ob ich wirklich in Gefahr bin, und ebenfalls die Tatsache bewundere, dass es sie überhaupt nicht zu kümmern scheint, wenn sie es wäre.

Ich nicke mit dem Kopf in Richtung Beifahrersitz und gebe ihr die Einladung, auf die sie gehofft hat: »Steig ein.«

Ihr Gesicht wird sofort freundlicher, was mir kurz die Gelegenheit gibt, ihre hohen Wangenknochen, die kleine Nase und vollen Lippen zu bewundern, die pfirsichfarben schimmern. Ihre blauen Augen sind kristallklar und haben den Farbton eines Morgenhimmels, aber mir fällt auf, dass sie ebenfalls rot umrandet sind.

Sie öffnet die Wagentür und hebt ihren Rock gerade genug an, um ungehindert einzusteigen. Mein Blick fällt auf ein Paar Turnschuhe und ich muss mir ein Grinsen verkneifen.

Eine echte entlaufene Braut.

Ihr Kleid sieht nicht so aus, als würde sich unter dem Rock ein Tüllgebilde mit einem Durchmesser von zwei Metern befinden, denn es ist eher glatt und modern. Mir entgeht nicht, dass die Verzierungen vollständig aus Spitze bestehen und – das fällt sogar mir als Kerl auf – extrem detailliert verarbeitet sind. Sie zieht ächzend die Tür hinter sich zu und lehnt sich dann zurück.

»Harter Tag?«, vermute ich.

»Ich hatte schon härtere«, murmelt sie und starrt durch die Windschutzscheibe nach draußen. Sie dreht sich etwas zu mir, das Profil ihres Gesichts ist so gut wie ausdruckslos. »Der Tag, an dem mein Vater beim Wandern mit mir einen Herzinfarkt erlitt und ich mitten im Nirgendwo neben seinem toten Körper sitzen musste, während ich darauf wartete, dass Hilfe kommt.«

»Oh Gott!«, entfährt es mir vor Überraschung an

diesen schrecklichen Gedanken.

»Aber ja ... der heutige Tag war nur annähernd weniger schlecht.«

»Ich habe fast schon Angst zu fragen, was passiert ist, wenn es dem so nahe kommt«, sage ich und blicke sie von meinem Sitz aus an.

Sie betrachtet mich einen Moment, dann seufzt sie. »Ich war bereit dazu, den Mann meiner Träume zu heiraten. Oder zumindest habe ich das gedacht. Die Kirche war voll besetzt und ich kurz davor, den Gang entlangzuschreiten, und dann hoppla ... habe ich etwas auf dem Telefon meiner Brautjungfer gesehen, das nicht für meine Augen bestimmt war.«

»Und was war das?«, frage ich, krankhaft fasziniert und gleichzeitig ängstlich, die Antwort zu erfahren.

»Eine Nachricht, die sie gesendet hatte, kurz bevor sie den Raum verließ, um zur Toilette zu gehen«, sagt sie schulterzuckend und wendet ihre Aufmerksamkeit wieder auf die Straße vor uns. »An meinen Verlobten. Gefolgt von einem Foto. Das sie und ihn zusammen zeigt. Beim Sex. Mit dem Trauzeugen.«

»Wie bitte?«, frage ich, erstaunt wegen des anzüglichen Bildes, das diese arme Frau nur Augenblicke vor ihrer Hochzeit sehen musste. Trotzdem macht mich ihre ruhige Stimme neugierig.

Sie sieht mich wieder mit diesen Augen an und in ihren Worten ist keinerlei Emotion zu hören. »Ich hatte den Verdacht, dass irgendetwas nicht stimmt. Ein

Bauchgefühl, weißt du? Aber es war nichts, das ich jemals hätte konkret benennen können. Deswegen war ich auch nicht wirklich überrascht, als ich das Bild von den beiden gesehen habe. Ich war jedoch schockiert, dass auch der Trauzeuge auf dem Foto abgebildet war. Willst du es sehen?«

Nein. Auf gar keinen Fall.

»Sicher«, antworte ich, denn es scheint, als wollte sie ihren Schmerz teilen.

Die Frau kramt in ihrer Handtasche herum, dann zieht sie ihr Telefon hervor. Sie tippt einige Male auf dem Bildschirm herum, bevor sie es umdreht und mir hinhält. »Ich habe es an mich weitergeleitet. Auf diese Weise habe ich den Beweis und weiß, dass ich nicht verrückt bin, weil ich aus der Kirche gestürmt bin, ohne irgendjemandem ein Wort zu sagen.«

Ich blicke kurz auf ihr Telefon.

Und verdammt ... das Foto ist wirklich scharf. Ich habe mich mit Avril und Dane in der gleichen Position befunden. Keine Ahnung, welcher Typ der Verlobte und welcher der Trauzeuge ist, aber das Foto zeigt eine heiße Blondine auf allen vieren, mit einem Schwanz im Mund und einem anderen von hinten in ihrer Muschi.

»Weißt du, was ich am schlimmsten finde?«, fragt sie leise und ich blicke sie an. Sie steckt das Telefon zurück in die Tasche. »Wer hat das Foto gemacht? Es bedeutet, dass dort noch jemand war, höchstwahrscheinlich ein weiterer Mann. Ich meine, ich bezweifele, dass es eine der anderen Brautjungfern war, aber was weiß ich unter diesen Umständen schon genau, außer dass diese Brautjungfer – die meine beste Freundin ist – eine echte Hure ist. Und mein Verlobter ist das größte Arschloch der Welt. Ich kann dem Trauzeugen wirklich keine Vorwürfe machen. Er ist derzeit ungebunden und hat nichts falsch gemacht, es sei denn, man würde ihn dafür verantwortlich machen, dass er es nicht geschafft hat, den Schwanz meines Verlobten aus der Muschi meiner besten Freundin herauszuhalten.«

Ihr entfährt ein stotternder Atemzug, dann rutscht sie, scheinbar erschöpft von ihrem Geständnis, noch tiefer auf ihrem Sitz nach unten.

Ich sage ihr nicht, dass ich weiß, wer das Foto gemacht hat. Ich habe ganz genau erkannt, wo es aufgenommen wurde, nämlich im Wicked Horse. Sie befanden sich im Orgienzimmer, wo die Kellnerinnen nur allzu bereit sind, sämtliches Treiben für die Ewigkeit festzuhalten, wenn einer der Teilnehmer sie bittet, ein Foto zu machen. Ich bin mir sicher, dass eine von ihnen den Schnappschuss gemacht hat, aber welche Art von Brautjungfernschlampe würde denken, dass es eine gute Idee sei, es dem Verlobten nur wenige Augenblicke vor der Hochzeit mit dieser Frau zu schicken?

Das ist wirklich eine vollkommen kranke Scheiße.

»Dann hast du die Hochzeit also abgesagt?«, vermute ich.

»Ich bin von der Hochzeit weggelaufen«, korrigiert

sie mich. »Ich denke mal, dass sie schon früh genug herausfinden werden, dass es keine Zeremonie geben wird.«

»Deswegen trägst du Turnschuhe«, sage ich und nicke nach unten zu ihren Füßen.

»In Krisensituationen behalte ich scheinbar einen sehr kühlen Kopf«, antwortet sie mit beinahe schon stolzem Unterton.

»Wie kommt es, dass dir niemand nachgelaufen ist?«, frage ich. »Es ist schon etwas verwunderlich, eine Frau in einem Hochzeitskleid die Straße entlanggehen zu sehen.«

Sie zuckt mit den Schultern. »Ich habe die Brautjungfer zur Rede gestellt und sie hat so sehr gestottert, dass ich denke, sie könnte eventuell einen Anfall bekommen haben. Dann habe ich ihr gesagt, dass ich einige Minuten allein sein wollte, um das Gesehene zu verarbeiten, und habe sie gebeten zu gehen. Nachdem sie die Tür des Ankleidezimmers hinter sich geschlossen hatte, habe ich den Schlüssel umgedreht. Ich habe meine Pumps abgestreift, meine Turnschuhe angezogen und bin mit meinem Kleid bis zu den Hüften hochgerafft aus dem Fenster geklettert. Ich habe mir nicht einmal die Zeit genommen, das Kleid auszuziehen, denn ich wollte nur noch weit weg sein von allem. Ich konnte es nicht einmal ertragen, meinem Verlobten zu begegnen und mir all seine Ausreden und Entschuldigungen anzuhören. Tatsächlich würde ich wetten, dass Tara – das ist meine Brautjungfer – vermutlich immer noch vor der Tür steht und darauf wartet, dass ich die Dinge ›verarbeite‹.«

Der Gedanke an die verstörte Brautjungfer, die draußen vor der Tür steht, und an den Verlobten, der keinen Schimmer hat, dass seine Braut ihm abgehauen ist, ist sicherlich amüsant. Ich schalte den Wagen in den Fahrmodus und nach einem schnellen Blick in den Rückspiegel gleite ich zurück auf die Straße. Ich kenne diese Frau weniger als zwei Minuten und doch ist sie vermutlich die faszinierendste Kreatur, die mir jemals begegnet ist.

»Wohin soll ich dich bringen?«, frage ich.

»Ins Bellagio«, murmelt sie müde. »Ich werde meine Koffer packen und dann versuchen, für heute Abend einen Flug nach San Diego zu bekommen.«

»Darf ich dir einen anderen Vorschlag machen?«, frage ich ganz spontan.

»Und der wäre?«

»Lass uns stattdessen in eine Bar gehen«, sage ich. »Ich kenne ein abgelegenes Lokal ganz in der Nähe. Wir werden dich furchtbar betrunken machen, damit du das Arschloch und die Hure vergessen kannst. Ich zahle und werde ebenfalls dafür sorgen, dass du sicher in deinem Hotelzimmer ankommst.«

»Weil du kein Serienmörder bist«, fügt sie hinzu.

»Ganz sicher nicht«, entgegne ich souverän.

Sie bleibt still. Ich nehme mir einen Moment und wende meinen Blick von der Straße zu ihr und dann wieder zur Straße. Aber in diesem kurzen Augenblick sehe ich den gleichen Ausdruck von wilder Entschlossenheit, der ihr bereits im Gesicht stand, als sie durch mein Wagenfenster geblickt hat.

»Weißt du was?«, fragt sie mit seltsam heiserer Stimme. »Tun wir das. Ich habe Lust, mich so richtig volllaufen zu lassen.«

KAPITEL 2

Brynne

»ICH BIN ÜBRIGENS Brynne«, sage ich zu meinem neuen Freund, dem ich mein Glas mit einem Schluck Bourbon zum Anstoßen hinhalte. »Brynne Adams.«

Er grinst und ich habe das Gefühl, dass es falsch von mir ist, fasziniert davon zu sein, wie attraktiv er aussieht. Vor weniger als einer Stunde hätte ich heiraten sollen und jetzt sitze ich in einer Bar und betrinke mich mit einem völlig fremden Mann, der mich an Chris Hemsworth erinnert.

Und nicht an irgendeinen Chris Hemsworth, sondern den, der in die Arena hinaustritt, nachdem Stan Lee ihm in *Thor: Tag der Entscheidung* die Haare abgeschnitten hat. Dunkelblond, kurz geschnittenes Haar, das jedoch nicht übermäßig dicht an seinem Kopf anliegt und helle Strähnchen aufweist, als würde er sehr viel Zeit draußen verbringen. Er ist magerer als Thor, aber es gibt keinen Zweifel, dass sich unter dem unfassbar gut sitzenden Smoking ein muskulöser Körper verbirgt. Ich schätze ihn als einen Bauarbeiter ein.

Er hebt sein eigenes Glas mit dem Bourbon und stößt es mit meinem zusammen. »Ich bin Andrew Collings. Ich höre auf die Namen Andrew oder Drew.«

»Angenehm«, sage ich, bevor ich den Alkohol hinunterstürze. »Und nur damit du es weißt, ich vertrage nicht besonders viel. Wenn du nicht scharf darauf bist, dass ich kotzend über dem Klo hänge, würde ich mich an deiner Stelle nicht mehr viele von diesen Dingern trinken lassen. Vielleicht wäre Bier besser.«

Andrew lacht und dreht sich sofort leicht zur Seite, um eine Hand zu heben und die Aufmerksamkeit des Barkeepers zu bekommen. »Zwei Summer Ales«, ruft er und mir gefällt es, dass er für mich mitbestellt hat. Das hat etwas sehr Machohaftes und Selbstsicheres. Weil mein Stolz und mein Herz heute Nachmittag heftige Schläge haben einstecken müssen, lasse ich es zu, dass er es mir leicht macht.

»Warum trägst du einen so schicken Smoking?«, fällt es mir plötzlich ein zu fragen. Ich bin sicher, er muss gedacht haben, dass ich einen beeindruckenden Anblick geboten habe, wie ich in meinem Hochzeitskleid die Straße entlanggelaufen bin, ich habe mir jedoch keine Gedanken darüber gemacht, dass er so formell gekleidet ist.

»Ich bin tatsächlich gerade erst von einer Hochzeit gekommen«, sagt er.

»Hat der Bräutigam es in irgendeiner Weise mit der Brautjungfer getrieben?«, frage ich zweifelnd.

»Kein bisschen.«

Ich hebe den Kopf und verkünde: »Nun, da siehst du es. Für einige Menschen existiert die wahre Liebe noch immer.«

Der Barkeeper hat uns in kurzer Zeit unsere Getränke eingeschenkt, weil wir zwei von insgesamt nur fünf Gästen in der gesamten Bar sind. Es ist nicht direkt eine Spelunke, aber dieser Ort ist weit davon entfernt, edel zu sein. Doch so wie es aussieht, scheint das Geschäft gut zu laufen, denn die Bar ist sauber und bietet Markenspirituosen sowie zahlreiche Biere von kleineren Brauereien an. Ich nehme an, dass heute Abend sehr viel mehr los sein wird.

Wir sitzen nebeneinander an der Theke und Andrew zieht sein Bier näher zu sich heran. Der Barkeeper hat unseren Aufzug weder eines Blickes gewürdigt, noch hat er sich die Mühe gemacht zu fragen, warum ein Mann in einem Smoking und eine Frau in einem Hochzeitskleid samstags um siebzehn Uhr in seinem Laden sitzen und trinken. Das lässt mich vermuten, dass er bereits seltsamere Dinge gesehen hat.

Ich streiche mit einem Finger über das kühle Bierglas und lasse das Brennen des Bourbons in meinem Magen auf natürliche Weise abklingen, bevor ich einen Schluck nehme.

»Du sagtest, du würdest zurück nach San Diego

fliegen«, bemerkt Andrew und ich richte meinen Blick auf ihn. »Kommst du von dort?«

Ich nicke. »Ich habe mein ganzes Leben dort verbracht, mit Ausnahme von acht Jahren in L.A., wo ich Zahnmedizin studiert habe.«

»Natürlich bist du Zahnärztin«, sagt er mit wissendem Blick. »Du hast ein umwerfendes Lächeln.«

»Flirtest du mit mir?«, frage ich geradeheraus, aber ich kann nicht verbergen, dass sich meine Mundwinkel bei seinem Kompliment unfreiwillig nach oben verziehen.

»Ich bin mir nicht sicher«, gesteht er, bevor er einen Schluck von seinem Bier trinkt. Nachdem er es auf dem Holztresen abgestellt hat, fügt er hinzu: »Du befindest dich in einer verletzlichen Situation. Du wirst betrunken werden. Ich kann mich nicht entscheiden, ob ich mit dir flirten soll oder nicht.«

Ich lege den Kopf in den Nacken und lache.

Ich spüre den Zug meines Schleiers im Haar, als ich mich wieder aufrichte.

Kurzerhand greife ich nach hinten, reiße mir das Ding vom Kopf und lasse es achtlos zu Boden gleiten. Ich entferne die Haarnadeln der aufwändigen Hochsteckfrisur, lege sie auf den Tresen und kratze mir mit den Fingern über die Kopfhaut, damit mein Haar herunterfällt.

Das Brennen in meinem Magen ist verschwunden, also nehme ich mein Bier und trinke einen großen

Schluck, bevor ich es wieder abstelle. Als ich zurück zu Andrew blicke, frage ich: »Was machst du eigentlich beruflich? Du weißt schon, wenn du nicht gerade hilflose, sitzen gelassene Bräute aufliest.«

»Ach, also ... ich bin Mikrobiologe. Ich arbeite für ein Unternehmen mit Namen Caterva.«

»Du arbeitest für Caterva?«, frage ich ehrfürchtig und mir bleibt ein klein wenig der Mund offen stehen.

»Du kennst die Firma?«

»Also, ja ... jeder, der etwas auf sich hält und mit der Wissenschaft und Medizin Schritt halten will, kennt Caterva. Ihr entwickelt eine Maschine, die nur einen einzigen Tropfen Blut auf Dutzende verschiedene Krankheiten untersuchen kann.«

Andrews Gesicht bekommt eine leichte Röte, aber in seinen Augen ist klar der Stolz zu erkennen. »Das sind wir.«

»Und was machst du dort genau? Forschung? Tests?«, frage ich vollkommen von den Socken. So viel also zu meiner Bauarbeiter-Theorie.

»Ich bin der wissenschaftliche Leiter. Ich beaufsichtige die Labor- und Produkttests.«

Heilige Scheiße. Der wissenschaftliche Leiter?

Für mich ist das in etwa so, als würde ich einen Rockstar treffen. Jeder, der in irgendeiner Form mit Medizin zu tun hat – oder sogar wie ich mit Zahnmedizin –, hat Caterva dabei beobachtet, wie es diese beinahe schon Science-Fiction-gleiche Technologie entwickelt hat. Ich fühle mich wie eine Fachidiotin, als es aus mir heraussprudelt: »Ich war einmal bei einem Vortrag von Dane Hawthorne an der Universität von Los Angeles. Er ist ein echtes Genie.«

»Er ist wirklich unfassbar klug. Ein großartiger Unternehmer.«

»Ein ausgesprochener Tony Stark«, sage ich kichernd. »Und er sieht sogar wie Tony aus.«

»Ja, den Vergleich hat vorher noch niemand gezogen«, murmelt er gutmütig.

»Wenn du dich damit besser fühlst«, teile ich ihm aufrichtig mit, »ich finde ja, dass du aussiehst wie Thor.«

»Du meinst hoffentlich Thor aus *Tag der Entscheidung* und nicht Thor aus *Dark Kingdom*«, sagt er mit übertrieben dramatischem, flehendem Blick.

Ich muss lachen. »Definitiv *Tag der Entscheidung*.«

»Jetzt bist du aber diejenige, die mit mir flirtet«, stellt er fest.

»Vielleicht«, antworte ich und grinse über den Rand meines Bierglases, bevor ich einen weiteren großen Schluck nehme.

◆

»Siehst du, das ist einfach nur falsch«, sage ich zu Andrew und wedele mit einem Finger vor seinem Gesicht herum. Ich lalle meine Worte zwar etwas, aber ich bin auf gar keinen Fall kurz davor, absolut betrunken zu sein und mich übergeben zu müssen. Ich bin gerade sehr fröhlich und aufgekratzt. »Für jemanden, der als wissenschaftlicher Leiter eine große Nummer ist, schaust du nicht gerade sehr weit über deinen eigenen Tellerrand hinaus.«

Andrew bleibt standhaft und auf seinem Gesicht zeichnet sich ein leichter Ekel ab. »Nein. Niemals. Auf gar keinen Fall. Du wirst mich niemals davon überzeugen können, dass Ananas auf eine Pizza gehört.«

Er dreht sich um und bedeutet dem Barkeeper, unsere Gläser erneut zu füllen. Ich habe den Überblick verloren, wie viele wir bereits getrunken haben, aber zumindest sind wir nach unserem ersten Kurzen dem Schnaps ferngeblieben.

»Süß und salzig!«, rufe ich aus. »Das ist die beste von allen Geschmackskombinationen. So wie Speck, der mit Schokolade überzogen ist.«

Er zieht eine Grimasse und presst seine Lippen aufeinander, sodass seine Grübchen zum Vorschein kommen. »Okay, das ist jetzt einfach nur widerlich.«

»Salzkaramell?«, frage ich.

»Nicht ganz so widerlich«, gibt er zu.

Ich kann mir nicht helfen und grunze, eine unglückliche Nebenerscheinung, die auftritt, wenn ich zu viel getrunken habe. »Salzkaramell. Ich hätte wissen sollen, dass Jesse nicht ganz richtig im Kopf ist.«

»Jesse?«, fragt Andrew und zieht verwirrt die Augenbrauen zusammen.

»Das Arschloch«, erkläre ich. Bisher habe ich meinen

Verlobten nur mit dem Wort *Arschloch* bezeichnet.

»Was hat Salzkaramell mit dem Arschloch zu tun?«, will Andrew mit einem gemütlichen Lächeln wissen. Wir sitzen hier beinahe schon zwei Stunden, unterhalten uns über die dümmsten Sachen, die man sich vorstellen kann, und es geht mir einfach großartig. Ich habe mein Telefon ausschalten müssen, um die permanenten Anrufe und Nachrichten zu stoppen, die von dem Arschloch Jesse, der Hure Tara und einer Menge anderer besorgter Freunde und Familienmitglieder bei mir eingegangen sind.

»Jesse wollte bei unserem Empfang einen ›charakter-istischen Drink‹«, sage ich und meine Stimme bebt leicht. »Ich meine … welcher Mann entscheidet sich für einen Salzkaramell-Martini als seinen charakteristischen Cocktail? Das war ganz sicher ein Warnsignal.«

Andrews Lächeln verändert sich von belustigt zu mitfühlend, als sich das Gesprächsthema wieder meinem unfähigen, betrügerischen Verlobten zuwendet.

Es überrascht mich, als Andrew seine Hand ausstreckt und auf meine legt, die sich auf dem Tresen neben meinem leeren Bierglas befindet. »Es tut mir leid, Brynne. Du wurdest wirklich auf die beschissenste Art und Weise hintergangen und hast es dann noch an dem Tag herausgefunden, der der glücklichste deines Lebens hätte werden sollen. Und es ist dir gelungen, dir deswegen nichts anmerken zu lassen. Das bewundere ich.«

»Sollte ich trauriger sein, als ich es gerade bin?«, frage ich und fühle mich mit einem Mal schuldig, weil ich hier sitze und darüber diskutiere, ob Ananas auf eine Pizza gehört.

»Ich bin der Meinung, du solltest dich so fühlen, wie *du* dich fühlen willst«, antwortet er mit einer Weisheit, von der ich mich entscheide, ihr sofort vorbehaltlos zu vertrauen. »Denn das Gefühl ist ganz allein dir überlassen, Brynne, und niemand kann es dir vorschreiben.«

Mit einem freudlosen Lachen deute ich mit meinen Händen auf mein Hochzeitskleid. »Weißt du, dass ich dieses Kleid ausgesucht habe, als ich dreizehn war?«

Er zieht seine Augenbrauen nach oben. »Wie bitte?«

Ich winke mit der Hand ab und schüttele den Kopf. »Nicht um Jesse zu heiraten. Aber ich habe es in einer Zeitschrift entdeckt und fand, es sah wunderschön aus. Ich denke, ich gehörte zu diesen Mädchen, die umgehend angefangen haben, ihre romantische Hochzeit zu planen, auch wenn ich zugeben muss, dass ich damals nicht daran gedacht habe, einen charakteristischen Cocktail anzubieten. Aber ich habe das Bild des Kleides aus der Zeitschrift ausgeschnitten und es mir bis auf das kleinste Spitzendetail am Mieder exakt so schneidern lassen. Es ist mir tatsächlich peinlich, wenn ich darüber nachdenke, nicht nur wie viele meiner Träume in diesem Kleid stecken, sondern auch wie viel Geld ich dafür ausgegeben habe.«

Andrew lacht und nickt. »Das Kleid ist einfach spektakulär. Du hast einen großartigen Geschmack.«

»Ach, naja«, sage ich schulterzuckend, aber ich kann die Traurigkeit in meiner Stimme nicht verbergen. »Da gehen sie hin, die Jahre der Planung, dass ich dieses Kleid bei meiner Traumhochzeit tragen würde. Heruntergespült im Klo von einem Arschloch und einer Hure.«

Die eine Sache, die mir an Andrews gutem Aussehen aufgefallen ist, nachdem ich über sein Thor-gleiches Erscheinungsbild hinweggekommen war, sind seine Augen. Sie sind innen hellgrau und weisen an den Rändern ein dunkleres Blau auf. Jetzt verdunkeln sie sich zu einer Schieferfarbe und scheinen leicht wild zu sein, aber ich kann ein seltsames Leuchten erkennen, bei dem es sich eventuell tatsächlich um Verschmitztheit handeln könnte. Ganz so, als hätte er einen verruchten Plan, vor dem ich mich fürchten sollte, der mir stattdessen jedoch einen Schauer über den Rücken jagt.

»Du solltest heiraten«, murmelt er leise und beugt sich näher zu mir. Abgesehen davon, dass er vor einigen Augenblicken seine Hand auf meine gelegt hat, hat er nichts weiter unternommen, um mich anzubaggern, was ihn mehr als liebenswert erscheinen lässt. Ich spüre rein gar nichts Sexuelles von ihm, eher ein ausgeprägtes Gefühl von Verspieltheit. »Heute Abend. Eine wunderbare Zeremonie mit den teuersten Blumen, eleganter Musik und einem schicken Bräutigam, der seinen Blick nicht von dir abwenden kann, weil dich dieses Kleid noch eine Million Mal schöner macht, als du es bereits bist.«

Meine Kehle wird so trocken wie Sandpapier, während ich ihn anblinzele und seine Worte mich beinahe schon hypnotisieren. Meine Stimme ist rau, als ich frage: »Und um wen würde es sich bei diesem schicken Bräutigam handeln?«

»Um mich natürlich«, antwortet er nüchtern. »Ich trage bereits einen Smoking. Gib mir fünfzehn Minuten und mit drei Anrufen kann ich alles arrangiert haben.«

»Du kannst in nur fünfzehn Minuten eine Hochzeit organisieren?«, frage ich dümmlich und lasse es nicht einmal zu, dass mein betrunkenes und verwirrtes Gehirn versucht herauszufinden, warum um alles in der Welt er mir so etwas anbieten würde.

»Wir sind in Las Vegas, Brynne. Und ich bin stinkreich und habe sehr viele Kontakte. Selbstverständlich bekomme ich das in fünfzehn Minuten organisiert.«

»Ich soll dich heiraten? Heute Abend?« Diese Vorstellung ist vollkommen lachhaft.

»Nun ja … andernfalls wirst du dieses Kleid ausziehen und es ist verschwendet. Wir werden eine wunderschöne Zeremonie haben und viele Fotos machen – wir werden sogar eines davon rahmen lassen und es dem Arschloch und der Hure zusenden. Zumindest wirst du dir dann deinen Traum erfüllen, anstatt später Gefühle der Reue zu haben.«

»Du meinst es wirklich ernst, oder?«, frage ich erstaunt.

»Warum nicht?«, entgegnet er lachend. »Wir sind betrunken. Wir sind abenteuerlustig. Und das Beste von allem ist, ich kann dir beinahe schon garantieren, dass es in Vegas ebenso einfach ist, eine Ehe annullieren zu lassen, wie zu heiraten. Trotzdem wird einer dieser Anrufe an meinen Anwalt gehen, um das bestätigen zu lassen. Lass uns deine Hochzeit feiern und danach gehen wir mit diesem wunderschönen Kleid tanzen bis in die frühen Morgenstunden. Morgen werden wir die Ehe annullieren und beide eine sehr lustige Geschichte haben, die wir den Leuten erzählen können. Was meinst du?«

Ich starre Andrew einen Augenblick lang an. Dieser stinkreiche – seine Worte – und unfassbar brillante Wissenschaftler und nahezu vollkommen Fremde macht den Vorschlag, etwas so Aberwitziges zu tun, dass mir kein guter Grund einfällt, warum ich dazu Nein sagen sollte. Vor nur wenigen Stunden wurde mein Leben von jemandem auf den Kopf gestellt, den ich von ganzem Herzen geliebt und dem ich vertraut habe, und es sollte nicht eine Sache geben, die mich davon abhält, mir das zurückzuholen, was er mir gestohlen hat.

KAPITEL 3

Andrew

»LASS MICH DIE Tür öffnen, dann trage ich dich über die Schwelle«, sage ich zu Brynne, als ich die Einlasskarte an das magnetische Lesegerät halte.

Sie kichert, ein Laut, den ich bei einer erwachsenen Frau für gewöhnlich scheußlich finde, aber bei Brynne klingt es entzückend. Ihre Wangen sind gerötet und aus ihren Augen sprüht immer noch die Energie. »Nun ja, du bist Thor sehr ähnlich, da wäre ein Mädchen ja verrückt, wenn sie sich weigern würde, sich von ihrem Mann über die Schwelle tragen zu lassen.«

Das stimmt. Ich bin ihr Mann, aber spulen wir doch einfach ein wenig zurück, um uns genau anzusehen, wie es dazu gekommen ist.

Ich habe exakt fünfzehn Minuten und drei Anrufe gebraucht, um die Dinge zu organisieren, genau wie ich es ihr versprochen hatte.

Als Erstes rief ich die hübscheste und protzigste Kapelle in Las Vegas an, die ich mit einer Google-Suche ausfindig machen konnte. Mir wurde gesagt, wir würden für den schlanken Preis von fünfundsiebzig Dollar eine Lizenz bei der Heiratsvermittlung von Las Vegas benötigen, und es überraschte mich nicht, als mir außerdem mitgeteilt wurde, dass das Büro dort an den Wochenenden vierundzwanzig Stunden am Tag geöffnet ist. Es gelang mir ebenfalls, eine Limousine zu buchen, die uns abholen würde, sowie eine Blumenexplosion in der Kapelle selbst zu organisieren. Als ich der Frau meine Kreditkartennummer durchgab, sagte ich ihr, sie solle bei der Dekoration keine Kosten und Mühen scheuen. Für den Brautstrauß erbat ich jedoch ganz speziell weiße Calla-Lilien, weil Brynne mir gesagt hatte, dass dies ihre Lieblingsblumen seien.

Als Zweites rief ich einen Juwelier an, bei dem ich zwei einfache Trauringe aus Gold erwerben konnte. Es ist ein Detail, das ich vermutlich auch hätte ignorieren können, weil wir beide ja wussten, dass wir nur zum Spaß heiraten, aber scheiß drauf. Ich bin reich und das bedeutet, dass ich die Möglichkeit habe, diese Sache für Brynne so schön wie möglich zu gestalten.

Der dritte Anruf ging an meinen Anwalt, der mir die Gesetze einer Annullierung erklärte und mir versicherte, dass es ein sehr unkompliziertes Vorgehen sein würde. Ich würde den Prozess in Gang setzen müssen – Klageschrift genannt – und wenn Brynne auf ihren Rechtsanspruch verzichtet, können wir dem Gericht unseren Antrag auf Annullierung vorlegen, der dann innerhalb von zwanzig Tagen bewilligt wird. Die Ehe kann nicht sofort ungültig gemacht werden, aber im Großen und Ganzen betrachtet sind zwanzig Tage gar nichts.

Nachdem wir in der Limousine zur Heiratsver-mittlung gefahren waren, etwa dreißig Minuten lang mit Gleichgesinnten in der Schlange gewartet und uns dann auf den Weg zur Kapelle gemacht hatten, waren wir schon ein ganzes Stück nüchterner geworden.

»Bist du dir sicher, dass du das tun willst?«, fragte sie mich, bevor wir hineingingen. »Ich meine … es war eine lustige Vorstellung, als wir noch angetrunkener waren.«

»Aber selbstverständlich!«, sagte ich mit einem teuflischen Grinsen zu ihr. »Hauptsächlich deshalb, damit wir der Hure und dem Arschloch ein Foto schicken können.«

Ihr Lachen war begeistert und wunderbar und nur ein klein wenig bösartig, was sie mir nur noch attraktiver erscheinen ließ. »Wir haben lediglich etwas Spaß und gehen kein Risiko ein«, fügte ich hinzu, um sie zu beruhigen.

Also traten wir ein und grinsten während der Zeremonie wie Honigkuchenpferde. Es fühlte sich unecht an, weil es unecht war, aber in einiger Hinsicht war es das Wahrhaftigste, das ich jemals getan hatte. Weil das, was wir taten, einem echten Zweck diente. Und der war, Brynne und ihrem sensationellen Hochzeitskleid einen Glanzmoment zu verschaffen.

Es wurde sogar noch wirklicher, als der Pfarrer – der nicht als Elvis verkleidet war, sondern stattdessen einen schicken dunkelgrauen Anzug mit einer altmodischen Krawatte um den Hals gebunden trug – uns in sehr gesittetem Tonfall mitteilte: »Sie dürfen die Braut jetzt küssen.«

Scheiße.

Über den Kuss hatte ich nicht nachgedacht.

Ich meine, ich hatte schon darüber nachgedacht, sie zu küssen, denn sie ist sexy und lebhaft und hat ein zauberhaftes Lächeln, trotz der Tatsache, dass ihr heute ziemliche Scheiße passiert ist. Aber an den »Hochzeitskuss« hatte ich nicht gedacht. Denn auch wenn das alles hier nur Schein ist, fühlt es sich plötzlich verdammt echt an, wenn ein Mann uns die offizielle Erlaubnis erteilt, unsere Münder aufeinanderzupressen, um unser Eheversprechen zu besiegeln.

Es gab kein Zögern. Als meine Lippen die ihren berührten und ihr ein kleiner Lustseufzer entfuhr, wurde mir klar, dass ich diese Scheinehe unbedingt vollziehen wollte.

Ich wusste jedoch nicht, ob Brynne ebenso empfand. Und weil der heutige Tag ihr vermutlich als der schlimmste und seltsamste ihres Lebens in Erinnerung bleiben würde, wollte ich sie nicht drängen. Stattdessen führte ich sie zum späten Abendessen in ein sündhaft teures Restaurant aus und danach besuchten wir einen bekannten Jazzclub, wo wir der Musik lauschten.

Und dann passierte es.

Sie spielten ein langsames Lied. Eine Blues-Nummer, zu der die Leute sich einfach nur hin- und herwiegten, und ich fragte sie, ob sie mit mir tanzen möchte.

Sie sagte Ja.

Es war Brynne, die mich küsste. Sie schob ihre zierlichen Finger in mein Haar, stellte sich in ihren Turnschuhen mit türkisfarbenen Applikationen auf die Zehenspitzen und drückte ihren Mund auf meinen. In meinem Kopf drehte sich alles und mein Schwanz begann aufgeregt zu zucken, während wir tanzten und uns küssten. Ich dachte darüber nach, wie ich eine Einladung in mein Bett am besten formulieren könnte, ohne wie ein opportunistischer Idiot zu klingen, aber dann spielte es keine Rolle mehr.

Sie löste ihren Mund von meinem, entspannte sich und legte den Kopf in den Nacken, um zu mir aufzusehen. »Wenn wir heute Abend Sex haben, macht das dann die Möglichkeit auf eine Annullierung zunichte?«

Ich hatte keine Ahnung, wie die Antwort darauf lautete. Es war mir überhaupt nicht in den Sinn gekommen, dass ich tatsächlich die Möglichkeit bekommen würde, mit ihr zu schlafen, deswegen hatte ich meinen Anwalt dahingehend nicht befragt.

»Nicht dass ich wüsste«, antwortete ich ausweichend. Zumindest habe ich ihr nicht direkt ins Gesicht gelogen.

»Gut«, sagte sie lächelnd. »Gehen wir in mein

Hotelzimmer.«

Niemals! Ich wollte keinesfalls eine Unterbrechung durch das Arschloch riskieren, das sich vermutlich ziemliche Sorgen um sie macht, weil sie weggelaufen ist. Meine Wohnung schien nicht edel genug zu sein, obwohl die Bude ziemlich ansehnlich ist.

Also tätigte ich einen weiteren Anruf und buchte uns eine Penthouse-Suite im Wynn. Sie bietet Luxus auf mehr als einhundertachtzig Quadratmetern, auch wenn wir lediglich den Platz brauchen würden, der von dem breiten Doppelbett im großen Schlafzimmer eingenommen wird.

Und hier stehen wir also nun, ich mit meinem Fuß in der Tür, um sie aufzuhalten, und Brynne bereit dazu, sich in meine Arme zu werfen. Einen Moment lang blicke ich ihr tief in die Augen, bis ich sicher bin, dass sich in ihnen kein Zweifel oder eine Vorstufe von reuevoller Schuld befindet. Ich betrachte ihren Körper und sehe die Perfektion des Kleides, in das sie sich bereits mit dreizehn Jahren verliebt hat.

Ich erinnere mich nicht mehr genau daran, ob sie mich angesprungen hat oder ich sie hochgehoben habe, aber sie liegt in meinen Armen und ich trage sie durch die Suite, wobei ich mich instinktiv in Richtung des großen Schlafzimmers auf der rechten Seite bewege. Sie schlingt ihre Arme um meine Schultern und drückt ihre Lippen direkt über meinem Kragen an meinen Hals. Ihre Berührung ist süß, aber gleichzeitig so verdammt erotisch, dass mein Schwanz steinhart wird.

Dann sind ihre Lippen verschwunden und ich spüre ihre Zähne auf meiner Haut.

»Scheiße«, murmele ich, dann setze ich sie auf dem weichen Teppich ab, direkt neben dem riesigen Bett mit den vier Bettpfosten, das mit einem goldroten Seidenlaken bedeckt ist.

Brynne streckt ihre Hände aus, um meine Krawatte zu entfernen, die ich bereits während unseres Tanzes etwas gelockert habe. Ich schiebe sie weg und schüttele mit tadelndem Lächeln den Kopf. »Noch nicht.«

Sie beißt sich mit diesen perfekt geraden und weißen Zähnen – den Zähnen einer Frau, die Zahnpflege zu ihrem Lebensinhalt gemacht hat – auf die Unterlippe und ich kann mich nicht entscheiden, ob sie es mit Absicht tut oder nicht. Wie dem auch sei, es gefällt mir.

Ich berühre ihre Brustmitte mit der Fingerspitze und lasse diese langsam über ihre Haut gleiten, bis sie den Rand ihres trägerlosen Mieders berührt. Die Tiefen des Tals zwischen ihren fantastischen Brüsten erkunde ich nicht. Stattdessen tippe ich mit dem Finger genau dorthin, wo der Stoff über dem schattigen Bereich beginnt. Er ist mit einer weißen Rose verziert, die so klein und zierlich ist, dass sie mir zuvor nicht aufgefallen war.

»Es wird Zeit, dieses Kleid loszuwerden«, verkünde ich als letzte Warnung an sie, um sie wissen zu lassen, dass jetzt der Zeitpunkt ist zu gehen, wenn sie nicht mehr weitermachen möchte.

»Oder wir könnten ein Foto davon machen, wie du mich darin vögelst, und es dem Arschloch zuschicken«, schlägt sie schelmisch vor.

Lachend trete ich an sie heran und strecke meine Hand nach dem Reißverschluss an ihrem Rücken aus. »Diese Idee hat durchaus ihre Vorzüge, aber ich will nicht diesen ganzen Stoff im Weg haben. Ich möchte jeden wunderbaren Zentimeter von dir sehen.«

»Nur wenn ich dich ebenso sehen kann«, flötet sie zurück. Ich glaube, die Wirkung des Champagners, den wir gestern beim Abendessen hatten, hält noch immer an.

»In Ordnung«, versichere ich ihr, aber sie kommt zuerst dran. Als ich den Reißverschluss öffne, beobachte ich, wie das Mieder, das die Rundungen ihrer Brüste perfekt umschlossen hat, gerade ausreichend nach vorn fällt, um die Oberseite ihrer Warzenvorhöfe zu entblößen. Sie sind rosa und mit Gänsehaut überzogen. Ich wette, ihre Brustwarzen stehen bereits aufrecht und betteln darum, von meiner Zunge berührt zu werden.

Vielleicht sogar von meinen Zähnen.

Ich schiebe den Reißverschluss über die hohle Stelle an ihrem Steißbein, bevor er ohne Umschweife zum Stillstand kommt.

Ich genieße es jedoch sehr, dieses Kleid über ihren Bauch und ihre ausladenden Hüften nach unten zu drücken und es weiter über ihre durchtrainierten Beine zu streifen, bis es in einem Haufen auf dem Boden liegt. Ich trete einen Schritt zurück, um mir das Gesamtbild zu betrachten, und mir stockt der Atem.

Brynne steht stolz vor mir, die Schultern zurückgenommen, ihre Brüste in meine Richtung gestreckt, und in ihren Augen blitzt es frech auf. Sie hat unter diesem Kleid keinen BH benötigt, doch sie trägt einen weißen Spitzenslip, bei dem es sich um den spärlichsten Fetzen handelt, den ich jemals gesehen habe und der in einer V-Form so hoch auf ihren Hüften sitzt, dass ich weiß, die Seiten können nur an ihrem Steiß zusammenlaufen, bevor sie gemeinsam in ihrer Poritze verschwinden.

Mir juckt es in den Fingern, sie zu berühren.

Die wie Seide aussehende Haut auf ihren Schultern, die höckerige Rauheit ihrer Brustwarzen oder den weichen Haarschopf zwischen ihren Beinen. Vielleicht überspringe ich das alles aber auch und schaue nach, ob ihre Muschi genauso feucht wie mein Schwanz hart ist.

Aber ich glaube, ich kenne die Antwort darauf bereits.

Meine Stimme ist leise ... ehrfürchtig. »Ich dachte, du würdest in diesem Kleid fantastisch aussehen, aber Brynne ... so gut wie nackt steht dir bei Weitem am besten.«

»Ich wette, ich würde dir ganz nackt sogar noch besser gefallen«, murmelt sie mit heiserer Stimme.

Widerwillig wende ich den Blick von dem

Geheimnis ab, das sich unter der weißen Spitze befindet, und lasse ihn über ihre Brüste nach oben schweifen, wo er sich mit ihren feurigen Augen verbindet. »Dessen bin ich mir ganz sicher.«

Das ist alles, was sie hören musste, denn innerhalb von Sekunden schiebt sie ihre Daumen unter die Spitze an ihren Hüften und streift sich das letzte Kleidungsstück über ihre perfekten Beine nach unten, bevor sie grazil aus ihrem Höschen heraussteigt.

Oh Gott, sie ist wunderbar und heute Nacht gehört sie ganz mir.

Ich trete auf sie zu, schlinge die Arme um sie und ziehe ihren warmen, nackten Körper an mich. Als ich jedes kleinste Verlangen nach ihr in meinen Kuss lege, antwortet sie darauf, indem sie ihre Finger in mein Haar gleiten lässt und ihren Körper gegen meinen drückt. Der Kuss wird vor Verlangen immer leidenschaftlicher und Brynne fängt an, mit ihren Händen an meiner Kleidung zu zerren.

Mein Smoking wird nach und nach ausgezogen. Als sie sich mit ihren Händen an meiner Hose zu schaffen macht, ziehe ich mein Portemonnaie hervor und hole eins der heiligen Kondome heraus, die sich darin befinden.

Mich erfasst das überwältigende Verlangen, es in Stücke zu reißen, damit ich sie ungeschützt vögeln kann. Vielleicht weil sie das schönste Geschöpf ist, das ich jemals gesehen habe, oder vielleicht weil sie streng genommen meine Frau ist, aber ich ertappe mich dabei, wie ich rein gar nichts zwischen uns wissen will.

Ich sage mir, dass ich es mir aus dem Kopf schlagen soll, weil es sich hierbei lediglich um verrückte Gedanken handelt. Ich habe diese Frau erst vor wenigen Stunden getroffen und weiß nichts über sie.

Mit Ausnahme, dass sie schön, klug, freundlich, frech, witzig und unheimlich sexy ist. Sie ist ebenfalls abenteuerlustig, denn wie viele Menschen würden sich schon auf eine spontane Hochzeit mit einem Fremden in Las Vegas einlassen?

In meinem Kopf breitet sich Nebel aus, als sie ihre Hand in meine Hose schiebt und meinen Schwanz umgreift. Ich stöhne und lasse mit fest geschlossenen Augen einen Moment lang den Kopf zurückfallen, während sie mich forsch streichelt.

Ich zähle bis drei und genieße die Berührung, dann blicke ich sie an und schiebe ihre Hand weg. Sie grinst wissentlich und ja … sie würde mich nicht lange streicheln müssen, um mich zum Wahnsinn zu bringen.

Ich hebe einen Finger, eine stille Aufforderung an sie, ein braves Mädchen zu sein, und drücke ihr das Kondom in die Hand. »Leg dich aufs Bett. Öffne die Packung, aber nimm es noch nicht heraus.«

Sie gehorcht und ich entledige mich schnell dem Rest meiner Kleidung. Als ich mit meinem vor Vorfreude steifen Schwanz auf sie zugehe, hat sie sich bereits auf das Bett gelegt und streckt mir die offene

Packung hin, damit ich mir das Kondom überziehen kann.

Belustigt darüber, dass sie dachte, ich würde mich sofort auf sie stürzen, grinse ich. »Noch nicht«, sage ich leise, dann knie ich mich am Fußende mit einem Bein auf das Bett. Sie spreizt die Beine, eine Einladung an mich, direkt zu ihr hin zu kriechen, was ich sofort tue.

Ich lege mich auf sie, sodass ich sie vollständig berühre, und gebe ihr einen herrlich langsamen Kuss, der sie dazu bringt, sich unter mir zu winden. Lachend löse ich mich von ihr und gleite an ihrem Körper hinab.

Ihr entfährt ein Stöhnen, als ihr klar wird, was ich gleich tun werde, und dann stöhnt sie nur noch so leise, dass ich es kaum noch hören kann, als ich mir ihre Beine über die Schultern lege. Ich öffne den Mund und nehme sie in mich auf. Sie schiebt die Hüften nach oben und ich verschlinge sie.

Brynne reagiert so empfindlich auf meine Zunge und bewegt sich vor und zurück, um ihre Klitoris an meiner Zunge zu reiben. Innerhalb weniger Augenblicke zuckt sie bereits und schreit ihren Höhepunkt heraus. Ich beruhige sie mit kleinen Küssen auf die Innenseiten ihrer Oberschenkel, bevor ich erneut ihren Körper hinaufkrieche. Ich stütze mich mit einem Ellbogen auf der Matratze auf und schiebe meine andere Hand zwischen ihre Beine, wo ich zwei Finger in ihre Muschi einführe, die sich vor freudiger Erwartung zusammenzieht.

»Packen wir endlich dieses Kondom aus«, schlage ich mit einer Stimme so belegt und heiser vor, dass ich sie selbst kaum erkenne.

Ich rutsche etwas zur Seite. Brynne hält das Kondom in den Händen und rollt es mir problemlos über. Dabei leckt sie sich über die Oberlippe.

Nachdem mein Schwanz bedeckt ist, verändere ich meine Position so, dass ich mich wieder über ihr befinde, und hebe eins ihrer Beine an, um besseren Zugang zu bekommen. Ihr entfährt ein kleines Schnauben und ich platziere meinen Schwanz an ihrer Öffnung. Nachdem ich mich einige Zentimeter in sie hineingeschoben habe, berühre ich ihren Mund erneut mit meinem und küsse sie zärtlich, um die Dinge etwas zu entschleunigen.

Aber die Hitze, die von ihrem Körper ausgeht und mich umgibt, gepaart mit der Enge ihrer Muschi, macht mich verrückt. Mein Kuss wird beinahe schon zügellos und ich stoße meinen Schwanz bis zur Wurzel in sie hinein.

Ich stöhne in Brynnes Mund und begegne dort einem ähnlichen Laut. Ich hebe meinen Kopf und die Hitze des lustvollen Blicks, mit dem sie mich ansieht, pulsiert durch mich hindurch.

»Was muss eine Frau tun, damit ihr Mann sie so richtig hart durchfickt?«, murmelt sie.

So wie es scheint, muss sie nur fragen, denn ich ziehe meinen Schwanz heraus und stoße ihn wieder in sie hinein.

»Ja!«, ächzt Brynne befriedigt.

Ja, tatsächlich.

Das wird nicht das einzige Mal sein, dass ich sie vögele, bevor unsere Wege sich trennen werden. Uns bleiben immer noch Stunden und wir haben Zeit, uns langsam zu erkunden. Aber meine Frau will es schnell und fest, und ich freue mich, denn ganz genau so will ich es ihr besorgen.

Meine Hüften bewegen sich wie Kolben und ich ramme meinen Schwanz in sie hinein, bevor ich ihn wieder herausziehe. Brynne hat die Augen fest geschlossen und hält sich an meinen Schultern fest. Sie ruft: »Ja!«, und: »Mehr!«, und befeuert damit meine Lust nur noch weiter.

Während unsere Haut mit einem schmatzenden Geräusch aneinander klatscht und mir der Schweiß den Rücken hinunterläuft, spüre ich, dass sich meine Hoden zusammenziehen. Es ist zu früh, aber selbst wenn ich wollte, könnte ich mich nicht mehr beherrschen.

Ich will einzig und allein, dass Brynne gemeinsam mit mir explodiert.

Mit meinem gesamten Körpergewicht drücke ich sie in die Matratze. Ich hämmere weiter in sie hinein, doch mit jedem Stoß reibe ich mich an ihr, um ihre Klitoris direkt zu stimulieren.

»Oh Gott«, stöhnt Brynne auf und bohrt ihre Fingernägel in meine Schulterblätter. »Ich komme!«

»Ich bin auch so weit«, grunze ich im Takt mit

meinen Stößen.

»Andrew!«, schreit sie auf, als ihr gesamter Körper sich für den Bruchteil einer Sekunde anspannt, bevor sich ihre Muschi um meinen Schwanz herum verkrampft.

Das fühlt sich zwar wunderbar an, ist aber nicht der Grund dafür, dass ich abspritze.

Es ist die Art, wie sie meinen Namen gerufen hat, als ihr Höhepunkt sie überwältigte, und ich habe noch nie irgendetwas Süßeres gehört. Ich schiebe mich tief in sie hinein, senke meinen Körper, damit meine Stirn ihre berührt, und komme durch zusammengepresste Zähne.

Ich erlebe meinen Orgasmus still, aber mit solcher Kraft, dass ich keinen Laut von mir geben könnte, selbst wenn ich es wollte. Mein gesamter Körper wird von den Wellen der Lust als Geisel gehalten, die durch mich hindurch donnern, und ich kann nichts anderes tun, als zu spüren.

Es ist der beste gottverdammte Orgasmus meines Lebens und mein Schwanz vibriert noch immer in ihr, da denke ich schon darüber nach, sie noch einmal zu ficken.

KAPITEL 4

Brynne

ES IST DER Orgasmus, der mich aufweckt, und als ich langsam die Augen öffne, sehe ich Andrew, der mit einem zufriedenen Lächeln auf dem Gesicht auf mich herabschaut. Ich spüre seine Finger zwischen meinen Beinen, wie sie gemächlich meine Klitoris umkreisen. Als ich mich bewege, ist es mir peinlich, wie feucht es sich da unten anfühlt.

»Guten Morgen«, sagt er grinsend und legt mir dann seine Hand auf den Bauch. Ich kann meine eigene Nässe auf der Haut spüren, während er mit den Fingerspitzen über meinen Bauch streichelt.

»Ich wache zu einem Orgasmus auf«, witzele ich mit rauer Stimme. Wie es aussieht, habe ich während der vergangenen Nacht zu viel geschrien. »Selbstverständlich ist es ein guter Morgen.«

Ich strecke die Arme aus, um ihn zu umarmen, und ziehe ihn für einen Kuss zu mir herunter. Obwohl ich spüren kann, wie wund ich zwischen den Beinen bin, will ich ihn noch einmal.

Andrew beugt sich zu mir und küsst mich, löst sich jedoch ebenso schnell wieder von mir. »Keine Zeit.«

»Warum nicht?«, frage ich enttäuscht, als er seinen Fuß auf den Boden stellt und aufsteht. Sein Körper ist wundervoll, etwas, das ich besser wahrnehmen konnte, als wir zum zweiten Mal Sex hatten. Dabei waren unsere Hände überall, wir küssten uns langsam und machten uns scharf aufeinander, bis wir an den Punkt gelangten, an dem wir uns wieder einem heftigen und schnellen Fick hingaben.

Ich bin mir nicht sicher, ob es mich zu einem schmutzigen Mädchen macht, aber das ist meine liebste Art, es zu tun. Ich habe nicht besonders viel Erfahrung im Bett, da ich vor Andrew lediglich mit drei anderen Männern geschlafen habe, aber ich bin ziemlich abenteuerlustig, wenn ich mit jemandem zusammen bin, dem ich vertraue.

Es ist schon komisch, dass ich Andrew erst seit wenigen Stunden kenne und mich mit ihm bei den sündhaften Dingen, die wir miteinander getan haben, wohler gefühlt habe als in all der Zeit mit meinem Verlobten.

Korrektur … Ex-Verlobten.

Ich schiebe den Gedanken an Jesse und seinen Betrug beiseite. Meine Brautjungfer gemeinsam mit seinem Trauzeugen zu vögeln! Das ist ein abenteuerliches Niveau, das mir nicht ganz in den Kopf gehen will. Das

Wissen, dass es nur eine einmalige, betrunkene Sache war, sollte mich beruhigen. Zumindest hatte das in einigen von Jesses Nachrichten gestanden, bevor ich sie gelöscht habe. Aber ich finde das alles so widerlich, dass ich darin keinerlei Trost finden kann. Ich denke beinahe schon, dass ich es vorziehen würde, wenn er eine lange andauernde Affäre mit Tessa gehabt hätte, anstatt eines bedeutungslosen Dreiers.

Ich frage mich ... war es der Dreier, der ihm gefallen hat, oder die einfache Tatsache, Sex zu haben, bevor er heiraten würde? Hätte er gewollt, dass ich an diesem Dreier mit ihm und einem anderen Mann teilnehme? Einer anderen Frau? Hat er einfach gedacht, dass ich diesen Vorschlag ablehnen würde?

Was ich nicht getan hätte. Auf keinen Fall. Ich bin abenteuerlustig und kann mit dem richtigen Mann schmutzige Dinge treiben, aber ich kann meinen Partner nicht teilen und verstehe auch nicht, wie jemandem so etwas möglich wäre.

»Was geht in diesem hübschen Kopf vor sich?«, fragt Andrew, während er beginnt, sich seine Kleidung anzuziehen.

Ich schmelze dahin. Er findet mich hübsch und hat es in den letzten mehr als zwölf Stunden sehr oft gesagt. Jesse war nie jemand, der mir Komplimente gemacht hat.

Ich zwinge mich dazu, ebenfalls aufzustehen, und rümpfe die Nase. »Tut mir leid ... ich denke nur gerade an Jesse.«

Andrew hält mitten in der Bewegung, seinen Reißverschluss hochzuziehen, an und lässt mir seine gesamte Aufmerksamkeit zuteilwerden. »Möchtest du darüber sprechen?«

Weil es das absolut Letzte ist, was ich tun will, sage ich: »Nein. Es ist nicht wichtig. Davon einmal abgesehen, hast du nicht gesagt, du hättest es eilig oder so etwas?«

Er blickt mich nur einen Moment lang an, dann fährt er fort damit, sich anzuziehen. Schließlich sagt er: »Ja ... wir müssen uns auf den Weg zum Büro meines Anwalts machen. Er hat die Unterlagen vorbereitet, um die Annullierung in Gang zu setzen.«

Ich weiß zwar, dass wir einen Antrag auf Annullierung stellen müssen – weil diese Ehe nur zum Spaß geschlossen wurde und nicht ernst genommen werden sollte –, trotzdem wird mir vor Enttäuschung das Herz schwer. Es fühlt sich an wie der Morgen nach einer schlechten Entscheidung, wenn der Typ versucht, sich wegzuschleichen, bevor er in eine Beziehung hineingerät. Was lächerlich ist, da ich vollkommen einverstanden mit diesem kleinen Intermezzo war. Weil ich damit meiner Trauer wegen einer gescheiterten Beziehung und einer abgesagten Hochzeit entkommen konnte, sollte ich darüber hinaus keine weiteren Erwartungen haben.

»Hey«, sagt Andrew und ich spüre seine Hände auf meinem Gesicht. Ich schaue ihn an und sehe, dass er mich mit sorgevollem Blick anstarrt. »Was ist los?«

»Nichts«, murmele ich.

Er antwortet, indem er mich küsst, und es handelt sich dabei nicht um einen schnellen Kuss im Sinne von: *Danke für die tolle Nacht, aber ich muss jetzt gehen.* Als er seinen Mund von meinem nimmt, sagt er leise: »Ich wünschte, ich könnte Tage mit dir verbringen. Wochen sogar. Aber ich muss meinen Flug am frühen Nachmittag erwischen, um einige Geschäftstermine an der Ostküste wahrzunehmen. Ich hasse es, dich zu hetzen, weil ich viel lieber deinen Körper erkunden würde, aber –«

Ich lache und drücke gegen seine Brust, vollkommen erwärmt von dem, was er gesagt hat. »Okay … ich verstehe schon. Du hast viel zu tun.«

»Und ich habe ebenfalls gedacht, dass wir beim Bellagio vorbeifahren könnten, wenn wir im Büro meines Anwalts fertig sind, damit du deine Sachen packen kannst. Ich werde dich mit zum Flughafen nehmen. Ich habe bereits nachgesehen, es gibt einen Flug um fünfzehn Uhr, den du nehmen kannst.«

Ich starre ihn nur an, denn diese grauen Augen lassen mich einfach nicht los.

»Ich gehe davon aus, dass du eine Begleitung zum Hotel brauchst, für den Fall, dass Jesse dort sein sollte«, fügt er hinzu.

Aus meinem Mund kommt nichts.

»Es sei denn«, zieht er die Worte in die Länge, »du willst ihn sehen.«

Dieser Satz holt mich aus meiner Starre und ich blicke ihn erschrocken an. »Nein, ich will ihn nicht sehen. Wenn möglich, würde ich ihm gern aus dem Weg gehen.«

Andrew nickt und lächelt. »Nun, es besteht die Chance, dass er in deinem Hotelzimmer übernachtet hat. Du kannst mir den Schlüssel geben, dann werde ich reingehen und deine Sachen packen. Auf diese Weise musst du ihm nicht begegnen.«

Ich schmelze noch einmal und trete einen Schritt auf ihn zu. Er schlingt seine Arme um meinen nackten Körper und obwohl ich ihn sexuell immer noch begehre, finde ich seine Umarmung sehr tröstend und befriedigend. Ich lege den Kopf in den Nacken und lächele. »Du hast schon mehr als genug für mich getan. Ich will dir nicht zur Last fallen.«

»Du fällst mir nicht zur Last und naja … ich bin noch nicht bereit, dich schon gehen zu lassen. Wenn das bedeutet, dass ich noch ein paar Stunden in deiner Gegenwart verbringen kann, dann ist das für mich ein Bonus.«

Andrew presst seinen Mund auf meinen. Als ob seine Worte nicht ausreichend wären, um mich in Verzückung zu versetzen, wird mir von der Tiefe des Gefühls, das ich in seinem Kuss spüren kann, ganz schwindelig.

Als er sich zurückzieht, bin ich benommen, aber es gelingt mir, meiner Stimme etwas Stärke zu verleihen. »Danke, dass du mich am Straßenrand aufgelesen hast.«

»Und dich geheiratet habe«, sagt er zwinkernd.

Ich muss lachen. »Und mich geheiratet hast«, stimme ich zu. »Damit ist wirklich ein Traum wahr geworden.«

Andrews Gesichtsausdruck wird jedoch nüchtern und mein Lachen verstummt. Er legt mir seine Hand an die Wange und seine Berührung fühlt sich ach so warm an.

»Denkst du ... wir könnten uns weiterhin treffen?«, fragt er zurückhaltend. »Ich weiß, wir haben erwartet, dass das, was wir in der letzten Nacht getan haben, ein One-Night-Stand sein würde. Zugegeben, mit der Hochzeit war es ein ziemlich großer One-Night-Stand, aber ... ich mag dich wirklich gern, Brynne. Ich weiß, dass du wegen der Dinge, die passiert sind, verletzt und verwirrt sein musst, aber —«

»Ja!«, platze ich heraus, ohne weiter darüber nachzudenken. »Ich würde dich auch gern wiedersehen.«

»Ja?«

»Ja«, murmele ich, aber dann runzele ich die Stirn. »Aber wie soll das funktionieren? Ich wohne in San Diego. Du in Las Vegas.«

Andrew lacht leise. »Der Flug dauert nur eine Stunde und zwanzig Minuten. Wir können uns am Wochenende sehen. Fangen wir einfach damit an und der Rest ergibt sich dann schon mit der Zeit.«

Ich beiße mir auf die Unterlippe, während ich darüber nachdenke. Ich habe noch nie eine Fernbeziehung geführt. Ich verdiene gutes Geld und kann mir ein Flugticket leisten, das wäre also kein Problem. Ich wette, Andrew bekommt einige tausend Dollar mehr als ich, deswegen weiß ich, dass er es sich auf alle Fälle leisten kann. Vermutlich besitzt er sogar sein eigenes Flugzeug.

Ich lasse meinen Blick nach oben wandern und schaue ihm in die Augen. Ich lächele. »Okay, versuchen wir es.«

»Perfekt.« Er grinst mich an und blendet mich mit seinem Lächeln, das so strahlend und fröhlich ist, dass es mich direkt ins Herz trifft. Dieser Mann mag mich wirklich und eigentlich … habe ich ihn auch sehr gern.

◆

NEBEN ANDREW IN der Sky Club Lounge zu sitzen fühlt sich gleichermaßen seltsam und normal an. Ich kenne ihn seit kaum vierundzwanzig Stunden und doch fühle ich mich, als gehöre ich an seine Seite. Mit der Tatsache, dass wir verheiratet sind, hat das jedoch nichts zu tun, denn das war nun wirklich nicht echt.

Es fühlt sich normal und richtig an, weil Andrew bewiesen hat, dass er ein aufrichtiger Mensch ist. Das Merkwürdige daran ist jedoch, dass ich das bereits nach einigen Stunden gewusst habe, was vollkommen unnormal ist. Ich bin niemand, der anderen schnell vertraut, hauptsächlich wegen eines sehr schmerzhaften Liebeskummers, den ich auf dem College durchlitten habe.

Jesse ist nicht der Erste, der mich verletzt hat. In meinem ersten Jahr an der Universität von Los Angeles hatte ich mich Hals über Kopf in einen Jungen namens Ian verliebt. Er hatte ebenfalls Gefühle für mich oder zumindest dachte ich das. Wir waren während unserer gesamten Studienzeit ein Paar und zogen nach zwei Jahren zusammen. Ich hatte erwartet, dass er mir nach dem Collegeabschluss einen Heiratsantrag machen würde, aber stattdessen teilte er mir mit: »Ich bin noch zu jung, um mich fest zu binden und niederzulassen«. Einen Tag nach unserem Abschluss hat er sich aufgemacht, um mit dem Rucksack durch Europa zu reisen. Er hat mich nie gefragt, ob ich mitkommen will – nicht dass ich das gewollt hätte. Mein Plan war es, im darauffolgenden Herbst mit meinem Zahnmedizinstudium an der Universität von Los Angeles zu beginnen, weshalb ich den Sommer über arbeiten musste, um etwas Geld zu sparen.

Doch davon einmal abgesehen hat Ian mich eine Zeitlang mit gebrochenem Herzen zurückgelassen. Ich hatte gedacht, ich würde ihn kennen.

Ihn wirklich kennen. Wir hatten über Hochzeit gesprochen und darüber, den Rest unseres Lebens miteinander zu verbringen. Wir hatten uns sogar darauf geeinigt, zwei Kinder und einen schwarzen Labrador zu haben, der Smoky heißen sollte. Als Ian sich dann also dazu entschied, sich aus dem Staub zu machen, und verkündete, er wolle alle diese Dinge nicht, hat das nicht nur mein Vertrauen in die Männerwelt für eine gewisse Zeit erschüttert, es hat mir ebenfalls erhebliche Selbstzweifel beschert.

So schwer es mir nach dieser Erfahrung auch fiel, nicht alle Männer über einen Kamm zu scheren, war es noch schwerer gewesen, mir selbst und meiner Menschenkenntnis zu vertrauen.

Danach war ich jahrelang sehr zurückhaltend, bevor ich überhaupt den Versuch gewagt habe, mich auf eine neue feste Beziehung einzulassen, und ich bin mir nicht sicher, was die Tatsache, dass ich mir Jesse ausgesucht habe, über mich und mein Urteilsvermögen aussagt. Ich habe Zahnmedizin studiert, habe lockere Beziehungen geführt und bin überhaupt erst vor zwei Jahren ernsthaft mit Jesse zusammengekommen. Sogar als er mir einen Antrag gemacht hat, hatte ich Zweifel. Ich wollte so gern Ja sagen, aber ein kleiner Teil von mir war immer noch ängstlich und zurückhaltend. Dieser zeigte sich in Form einer außergewöhnlich langen Pause, während er in einem teuren Restaurant vor mir kniete und mir eine schwarze Samtschachtel mit einem Diamantring entgegenstreckte. Irgendwann habe ich dann Ja gesagt und könnte mir deswegen in den Hintern treten.

Andrew stupst mich mit der Schulter an. Wir sitzen gemeinsam in der Lounge auf einem sehr bequemen Ledersofa, wo er auf seinem iPad durch den Kalender geblättert hat, um den nächsten Besuch bei mir in San Diego zu planen.

»Bis Donnerstag bleibe ich in Washington, D.C.«, sagt er und deutet auf die vier Tage, die er in dieser Woche bereits reserviert hat. »Am späten Freitagnachmittag habe ich eine Besprechung in Las Vegas, an der ich aber per Videokonferenz teilnehmen kann. Deswegen habe ich mir gedacht, ich buche meinen Flug am Donnerstagabend einfach um und komme direkt zu dir nach San Diego, wenn dir das recht ist.«

»Äh ... sicher«, sage ich etwas zögerlich. Bei meiner Antwort hebt er den Kopf und zieht die Augenbrauen zusammen. Ich beeile mich, ihm zu versichern, dass meine Zurückhaltung nichts damit zu tun hat, dass ich ihn nicht so schnell wiedersehen will. »Es ist nur ... du bist so ein beschäftigter Mann. Du hilfst dabei, ein milliardenschweres Unternehmen am Laufen zu halten. Mir gefällt es ganz und gar nicht, dass du meinetwegen deine Pläne änderst.«

Andrews Blick wird sanft und er beugt sich für eine zärtliche Berührung seiner Lippen an meinen zu mir herüber. Als er sich zurückzieht, sagt er: »Ich ändere meine Pläne nicht im Geringsten, ich brauche am Freitag nur eine Internetverbindung. Ich gehe davon aus, dass es die bei dir zu Hause gibt?«

»Die gibt es«, versichere ich ihm.

»Dann ist es also abgemacht«, antwortet er. Er wendet sich seinem iPad zu, erstellt in seinem Kalender ein neues Ereignis und benennt es »Fantastisches Wochenende mit Brynne«. Dann stellt er es so ein, dass er ab der Landung am Freitagmorgen bis zum Sonntagabend, wenn er den letzten Flug nach Las Vegas nimmt, nicht zu erreichen ist.

Als er damit fertig ist, schaltet er das Tablet aus und legt es neben sich auf den Tisch. Er dreht sich auf dem Sofa zu mir, legt lässig einen Arm über die Rückenlehne und schaut mich an. »Was denkst du, kommt morgen bei der Arbeit Ärger auf dich zu?«

Während der vergangenen Nacht haben wir zwischen all den Berührungen, Küssen und dem aufregenden Sex auch sehr viel miteinander geredet. Er weiß, dass meine Zahnarztpraxis *Deely, Adams & Combs* heißt, benannt nach meinem Ex-Verlobten Jesse Deely, mir selbst – Brynne Adams – und meiner Schlampe von Brautjungfer und ehemals bester Freundin, Tara Combs.

Wir haben unsere Firma erst vor etwas mehr als einem Jahr gegründet und wieder einmal ... waren einige Zweifel damit verbunden gewesen. Tara und ich waren damals in einer anderen großen Klinik in San Diego tätig, hatten jedoch schon länger darüber gesprochen, unsere eigene Praxis zu eröffnen. Nachdem Jesse mir einen Antrag gemacht und ich ihn angenommen hatte, schien es nur logisch, ihn dazu einzuladen, bei diesem neuen Projekt mit dabei zu sein. Wir standen davor, uns ein Leben lang aneinander zu binden, also habe ich trotz des leicht unbehaglichen Gefühls in der Magengegend zugestimmt.

Bei Andrews Frage zucke ich mit den Schultern,

denn ich habe bis jetzt noch nicht einmal auf irgendeine von Jesses Nachrichten geantwortet. Tara ist auffällig still geblieben. Ich bin mir nicht sicher, ob irgendeiner von ihnen morgen zur Arbeit erscheinen wird. Eigentlich sollte Tara die Stellung halten, während Jesse und ich uns auf den Turks- und Caicosinseln in den Flitterwochen befinden. Ich könnte mir aber auch vorstellen, dass die beiden stattdessen dorthin geflogen sind. Und vermutlich haben sie den Trauzeugen gleich mitgenommen.

»Ich habe keine Ahnung, ob sie dort sein werden oder nicht. Ich habe keine Termine, aber ich werde morgen früh sofort hinfahren, um zu sehen, ob einer von ihnen auftaucht.«

Andrew streicht mit seinen Fingern über meine Schulter, die gegen die Rückenlehne des Sofas gepresst ist. »Vergiss nicht, dass du sie in keiner Weise konfrontieren oder diese Sache ausdiskutieren musst, wenn sie dort sein sollten. Du kannst auf dem Absatz kehrtmachen und wieder nach Hause fahren.«

»Ich weiß«, sage ich seufzend, weil ich mich davor fürchte, mich mit ihnen auseinandersetzen zu müssen. »Und ich muss mir etwas Zeit nehmen, um darüber nachzudenken, was ich tun soll. Ich kann auf gar keinen Fall weiterhin mit den beiden zusammenarbeiten, aber in dieser Firma befindet sich ebenfalls sehr viel von meinem Geld. Wir haben einen ziemlich großen Kredit aufgenommen, um uns zu etablieren, für den ich persönlich mit meiner Unterschrift gebürgt habe. Ich kann nicht einfach so gehen.«

»Biete den beiden deinen Teil zum Verkauf an«, schlägt er vor.

Ich nicke. »Das wäre am einfachsten. Ich gehe davon aus, sie werden sich so schuldig fühlen, dass ich zumindest einen guten Preis bekommen werde.«

Andrew lacht. »Das ist mein Mädchen.«

»Trotzdem«, sage ich und bei dem Gedanken an eine ungewisse Zukunft wird mein Ton nüchtern, »muss ich einen anderen Job finden.«

Mit einem breiten Lächeln auf dem Gesicht nickt er zustimmend, doch seine Stimme ist ernst. »Du hast Zeit, deine Entscheidung zu treffen. Wenn du Geld brauchst, kann ich dir aushelfen.«

Überrascht schüttele ich abwehrend den Kopf. »Das könnte ich auf gar keinen Fall —«

»Du kannst«, unterbricht er mich.

Ich hebe eine Hand und versuche, etwas einzuwenden. »Du kennst mich doch kaum, deswegen —«

Mit einem entschlossenen Kuss bringt er mich zum Schweigen. Er legt mir seine Hand an den Hinterkopf, um mich stillzuhalten, und verschlingt mich mit seinem Mund, bis jeder einzelne Gedanke, der sich in meinem Gehirn befunden und sich nicht um seine Person gedreht hat, dahinschmilzt.

Andrew löst sich von mir, behält sein Gesicht aber nahe an meinem. Seine grauen Augen sind dunkel und wirbeln vor Intensität. »Ich kenne dich gut genug. Ich werde dich noch besser kennenlernen. Versuch nicht, meine Sorge um dich zu unterdrücken, Brynne. Du bist nicht nur eine schnelle Nummer für mich, okay?«

Es gelingt mir lediglich, »Okay« zu murmeln und die Tatsache zur Kenntnis zu nehmen, dass Andrew so gar nichts an sich hat, das mir das Gefühl verleiht, ich müsse vorsichtig sein.

Keine Zweifel.

Kein ungutes Gefühl im Magen.

Ich habe keinerlei Bedenken, einen Versuch mit ihm zu starten, um zu sehen, wohin das führen wird, und ich registriere ebenfalls die Tatsache, dass diese Sache sich richtiger anfühlt als irgendetwas anderes zuvor in meinem Leben.

KAPITEL 5

Andrew

WÄHREND ICH NERVÖS in meinem Hotelzimmer herumgehe, halte ich an, um aus dem Fenster zu sehen, durch das ich einen Blick auf das Washington Monument habe, das von strategisch platzierten Lichtern erstrahlt wird. Ich klopfe mir mit meinem iPhone gegen das Bein, was eine nervöse Angewohnheit von mir ist.

»Das ist doch lächerlich!«, murmele ich, als ich auf das Telefon schaue. Ich drücke auf das Nachrichten-Symbol und öffne die Konversation zwischen Brynne und mir.

Ich hatte sie zu meinen Kontakten hinzugefügt, bevor ich in ihr Hotelzimmer hinaufgegangen war, um ihre Sachen zu packen. Nachdem ich im Zimmer angekommen war, schrieb ich ihr die erste Nachricht, um ihr mitzuteilen, dass von Jesse oder Tara nichts zu sehen war und sie ruhig kommen könnte.

Ich beobachtete sie dabei, wie sie ihren Koffer packte, und sagte kein Wort, als sie einige sexy Dessous in strahlendem Weiß herausnahm und auf den Boden warf. Ich biss fest die Zähne aufeinander, wohl wissend, dass sie unter anderen Umständen – wenn ihr Verlobter kein Idiot gewesen wäre – diese Unterwäsche möglicherweise in diesem Augenblick für ihn auf den Turks- und Caicosinseln tragen würde.

Die nächste Nachricht schrieb ich ihr, nachdem ich in Washington, D.C. gelandet war, weil sie mich gebeten hatte, sie wissen zu lassen, dass ich gut angekommen war.

Sie antwortete: *Das freut mich. Schlaf gut.*

Ich schrieb zurück: *Du auch.*

Das war vor einer Stunde und ich fühle mich unruhig. Ich will ihr noch einmal schreiben. Sie anrufen. Mit ihr über FaceTime sprechen, damit ich mich an ihrer Schönheit ergötzen kann.

Scheiße, ich bin ja vollkommen durcheinander im Kopf. Ich kann nicht aufhören, an sie zu denken, aber ich will auch nicht den Eindruck erwecken, als wäre ich ein Stalker. Wir haben ausgemacht, uns an diesem Wochenende zu sehen, und es gelingt mir einfach nicht herauszufinden, was das im Hinblick auf eine Beziehung bedeuten könnte. Sprechen wir jetzt die gesamte Woche nicht mehr miteinander? Oder würde sie denken, ich sei anhänglich, wenn ich sie jetzt anriefe, nur um ihre Stimme zu hören?

Wenn es um Frauen ging, hatte ich bisher noch nie diese Art von Zweifeln und deswegen laufe ich auch hin und her, um zu versuchen, mir über diese Sache klar zu werden.

Nun ja, das stimmt nicht ganz. Ich hatte sehr viele Zweifel, als ich mich auf diese sexuelle Dreiecksbeziehung mit Dane und Avril eingelassen habe. Ich bin zwar der sündhaften Lust einer solchen Beziehung mit meinen besten Freunden unterlegen, habe aber schließlich diese Zweifel beherzigt und die Beziehung beendet.

Es war das Einzige, was ich hatte tun können, denn ich konnte sehen, dass Avril und Dane sich ineinander verliebt hatten, und ich wusste, dass ich mich entfernen musste. In dem Augenblick, in dem es anfing, um Liebe zu gehen, hatte der Sex zwischen uns dreien aufhören müssen. Ich danke meinen Glückssternen täglich dafür, dass es am Ende nicht unsere Freundschaft zerstört hat.

Seufzend lasse ich den Arm sinken und klopfe mir wieder mit dem Telefon gegen das Bein. Ich lehne meine Stirn gegen die Fensterscheibe und blicke auf den Verkehr unter mir. Ich liebe D.C. bei Nacht. Es ist genauso hell und glitzernd wie Las Vegas, aber auf eine andere Art und Weise. Vielleicht ist es würdevoller, aber nachts ist die gesamte Stadt erleuchtet und bietet einen herrlichen Anblick.

Mir kommt eine Idee und ich bewege ruckartig den Kopf zurück. Ich denke nur einen Moment lang nach, dann halte ich mein Telefon an die Fensterscheibe, tippe auf das Kamera-Symbol und mache ein Foto des Washington Monuments. Ohne zu zögern, schicke ich es Brynne.

Ich wünschte, du wärst hier, um es selbst zu sehen.

Meine Bedenken können zum Teufel gehen! Ich mag sie und ich werde dafür sorgen, dass sie es weiß.

Ich bin überrascht, dass sie sofort antwortet. *Wunderschön. Ich liebe D.C.*

Meine Daumen berühren bereits den Bildschirm, weil ich sie fragen will, wann wir gemeinsam hierherkommen können, aber bevor ich überhaupt ein Wort schreiben kann, geht bei mir ein Anruf von Avril über FaceTime ein.

Ich runzele die Stirn und frage mich, warum um alles in der Welt sie mich aus ihren Flitterwochen anrufen würde. Ich ignoriere mein Telefon und gehe stattdessen zu meinem Schreibtisch, wo mein iPad liegt. Nachdem ich Platz genommen habe, nehme ich den Anruf entgegen und gleich darauf erscheinen die Gesichter von Avril und Dane auf meinem Bildschirm.

An der zerwühlten Bettwäsche im Hintergrund kann ich erkennen, dass sie sich offensichtlich in ihrem Hotelzimmer befinden, aber von den Schultern aufwärts sieht es so aus, als seien sie angezogen und bereit rauszugehen. In Tokio ist es dreizehn Stunden später als in Washington, D.C., das heißt, dort ist es jetzt später Vormittag.

»Hey!«, sage ich überrascht. Ich hatte nicht erwartet, von den beiden zu hören, bevor sie zurück im Büro sind.

»Hey«, erwidert Avril breit grinsend. »Was machst du gerade?«

»Nicht viel«, antworte ich und fahre mir mit den Fingern durchs Haar. Ich habe es vor noch nicht allzu langer Zeit kurz schneiden lassen und bis jetzt gefällt es mir. »Aber warum zum Teufel ruft ihr mich während eurer Flitterwochen an?«

Dane lacht. »Wir vermissen dich, Kumpel.«

»Genau«, stimmt Avril mit weichem Blick zu, während sie mich durch die Kamera anschaut. »Du fehlst uns.«

»Haltet die Klappe«, brumme ich, obwohl es mir gefällt. »Ihr zwei habt Besseres zu tun, als mich anzurufen.«

»Oh, wir sind mit ›Besserem‹ soeben fertig geworden«, sagt Dane augenzwinkernd und ich warte darauf, dass mich Eifersucht oder Traurigkeit überkommt.

Doch nichts von dem passiert und ich bin erleichtert. Es macht mir wirklich nichts aus, dass wir drei keine intime Beziehung mehr miteinander führen, auch wenn ich diese Momente immer schätzen werde.

»Ist bei dir alles in Ordnung?«, fragt Avril und ihre Stimme nimmt einen professionellen Ton an.

Ich werde in dieser Woche einige Hämatologie-Forscher an der Johns-Hopkins-Universität treffen. Sie haben unseren Prototyp getestet. Wir versuchen, uns einmal pro Quartal zusammenzusetzen, um die Ergebnisse auszuwerten und bei Bedarf Veränderungen vorzunehmen. Unsere Maschine wird sich vermutlich noch ein paar Jahre in der Testphase befinden, aber wir wollen wirklich ganz sicher sein, dass wir alles berücksichtigt haben. Unser Ziel ist es, exakte Ergebnisse zu erzielen, damit wir dann unsere behördliche Zulassung erhalten können.

»Alles ist wunderbar«, versichere ich ihr. »Ich werde euch beiden eine E-Mail schicken, bevor ich am Donnerstag abreise.«

Dane nickt. »Kannst du dich mit Leon zusammensetzen und dir die Änderungsvorschläge ansehen, die er beim Forschungsbudget für das Zytometer vorgenommen hat, wenn du am Freitag ins Büro kommst?«

»Kann das bis Montag warten?«, frage ich.

»Ja, sicher … aber warum?«, antwortet er.

»Ich fliege nach San Diego«, entgegne ich und erschrecke mich vor dem Klang meiner eigenen Stimme, die viel zu vage und geheimnisvoll ist.

Avril springt als Erste darauf an und rückt noch dichter an die Kamera heran. »Wieso?«

Sie weiß Bescheid.

Sie weiß, dass es wegen einer Frau ist.

Es hat keinen Zweck, es zu verheimlichen.

»Ich habe jemanden kennengelernt«, sage ich mit fester Stimme und hoffe, damit den Fragen ausweichen zu können.

»Wen?«, ruft sie erfreut aus. »Wann? Wo? Wie heißt sie?«

»Meine Güte, Avril«, brummt Dane und zieht sie an der Schulter zurück. »Lass dem Mann seine Privatsphäre.«

»Auf gar keinen Fall«, antwortet sie, als sie seine Hand abschüttelt. Sie beugt sich noch näher zur Kamera. Wenn sie ihren Kopf noch ein klein wenig mehr in den Nacken legt, kann ich ihr in die Nasenlöcher schauen. Es ist eine Geste, bei der mir warm ums Herz wird, weil wir beste Freunde sind und sie es einfach wissen muss. »Spuck es schon aus, Drew. Ich kann an deinem Gesicht ablesen, dass es etwas Besonderes ist.«

Dane macht keine Anstalten, sie noch einmal zurückzuziehen, sondern beäugt mich stattdessen über ihre Schulter. Ich kann sehen, dass er nun Interesse an meiner Antwort hat, weil die Überzeugung in Avrils Stimme darüber, dass ich irgendetwas verheimliche, den Unterschied macht.

»Ihr Name ist Brynne«, erzähle ich ihnen. »Sie ist Zahnärztin und lebt in San Diego. Ich besuche sie dieses Wochenende, deswegen werde ich am Freitag nicht im Büro sein.«

Dane winkt ungeduldig mit der Hand ab und Avril bohrt weiter nach. »Wo hast du sie kennengelernt? Beim Online-Dating? In einem Casino? Im Wicked Horse?«

»Nichts von alledem«, sage ich vage.

Als Antwort starren die beiden mich einfach nur mit resolutem Gesichtsausdruck an.

Seufzend gestehe ich: »Sie stand in einem

Hochzeitskleid an der Straße, um per Anhalter zu fahren.«

Jetzt steht beiden der Mund offen und die Verwirrung ist deutlich auf ihren Gesichtern zu erkennen.

»Also habe ich sie mitgenommen. Wir sind zu einer Bar gefahren und haben etwas getrunken.«

»Erzähl weiter«, fordert Avril mich nickend auf und beugt sich so weit nach vorn, dass ich beinahe ausschließlich ihr Gesicht sehen kann.

»Und naja … wir haben geheiratet.«

Avril zuckt zurück und macht Platz für Danes Kopf, der nun meinen Bildschirm füllt. »Ihr habt *was*? Bist du verrückt? Du hast eine Frau in einem Hochzeitskleid geheiratet, und das nur Stunden, nachdem du sie getroffen hast? Ohne Ehevertrag? Meine Güte, Drew!«

»Entspann dich«, sage ich. Avril schiebt sich neben Dane, sodass auch sie wieder zu sehen ist. Ihr Blick ist voller Sorge. »Es war ein Jux. Ein Witz. Wir haben es getan, damit sie ihr Kleid nicht umsonst getragen hat. Sie hat dieses Kleid gewollt, seit sie dreizehn war, also habe ich ihr einfach nur einen Gefallen getan. Bevor wir uns das Jawort gegeben haben, haben wir uns darauf geeinigt, die Ehe hinterher annullieren zu lassen.«

»Du bist ja vollkommen durchgeknallt«, brummt Dane. Aber zu meiner Überraschung seufzt Avril verträumt auf.

»Das bist einfach du«, sagt sie mit einem sanften

Lächeln. »Das war sehr süß von dir.«

Dane meckert irgendetwas darüber, dass sie nun Anspruch auf mein Vermögen hätte, aber ich ignoriere ihn.

»Sie ist toll«, erzähle ich Avril. »Wir sind am nächsten Tag ins Büro meines Anwalts gefahren und haben die Papiere unterschrieben, um die Annullierung zu beantragen. In zwanzig Tagen können wir beim Gericht vorsprechen und um die Aufhebung der Ehe bitten. Aber wir wollen uns trotzdem weiterhin treffen.«

»Dann war die Hochzeitsnacht wohl gut, was?«, murmelt Dane.

»Gut beschreibt es nicht einmal annähernd«, versichere ich ihm und Avril kichert. »Sie war herausragend.«

Ich erzähle ihnen jedoch nicht, dass Brynne die schönste, attraktivste, aufregendste und faszinierendste Frau ist, die ich jemals getroffen habe. Das würde Dane Anlass zur Sorge geben und Avril würde sich vollkommen in ihrer romantischen Vorstellung verlieren, weil ich weiß, dass sie sich immer noch ein wenig schuldig fühlt, dass sie sich für Dane und nicht für mich entschieden hat.

Für mich war das jedoch nie ein Problem. Ich habe mich nie herabgewürdigt oder sitzen gelassen gefühlt, weil sie sich in meinen besten Freund verliebt hat, und der Grund dafür ist, ich wollte, dass ihr Glück von Dauer ist. Das sagt der Romantiker in mir und tief im

Inneren ... wusste ich, dass Avril nicht die Frau meines Lebens ist.

Sie ist eine verdammt großartige, beste Freundin, aber in sexueller Hinsicht war unsere Verbindung nie besonders tief. Es ging lediglich darum, ein Tabu zu brechen und sich gut zu fühlen.

»Wann können wir sie kennenlernen?«, fragt Avril aufgeregt.

»Hoppla!«, antworte ich und hebe beschwichtigend die Hände. »Wir wollen mal nichts überstürzen. Warten wir ab, wie dieses Wochenende verläuft.«

Jetzt beugt sich Dane nach vorn. »Weißt du ... wir könnten eine Zweigstelle in San Diego eröffnen, um es dir einfacher zu machen. Wir könnten die Hauptforschungsstelle dort errichten.«

Erst bleibt Avril vor Staunen der Mund offen stehen, dann mir ebenfalls. Ich dachte, dass Avril vielleicht voreilig gewesen wäre, als sie sagte, sie wolle sie kennenlernen – obwohl ich sagen muss, dass dieser Gedanke mir sehr gut gefällt –, aber Dane hat mit solch einem drastischen Vorschlag offensichtlich den Verstand verloren.

Ich meine ... der Grund dafür, dass wir mit Caterva nach Las Vegas gegangen sind, waren die Steuervorteile, die der Bundesstaat Nevada den dort ansässigen Biotech-Unternehmen gewährt. Es wäre unternehmerischer Selbstmord, nach Kalifornien zurückzukehren.

Ich grinse meinen Freund schief an. »Ich weiß das

Angebot zu schätzen, aber ich habe die Frau gerade erst kennengelernt. Wir haben eine Nacht miteinander verbracht. Ich bin mir sicher, dass nichts geschehen wird, was in mir das Bedürfnis erwecken würde, meinen Wohnort zu wechseln. Davon einmal abgesehen würde ich sowieso nicht zulassen, dass du die Abteilung nach Kalifornien verlegst. Das ist eine unkluge Geschäftsentscheidung und das weiß du sehr genau.«

»Wenn es um die Liebe geht, existieren keine unklugen Dinge«, sagt Dane weise.

»Hier geht es nicht um Liebe«, teile ich ihm geradeheraus mit. »Es war ein amüsanter Abend, der ebenfalls wahnsinnig guten Sex beinhaltet hat. Ich hoffe, dass es an diesem Wochenende noch mehr davon geben wird. Aber das ist schon alles.«

Avril glaubt mir kein Wort. »Lade sie an dem Wochenende nach Las Vegas ein, an dem wir zurückkommen, und wir treffen uns zum Abendessen bei uns. Wir könnten grillen oder so etwas.«

Seufzend bedecke ich mein Gesicht mit der Hand. Sie ist zum Verzweifeln, aber gleichzeitig auch sehr süß.

Ich werde vor ihr jedoch niemals zugeben, dass es mir gefallen würde, wenn die beiden Brynne kennenlernen könnten, denn auch wenn ich gerade sehr unbeteiligt tue, weiß ich dennoch, dass das zwischen mir und Brynne etwas ganz Besonderes ist.

KAPITEL 6

Brynne

DEELY, ADAMS & Combs.

Während ich auf das große, hölzerne Schild starre, das über der Tür meiner Zahnarztpraxis hängt, überkommt mich mit einem Mal eine so starke Traurigkeit, dass mir fast die Beine wegsacken. Als ich das Bild mit dem Dreier sah, das meine Hochzeit ruiniert hat, habe ich mich nicht so gefühlt. Ich habe den Verlust eines Ehemannes und Geliebten nicht betrauert.

Aber als ich durch die Eingangstür schreite, bin ich mehr als nur schlecht gelaunt, weil die Firma, die ich mitgeholfen habe aufzubauen, schließen wird. Vielleicht werden Jesse und Tara die Praxis weiterführen, aber es besteht eine große Wahrscheinlichkeit, dass es bergab gehen wird. Ihre Stärken liegen darin, gute Zahnärzte zu sein – das bin ich auch –, aber ich war die Geschäftsführerin. Diejenige, die sich um den Betrieb und das Marketing gekümmert hat. Ich habe die Rechnungen beglichen und dafür gesorgt, dass alle Mitarbeiter jeden

Monat pünktlich bezahlt werden. Ohne mich werden sie es niemals schaffen, und das ist kein arrogantes Gehabe. Die beiden besitzen einfach keinen Unternehmergeist wie ich und es tut mir sehr leid für unsere Angestellten, weil sie sich nach anderen Jobs werden umsehen müssen.

Genau wie ich.

Tracey Coffman, die als unsere Rezeptionistin arbeitet, seit wir vor mehr als einem Jahr unsere Türen geöffnet haben, sitzt hinter dem Empfangstresen und blinzelt mich überrascht an.

»Dr. Adams«, ruft sie erstaunt aus. »Sollten Sie nicht in den Flitterwochen sein?«

Es ist offensichtlich, dass niemand hier mitbekommen hat, was passiert ist, was ebenfalls bedeutet, dass weder Jesse noch Tara schon hier gewesen sind.

Ich lächele sie schwach an. »Die Hochzeit wurde abgesagt. Um wie viel Uhr hat Tara heute ihren ersten Termin?«

Tracey bleibt der Mund weit offen stehen und sie blinzelt mich weiterhin an. Ich erwidere ihren Blick, bis sie sich endlich ihrem Computer widmet. Nachdem sie einige Tasten gedrückt hat, stammelt sie: »Um z-zehn.«

Ich nicke. »Ich bin in meinem Büro, um einige Unterlagen durchzusehen.«

Zumindest hoffe ich, dass ich mich auf den Papierkram konzentrieren kann. Seit ich zurück in San Diego bin, habe ich nichts anderes tun können, als an Andrew zu denken.

Er hat mich gestern Abend angerufen, bevor ich ins Bett gehen wollte. Das Gespräch war nur kurz, denn er sagte mir, dass er lediglich meine Stimme hören wollte, bevor er schlafen geht. Ich fand das süß und sexy gleichzeitig.

Bevor wir auflegten, versprachen wir uns, am nächsten Abend miteinander zu sprechen, aber er wollte es über FaceTime machen. Er sagte, er wolle mich sehen.

Alles von mir.

Seine Andeutung war auf keinen Fall falsch zu verstehen. Wir würden Telefonsex haben und ich bin schon sehr ungeduldig. Für mich wäre es das allererste Mal.

Als ich hinterher darüber nachdachte, zu welchen Handlungen Andrew mich am kommenden Abend wohl bringen würde, wurde ich so scharf, dass ich mir meine Hand zwischen die Beine schob. Bevor ich mich versah, warf ich mich auch schon im Bett herum und rief seinen Namen, während ich mich zum Orgasmus brachte. Friedlich und mit einem Lächeln im Gesicht schlief ich ein.

Ich gehe am Empfangstresen vorbei und den Flur hinunter, in dem sich mein Büro befindet. Unser Gebäude ist klein und der Großteil des Platzes wird von Behandlungsräumen und Geräten eingenommen. Es gibt nur zwei Büros und ich habe als Geschäftsführerin mein eigenes bekommen. Jesse und Tara teilen sich das andere Büro, und mir ist die Ironie darüber nicht entgangen, dass die beiden gemeinsam einen Raum belegen.

Für einige herrliche Minuten gelingt es mir, die Post der letzten Woche durchzusehen. Das bringt mich dazu, mich mit etwas anderem zu beschäftigen, als ständig nur an Jesse und Tara zu denken.

Das wird jedoch zunichtegemacht, als ich ein zögerliches Klopfen an meiner Tür höre. Nach meinem knappen »Herein!« öffnet sie sich und ich sehe beide Verräter mit ängstlichen Gesichtern dort stehen.

Jesse tritt zuerst ein und besitzt dann die Frechheit, mich finster anzublicken. »Gott sei Dank, es geht dir gut! Du hast nicht auf meine Anrufe oder Nachrichten geantwortet und wir sind vor Sorge um dich beinahe verrückt geworden. Das war nicht lustig, Brynne.«

»Mir geht es gut«, entgegne ich höflich. »Wie du siehst.«

Tara tritt ein und schließt die Tür hinter sich. Als sie sich umdreht und mich anblickt, knetet sie sich nervös die Hände. »Brynne ... es tut uns so furchtbar leid.«

»Ja«, sage ich tonlos. »Das kann ich mir vorstellen.«

»Wir wollten dich nicht verletzen«, fährt sie fort. »Es war nur eine einmalige Sache. Wir waren betrunken und ich wollte mich an Jesses Trauzeugen ranmachen. Ich meine ... er war schon scharf, oder? Dann sind wir in diesem Sex-Club gelandet –«

Ich hebe meine Hand und sie klappt ihren Mund zu. »Ich will die Einzelheiten gar nicht wissen. Das brauche ich nicht. Was passiert ist, ist passiert.«

»Ist es vorbei zwischen uns?«, fragt Jesse leise und bei der tiefen Traurigkeit, die ich in seiner Stimme höre, werde ich wütend.

Ich blicke ihn durchdringend an. »Das ist es.«

»Brynne, bitte«, schmeichelt er und tritt an meinen Schreibtisch. »Darüber können wir doch hinwegkommen. Es hat nichts bedeutet. Es wäre gar nicht erst passiert, wenn nicht so viel Alkohol im Spiel gewesen wäre.«

Ungläubig ziehe ich die Augenbrauen hoch und öffne überrascht den Mund. »Das klingt ja fast so, als wäre das eine legitime Entschuldigung.«

»Nein«, beeilt er sich, mir zu versichern. »Ganz und gar nicht. Du sollst nur wissen, dass es nicht meine Absicht war. Ich hätte mich am Abend vor meiner Hochzeit niemals so sehr betrinken dürfen. Ich liebe dich.«

»Sprich du nicht von Liebe!«, zische ich ihn an. Ich stehe auf und schlage mit den Handflächen auf die Tischplatte. »Man besucht in der Nacht vor seiner Hochzeit keinen Sex-Club und fickt die Brautjungfer gemeinsam mit einem anderen Mann. Das ist niederträchtig und ekelhaft und ihr widert mich an! Alle beide!«

Tara senkt betreten den Kopf und weicht meinem Blick aus. Jesse starrt mich lediglich mit Entschlossenheit in den Augen an.

»Therapie«, schlägt er vor. »Wir sollten uns einen

Therapeuten suchen, der uns dabei helfen kann, diese Krise zu überstehen. Ich weiß, dass wir es schaffen können, wenn wir es versuchen.«

Mein ungläubiger Blick bringt Jesse dazu, den Mund zu schließen. »Glaubst du ernsthaft, wir können uns davon wieder erholen? Ich meine … bist du tatsächlich der Meinung, wir können diese Probleme mit einem Therapeuten besprechen und dann einfach vergessen, dass dein Schwanz, nur wenige Stunden, bevor wir uns das Jawort geben wollten, in der Muschi meiner besten Freundin gesteckt hat? Oh, und vergessen wir nicht zu erwähnen, dass sie zur gleichen Zeit den Schwanz eines anderen Typen gelutscht hat.«

»Brynne!«, fährt Jesse mich an und wirft Tara einen entschuldigenden Blick zu, der mein Blut zum Kochen bringt. Er wendet sich wieder mir zu. »Was ist denn bloß in dich gefahren? Du benutzt nie solche Wörter.«

»Ich benutze nie solche Wörter?«, wiederhole ich. »Was zur Hölle, Jesse? Du tadelst mich für meine unzüchtige Sprache, wenn du derjenige bist, der in der Nacht vor unserer Hochzeit einen verdammten Dreier hatte? Bist du vollkommen geistesgestört?«

Ich spreche mit Absicht laut und obszön, um meinen Worten einen besseren Ausdruck zu verleihen.

»Schau mal«, sagt er und seufzt schwer. »Ich sehe, dass du verletzt bist, und ich werde dir heute etwas Zeit geben, damit du dich beruhigen kannst.«

Mein Blut verwandelt sich in geschmolzene Lava und

ich balle die Fäuste, um sie ihm ins Gesicht zu schmettern.

»Wir können morgen miteinander sprechen«, fügt er ruhig hinzu. Es ist offensichtlich, dass er der Meinung ist, dies könne wieder gerade gebogen werden, aber ich werde nicht zulassen, dass er mein Büro mit dieser dämlichen Vorstellung im Kopf verlässt.

»Da gibt es nichts zu besprechen«, teile ich ihm zuckersüß lächelnd mit. »Liebesmäßig ist es vorbei zwischen uns und was die Praxis angeht, bin ich mit euch beiden fertig. Bis zum Ende des Tages werde ich einem von euch oder euch beiden ein Angebot machen, mich auszubezahlen.«

»Langsam, warte mal eine Minute«, knurrt Jesse.

Tara meldet sich erneut zu Wort. »Brynne ... nein. Du bist das Herz und die Seele dieser Praxis.«

»Naja«, entgegne ich mit beißendem Sarkasmus, »mein Herz und meine Seele sind derzeit ein klein wenig ramponiert. Ich bin mir nicht sicher, ob sie sehr gut für euch wären.«

Jesse macht einen weiteren Schritt vorwärts, bis seine Oberschenkel beinahe die Vorderseite meines Schreibtisches berühren. Innerlich zucke ich wegen seiner körperlichen Nähe zu mir zusammen, aber ich habe für ihn nichts weiter als Abscheu übrig.

»Ich mache mir Sorgen um dich, Brynne«, sagt er sanft und seine Stimme könnte nicht herablassender klingen. Und dann fällt mir auf ... er spricht sehr oft so mit mir, aber bis jetzt hat mich das nie gestört. Ich habe es immer nur an mir abprallen lassen. »Du bist niedergeschlagen und traurig. Du solltest jetzt keine weitreichenden Entscheidungen treffen.«

Ich lege den Kopf in den Nacken und fange herzhaft an zu lachen. Als ich Jesse wieder anblicke, sehe ich an seinem Gesichtsausdruck, dass er denkt, ich sei durchgeknallt. Ich schenke ihm ein süßes Lächeln. »Ganz im Gegenteil, Jesse ... ich bin momentan vollkommen gelassen und entspannt. Und zu deiner Information, du bist nicht der Einzige, der ein bisschen Spaß in Las Vegas hatte.«

Die Anspielung wird aus meinen Worten deutlich und Jesse blickt mich erstaunt an. Tara legt neugierig den Kopf schief.

»Was für eine Art von Spaß?«, fragt Jesse durch zusammengepresste Zähne.

Ich schaue ihn wieder an und hebe das Kinn. »Ich habe einen Mann kennengelernt und wow ... er sieht genauso aus wie Chris Hemsworth.«

Ich mache eine Pause und beäuge Tara von der Seite, weil wir beide verrückt nach Chris Hemsworth sind. »So wie er in *Thor: Tag der Entscheidung* ausgesehen hat.«

Ihr fällt die Kinnlade herunter.

Ich wende mich wieder Jesse zu. »Wir haben geheiratet. Wir haben unsere gesamte Hochzeitsnacht hindurch gevögelt. Er kommt dieses Wochenende her, um mich zu besuchen. Du siehst also, Jesse ... es geht mir momentan sehr gut.«

»Du hast verdammt noch mal geheiratet?«, brüllt er mich an und sein Gesicht ist vor lauter Wut nun von roten und violetten Flecken übersät. Und dann wird mir etwas klar ... so sauer war ich nicht, als ich das Foto gefunden habe. Ich war wütend und verletzt, aber ich habe nicht das empfunden, was er sehr offensichtlich in diesem Augenblick empfindet.

Ich weiß, dass ich ein schlechtes Gewissen haben sollte, weil ich ihm solchen Schmerz zufüge, aber ich kann mich einfach nicht dazu überwinden. Tatsächlich entscheide ich mich sogar dazu, noch weiter Öl ins Feuer zu gießen, auch wenn mich das kleinlich macht. Ich stoße das Messer tief hinein und drehe es brutal herum.

»Im Bett war er ein echter Hengst«, murmele ich mit einer befriedigten Heiserkeit in der Stimme. »Der Beste, den ich je hatte.«

Jesses Gesicht nimmt einen so fahlen Ausdruck an, dass ich denke, er könnte ohnmächtig werden, aber es gelingt ihm zu zischen: »Du verdammte Hure!«

»Das meinst du sicher nicht so«, entgegne ich mit einem freundlichen Lächeln. »Ich meine ... vielleicht können wir das ja mit einer Therapie wieder hinbekommen.«

Jesse antwortet nicht, sondern wendet sich lediglich von mir ab und schubst Tara beinahe schon zur Seite, als er aus meinem Büro stürmt. Er schlägt die Tür hinter sich zu, wobei die Auszeichnungen an meiner Wand angesichts der Wucht scheppern.

Tara, die seinen Abgang beobachtet hat, dreht sich wieder zu mir um. Verschwunden ist ihr schuldiger Gesichtsausdruck, stattdessen betrachtet sie mich nun, als würde ich vor ihr auf dem Untersuchungstisch liegen.

»Gibt es noch etwas, das wir besprechen müssen?«, frage ich knapp.

Sie legt den Kopf schief. »Hast du wirklich geheiratet? Oder hast du das nur gesagt, um Jesse wütend zu machen?«

»Ich habe wirklich geheiratet«, sage ich zu ihr. Ich erzähle ihr jedoch nicht, dass wir gestern die Papiere für die Annullierung unterschrieben haben. »Und ich habe ernsthaft vor, dir und Jesse ein Angebot zu machen, die Praxis zu kaufen.«

Sie sieht aus, als wäre ihr leicht übel. »Ich will sie nicht haben.«

»Dann können wir ja beide unsere Anteile an Jesse verkaufen«, entgegne ich und nehme wieder auf meinem Bürostuhl Platz. Ich fange an, meine Post durchzusehen, und hoffe, Tara kapiert, dass sie nun gehen kann.

Während sie dort steht, ignoriere ich sie, aber mein Rücken wird steif, als sie sagt: »Dass du dieses Foto gefunden hast, war das Beste, was dir passieren konnte.«

»Wie bitte?«, entgegne ich mit schriller Stimme, denn ich fühle mich von ihrer Aussage angegriffen.

»Vor einigen Minuten hast du gesagt, dass dein Herz und deine Seele zerstört wurden«, antwortet sie leise.

»Das stimmt nicht. Zumindest wurden sie nicht von Jesse zerstört. Vielleicht als dir klar geworden ist, was du alles verloren hast, aber Jesse persönlich hat damit nichts zu tun.«

»Wieso?«, fauche ich. »Weil ich in derselben Nacht mit einem anderen Mann ins Bett gegangen bin?«

»Nein«, entgegnet sie mit einem schiefen Lächeln. »Weil du den Fehler gemacht hast, seinen Antrag überhaupt anzunehmen.«

Diese Aussage macht mich zwar unfassbar wütend, aber gleichzeitig macht sie mich auch neugierig. Tara kennt mich besser als irgendjemand anderes. Wir haben zusammen Zahnmedizin studiert und sind seit mehr als zehn Jahren beste Freundinnen.

»Und wieso?«, frage ich mit meiner neutralsten Stimme, damit sie nichts zurückhält. Tara mag keine Auseinandersetzungen.

»Weil du von der Beziehung mit Jesse nie vollkommen überzeugt warst«, sagt sie.

»Mehr als er es war«, knurre ich. »Ich habe ihn nicht betrogen.«

»So meine ich das nicht.« Sie schürzt die Lippen, zögert, sagt dann jedoch: »Auf jeder Ebene überzeugt. Du hast dich vor Jesse immer zurückgezogen. Verdammt, ihr habt nicht einmal zusammengewohnt. Du hast gezögert, seinen Antrag anzunehmen.« Das stimmt – denn ich habe es ihr erzählt. »Ihr beide habt immer nur über das Geschäft und Zahntechnik gesprochen. Ich meine ... komm schon, Brynne. Sogar nach der Hochzeit wolltest du weiterhin getrennte Bankkonten beibehalten. Du hast ihn nicht von ganzem Herzen geliebt.«

Mich überkommt eine Welle von Ärger und Schuld. »Dann bin ich also für alles verantwortlich? Ich habe ihn dazu gebracht, das zu tun?«

Sie antwortet schnell mit beschwichtigender Stimme: »Nein. Überhaupt nicht. Dafür sind Jesse und ich und unsere Dummheit ganz allein verantwortlich. Ich will damit nur sagen, dass du diesen Verlust nicht zu stark betrauern solltest. Jesse war nicht der Mann für dich und mir war das von Anfang an klar. Ich hätte mir nur gewünscht, dass du es herausgefunden hättest, bevor du verletzt wurdest.«

»Es war dir von Anfang an klar?«, frage ich und ziehe verwirrt die Augenbrauen zusammen. »Warum hast du es mir nicht gesagt?«

Sie zuckt mit den Schultern. »Jetzt denke ich, dass ich es hätte tun sollen. Aber was wusste ich denn schon? Ich bin kein Beziehungsexperte. Vielleicht hat es so sein sollen, aber ich sage nur ... verschwende nicht deine Zeit damit, um Jesse zu trauern. Schau vielleicht lieber nach vorn, wo neue Möglichkeiten warten.«

Ich würde ihre Worte gern als wärmend empfinden – sogar als Inspiration –, aber ich erinnere mich daran, dass sie meinen Verlobten gevögelt hat und keine Anerkennung dafür verdient, dass sie eventuell etwas

SÜNDHAFTE VERMÄHLUNG

Bedeutungsvolles von sich gegeben hat.

Ich nehme einen Umschlag und blicke darauf, um ihn aufzureißen. Aber ich sage zu ihr: »Bis zum Ende des Tages liegt dir mein Angebot vor. Wenn du es nicht willst, schlage ich vor, du teilst Jesse ebenfalls einen Betrag mit, den du akzeptieren würdest, um hier rauszukommen.«

»Es tut mir leid«, flüstert Tara, aber ich blicke nicht mehr zu ihr auf. »Ich wollte dich niemals verletzen und ich werde mir niemals dafür vergeben, dass ich es getan habe. Ich erwarte von dir auch nicht, dass du mir vergibst.«

Damit hat sie recht. Was die beiden betrifft, wird es keine Vergebung geben.

Ich blicke weiterhin auf die Stromrechnung, die ich soeben geöffnet habe, und höre irgendwann, dass Tara mein Büro verlässt und die Tür leise hinter sich schließt.

Mein Atem entweicht in Form eines schmerzhaften, aber dennoch erleichterten Seufzers darüber, diese Konfrontation überstanden zu haben.

Es ist mir nicht entgangen, dass Jesse sich nicht ein einziges Mal bei mir entschuldigt hat, und das gibt mir nur ein noch besseres Gefühl darüber, dass es zwischen uns vorbei ist.

KAPITEL 7

Andrew

ICH STELLE MIR vor, dass es Brynnes Hand statt meiner eigenen ist, die sich auf meiner morgendlichen Erektion befindet, schließe die Augen und denke daran, wie weich ihre Handfläche war. Dabei lockere ich meinen Griff ein wenig, damit er ihrem ähnlicher wird.

Ich wichse mich langsam und ausgiebig, während ich an Brynne denke. Letzte Nacht habe ich von ihr geträumt.

Von ihr, wie sie in ihrem Hochzeitskleid an der Straße stand und getrampt ist. Von diesem Schleier, der von dem trockenen Wind zur Seite geweht wurde, und davon, wie sie aufrecht und stolz die Straße entlangging und dabei ihren Daumen ausstreckte.

Von ihr, wie sie sich zum Fenster heruntergebeugt hat, aber mir anstatt eines wilden Blicks ein Lächeln geschenkt hat. Es war ganz so, als träfe sie einen alten Freund, den sie schon seit Jahren nicht mehr gesehen hat, und wäre dankbar dafür, dass ich angehalten und sie mitgenommen habe.

Dieser Traum wiederholte sich während der Nacht immer wieder in meinem Kopf, ging jedoch nie weiter als bis zu dem Augenblick, in dem sie mit einem weiteren Lächeln auf dem Beifahrersitz neben mir Platz nahm, das mir sagte, ich sei genau derjenige, auf den sie gewartet hat.

Weil ich gestern bis in die späten Abendstunden Testberichte durchgesehen habe, wache ich heute Morgen auch spät auf. Aber ich habe meinen Wecker auch nicht gestellt, weil ich vor zwei Uhr nachmittags sowieso nicht bei Johns Hopkins sein muss und deswegen auch überhaupt keine Eile habe.

Es gibt nichts Besseres, als zu den Erinnerungen meiner Zeit mit Brynne vor zwei Nächten zu masturbieren.

Der Ton einer eingehenden Nachricht mischt sich unter meine schweren Atemzüge und ich höre auf, meine Hand zu bewegen. Was, wenn das Brynne ist?

Ich drehe mich zur Seite, schnappe mir mein Telefon und rufe die Nachrichten auf. Mein Schwanz pulsiert und hätte gern wieder mehr Zuwendung, doch das vergesse ich sehr schnell, weil ich in diesem Moment viel lieber von ihr hören würde. Ich wusste, dass die Möglichkeit zur Konfrontation bestehen könnte, wenn Jesse und Tara heute früh in der Praxis auftauchen würden. Zwischen uns besteht ein Zeitunterschied von drei Stunden, was bedeutet, dass es dort kurz vor halb neun ist.

Meine Brust zieht sich zusammen, als ich sehe, dass die Nachricht von ihr ist. Sie hat tatsächlich mit Jesse und Tara gesprochen.

Das war nicht einfach, aber ich bin froh, dass ich es hinter mir habe.

Ich denke gar nicht erst daran, ihr schriftlich zu antworten. Scheiß drauf, dass sie sich gerade bei der Arbeit befindet. Ich tippe auf ihre Kontaktdaten in der Nachricht und rufe sie an.

In ihrer Stimme schwingt Überraschung, als sie sagt: »Hallo du! Ich dachte, du würdest bereits bei Johns Hopkins sein und allerlei wissenschaftliche Dinge tun.«

Ich lehne mich in die Kissen zurück. Meine Erektion, die mittlerweile schon erschlafft ist, habe ich vollkommen vergessen. Lächelnd entgegne ich: »Ich muss erst um vierzehn Uhr dort sein. Ich habe mir einen faulen Vormittag gemacht und dann kam deine Nachricht. Ich dachte mir, ich rufe dich an. Ist gerade ein guter Zeitpunkt?«

»Es ist immer ein guter Zeitpunkt«, versichert sie mir und verdammt … der Gedanke daran gefällt mir.

»Wie ist es gelaufen?«

Detailreich berichtet sie mir von allem, was gesagt wurde. Sie war sauer darüber, dass Jesse es wagen konnte, erzürnt zu sein, und sie hatte das Gefühl, dass es Tara vermutlich wirklich leidtat.

Dennoch spüre ich, dass sie mir etwas verschweigt.

»Was noch?«, frage ich.

Sie lacht leise am anderen Ende. »Wieso glaubst du, dass da noch etwas anderes ist?«

Ich zucke mit den Schultern, aber das kann sie nicht sehen. »Ich weiß nicht. Ich … denke es einfach. Da ist noch etwas, richtig?«

Einen Moment lang ist sie still. Ich stelle mir vor, wie sie sich auf die Unterlippe beißt, etwas, das sie tut, wenn sie nachdenkt. Lustig, wie ich das bereits über sie weiß.

Schließlich sagt sie: »Tara hat etwas zu mir gesagt. Sie hat gemeint, dass mir gar nichts Besseres hätte passieren können, als das Foto zu finden, weil es von Beginn an ein Fehler gewesen sei, Jesses Heiratsantrag überhaupt anzunehmen.«

Ich ziehe die Augenbrauen zusammen, während ich darüber nachdenke. »Hat sie das gesagt, weil sie mit Jesse zusammen sein will?«

»Das glaube ich nicht«, antwortet sie leise. »Ich kann mir vorstellen, dass sie es mir eher als meine beste Freundin gesagt hat. Sie hat mir klargemacht, dass ich mich nicht vollkommen auf ihn eingelassen habe. Wir haben nicht zusammengewohnt und hätten auch nach unserer Hochzeit weiterhin getrennte Bankkonten gehabt. Dinge, von denen ich nicht gedacht hätte, dass sie so wichtig sein würden, aber aus ihrem Mund klang es so, als seien wir eher Geschäftspartner als Seelenverwandte oder so etwas.«

»Glaubst du das?«, frage ich.

Bitte sag, dass du es tust, damit ich weiß, dass du diesem Schwachkopf nicht hinterherweinst.

»Ich weiß es nicht. Wenn es stimmt, hört es sich so an, als sei ich ein gefühlskaltes Miststück.«

»Das ist nicht wahr«, brumme ich.

»Aber wenn es doch stimmt und auf der romantischen oder intimen Seite nicht sehr viel existiert hat, war das der Grund, warum Jesse Tara gemeinsam mit seinem Trauzeugen gevögelt hat?«

»Nein. Jesse hat Tara gemeinsam mit seinem Trauzeugen in der Nacht vor eurer Hochzeit gevögelt, weil er ein egozentrischer Idiot ist, der die Beziehung zu dir nicht ernst genommen hat.«

»Aber was, wenn ich nicht spannend genug bin? Nicht sexy genug? Nicht abenteuerlustig genug?«

»Oh Baby«, murmele ich. »Das stimmt einfach nicht. Ich brauche nur an dich zu denken und bekomme schon eine Erektion.«

Sie ist still, was bedeutet, dass sie meinen Worten ein wenig zu viel Gewicht beimisst.

»Brynne«, sage ich ins Telefon. »Es gibt nichts, was du im Nachhinein anzweifeln müsstest. Verschwende nicht eine weitere Sekunde daran, okay?«

Es vergeht ein weiterer langer Moment der Stille, aber dann sagt sie: »Was, wenn er mich betrogen hat, weil ich überhaupt nicht gut war. Ich meine ... er hat mich nicht einfach nur betrogen. Er hat eine perverse Nummer abgezogen, indem er einen Dreier in einem

Sex-Club hatte. Zumindest hat Jesse mir vorhin gesagt, dass es in einem Sex-Club passiert ist ... als ob es das verständlicher machen würde.«

Ich zucke zusammen, als sie »Sex-Club« sagt, denn obwohl ich das Wicked Horse auf dem Foto erkannt habe, wusste ich nicht, dass ihr bekannt ist, wo es aufgenommen wurde. Die Tatsache, dass dieser Ort nun Schauplatz eines furchtbaren Ereignisses in ihrem Leben ist, und der Umstand, dass ich dort große Lust erlebt habe ... manchmal auch beim Sex zu dritt ... liegen mir schwer im Magen.

Aber das schiebe ich beiseite, denn Brynne braucht Bestätigung nun mehr als irgendetwas anderes. »Ich verspreche dir, Baby, wenn es um Sex geht, bist du fantastisch. Du hast mich besser befriedigt als jemals irgendjemand anderes zuvor. Wenn zwischen dir und Jesse etwas gefehlt hat, dann lag es an ihm.«

»Es ist süß von dir, das zu sagen —«, beginnt sie, aber ich kann die Selbstzweifel laut und deutlich durch das Telefon hören.

»Wo bist du?«, unterbreche ich sie.

»Was?«

»Bist du noch bei der Arbeit?«

Sie zögert nur einen Moment. »Ja ... ich bin in meinem Büro.«

»Mach die Tür zu und schließ sie ab«, sage ich mit tiefer Stimme. »Oder schließ sie nicht ab, wenn du das hier ein wenig aufregender gestalten willst.«

»Was?«, ruft sie aus und ich kann sowohl Angst als auch Freude in ihrer Stimme vernehmen.

Ich ignoriere ihre Frage. »Ich lege jetzt auf, Brynne. Aber ich rufe dich sofort wieder über FaceTime an. Wie gesagt ... schließ deine Tür ab oder lass es. Du hast die Wahl. Aber ich werde dir zeigen, wie anziehend ich dich finde.«

Ich warte nicht auf ihre Antwort. Nachdem ich den Anruf beendet habe, beeile ich mich, vom Bett aufzustehen und mein iPad zu holen. Ich befestige es in der Halterung am Fußende des Bettes, dann tippe ich auf das FaceTime-Symbol, um sie anzurufen.

Es klingelt, während ich zurück aufs Bett krieche, das Kopfende hinter mir. Ich stelle die Füße auf, spreize die Beine und ergreife meinen dicker werdenden Schwanz mit der Hand.

Es klingelt drei Mal, bevor Brynne antwortet und ihr hübsches Gesicht auf meinem Bildschirm erscheint. Auf dem kleinen Bild in der rechten oberen Ecke kann ich erkennen, dass sie von einer sehr anzüglichen Pose meiner gespreizten Beine begrüßt wird, zwischen denen sich meine Hand befindet, die meinen Schwanz streichelt. Als ich mich zurücklehne und sie anlächele, betrachtet sie jeden Zentimeter meines vollständig nackten Körpers.

Brynnes Augen werden größer und ihre Wangen erröten. Es sieht so aus, als würde sie mit dem Rücken zu einer Tür stehen, während sie sich das Telefon vors

Gesicht hält.

»Hast du abgeschlossen?«, frage ich und fahre mit dem Daumen über meine Schwanzspitze, um die Feuchtigkeit aufzunehmen.

Sie nickt. Ihr Gesicht ist rot und ihr Blick heizt sich auf.

Ich nehme meine Hand und reibe Daumen und Zeigefinger aneinander, wo ich die Geschmeidigkeit meines Lusttropfens spüre. Sie beobachtet mich ehrfürchtig und leckt sich über die Unterlippe.

Grinsend beginne ich, meine Hoden zu massieren, dann nehme ich erneut meinen Schwanz in die Hand und wichse ihn. »Ich wünschte, das wäre deine Hand, Brynne.«

»Ich auch«, flüstert sie.

»Setz dich auf deinen Stuhl«, weise ich sie an. »Platziere dein Telefon so, dass ich dich vollständig sehen kann.«

Sie gehorcht, ohne zu zögern, auch wenn ich kleine überraschte Atemzüge vernehmen kann. Das Telefon wird herumgedreht und ich sehe erst einen Teil der Decke, dann des Fußbodens, werde am Schreibtisch vorbei getragen und dann bleibt das Bild konstant. Es scheint, als hätte sie es auf einem Regal an der rechten Seite ihres Schreibtisches abgelegt. Dann tritt sie Schritt für Schritt zurück und beobachtet den Bildschirm, um zu kontrollieren, was ich sehen kann und was nicht.

Während ich darauf warte, dass sie sich mir

vollständig präsentiert, denke ich darüber nach, welche Kleidung sie wohl im Büro trägt. Zieht sie einen Arztkittel an, den ich an ihr total sexy finden würde? Oder donnert sie sich auf?

Als ihr gesamter Körper in meinem Blickfeld erscheint, sehe ich eine Frau, der Mode wichtig ist. Sie trägt ein schwarz-weißes Wickelkleid mit Leopardenmuster, das ihren Körper perfekt umschmeichelt. Komplettiert wird das Ganze von schwarzen Pumps, wobei ihr dunkles Haar zu einem tief sitzenden Dutt am Hinterkopf zusammengebunden ist.

Sie geht weiter rückwärts zu ihrem Stuhl.

»Ich kann dich sehen«, sage ich, während ich fortfahre, mich langsam zu streicheln. »Jetzt setz dich und dreh dich zu mir.«

Sie zögert keine Sekunde, aber ich muss grinsen, als sie elegant Platz nimmt und ihre Beine übereinanderschlägt, als sei ich der Einzige, der eine Show abziehen wird.

Ich tadele sie kopfschüttelnd. »Oh nein, das wirst du nicht tun. Ich will mehr von dir sehen. Zieh deinen Rock hoch und spreiz die Beine.«

Brynne schnappt nach Luft und blickt nachdenklich zur Tür. Sie hat sie verschlossen, aber ich kann sehen, dass sie sich gerade sehr unsicher fühlt.

»Tu es«, befehle ich ihr mit sanfter Stimme. Ich will nicht, dass sie einen Rückzieher macht.

Sie dreht den Kopf wieder in meine Richtung und

öffnet die Beine. Dann schiebt sie langsam ihren Rock hoch und spreizt die Schenkel, bis ich einen weißen Slip und leicht gebräunte Oberschenkel erblicke.

»Lass mich deine Titten sehen«, sage ich. Allein davon, ein klein wenig ihrer Haut gesehen zu haben, zuckt mein Schwanz und meine Hoden werden schwer.

Sie schiebt ihre Finger in ihren Ausschnitt und beginnt, ihn auseinanderzuziehen. Das Wickelkleid besitzt eine elastische Komponente, aber als ihre Brüste in einem passenden weißen BH zum Vorschein kommen, sehen sie durch die Enge des Stoffes an den Seiten zusammengedrückt aus.

Ohne mich zu fragen, befreit Brynne eine ihrer perfekten Rundungen aus dem Körbchen und ich beiße die Zähne zusammen, als sie sich in die Brustwarze kneift und anfängt, sie zu zwirbeln.

»Scheiße«, murmele ich. Ich drücke meinen Schwanz an der Wurzel zusammen und halte einen Moment lang still.

Dann – ebenfalls, ohne zu fragen – legt Brynne eine Hand auf ihren Slip und schiebt ihre Finger von oben hinein. Meine Sicht wird durch das blickdichte Material behindert, aber manchmal ist es besser, nur eine Ahnung von dem zu bekommen, was passiert. Ich kann ihre Hand sehen, die sich nach unten bewegt, während sie ihre Beine weiter spreizt. Sie lässt den Kopf zurückfallen und stöhnt, und ich kann gerade genug erkennen, um zu wissen, dass sie sich soeben einen Finger tief in die

Muschi eingeführt hat.

Meine Hand zuckt an meinem Schwanz und ich beginne erneut, ihn zu streicheln.

Mir stockt der Atem in der Brust, während ich Brynne beim Masturbieren zusehe. Sie rutscht noch weiter auf dem Stuhl nach unten, öffnet ihre Beine weit und beginnt, die Hand in ihrem Slip schneller zu bewegen, während sie mit der anderen ihre Brustwarze kneift und zwirbelt.

»Ich wünschte, mein Gesicht wäre jetzt zwischen deinen Beinen, Brynne«, flüstere ich und wichse mich fest.

Stöhnend blickt sie mich durch die Kamera hindurch an. Sie hat ihre Hand ein klein wenig herausgezogen, woran ich erkennen kann, dass ihre Finger, die höchstwahrscheinlich vollkommen mit den Säften überzogen sind, die sie aus sich herausgelockt hat, während sie sich gefingert hat, lediglich ihre Klitoris berühren.

Meine Hoden ziehen sich zusammen, als sie anfängt, ihre Hüften kreisen zu lassen, um sich dadurch mehr Reibung zu verschaffen, und mir läuft das Wasser im Mund zusammen, als ich mich an ihren süßen Geschmack erinnere.

»Ich komme«, flüstert sie und bewegt ihre Hand nun so schnell, dass sie beinahe schon vibriert.

Mir geht es genauso.

Aus meinen Hoden steigt die Hitze auf, meine

Bauchmuskeln ziehen sich fest zusammen und ich drücke meine Fersen in die Matratze hinein. Mit einem letzten, groben Strich lasse ich mich gehen. Warmes Sperma spritzt auf meinen Bauch und meine Brust, während ich befriedigt aufstöhne. Dann durchfährt mich die Lust ein weiteres Mal, als Brynne ebenfalls aufschreit. Ihre Hüften heben sich vom Sitz des Stuhls und ihre Hand liegt still auf ihrer Klitoris auf, damit sie sich vom Rausch ihres Orgasmus hinwegtragen lassen kann.

Ihr Körper erschaudert und ich werde erneut von einem Luststoß erfasst, der mir eine weitere Ladung Sperma auf dem Oberkörper beschert. Verdammt, ich bin mir nicht sicher, ob das ein verlängerter Orgasmus war oder ob ich soeben zweimal gekommen bin, aber was auch immer es war, es fühlt sich fantastisch an.

Brynne hebt den Kopf und zieht langsam die Hand aus ihrem Höschen. Sie steht von ihrem Stuhl auf, wobei ihr die Brüste noch immer aus dem Kleid hängen und eine Brustwarze weiterhin aufrecht steht, und tritt näher an die Kamera des Telefons heran. Sie nimmt das Gerät vom Regal und in die Hand, sodass ich nun nur ihr Gesicht sehen kann.

»Danke«, murmelt sie.

Ich fühle mich seltsam entblößt, wie ich immer noch mit gespreizten Beinen und erschlafftem Penis auf dem Rücken liege und mein Oberkörper von einer riesigen Ladung meines eigenen Spermas bedeckt ist.

»Nein Baby«, sage ich lächelnd, »ich danke dir.«

Sie wirft mir einen Luftkuss zu und fragt dann: »Können wir das irgendwann noch mal machen?«

»Heute Abend«, verspreche ich ihr.

»Dann bis heute Abend«, sagt sie lächelnd und beendet das Gespräch, während ich auf den leeren Bildschirm meines iPads starre.

Ich strecke die Beine aus und lehne den Kopf zurück. Ich denke über diese Frau nach und darüber, wie schnell sich mein Leben verändert hat, seit ich sie vor zwei Tagen getroffen habe.

Ich weiß, dass sich der Rest der Woche wie Kaugummi hinziehen wird, bis ich sie wiedersehen kann.

KAPITEL 8

Brynne

B EI DEM KLOPFEN an meiner Eingangstür fängt mein Herz an zu hämmern und ich schaue ein letztes Mal in den Spiegel. Eigentlich hatte ich Andrew nackt begrüßen wollen, aber dann habe ich mich nicht getraut und mir stattdessen einen seidenen Morgenrock angezogen, der mir bis zur Mitte der Oberschenkel reicht.

Ich binde mir vor Nervosität den Gürtel noch einmal und verlasse mein Schlafzimmer. Eher aufgeregt als nervös, ihn zu sehen, gehe ich durch das Wohnzimmer.

Als ich die Tür öffne, steht er dort in ausgewaschenen Jeans, Turnschuhen und einem Metallica-T-Shirt.

Seine Augen werden heller, strahlen im zartesten Grau und betrachten mich anerkennend von oben bis unten. Weil Andrew jemand ist, der Raffinesse schätzt, denke ich, dass ich die richtige Wahl getroffen habe. Ich bin sexy und einladend, ohne wie ein leichtes Mädchen auszusehen.

»In dieser letzten Woche habe ich sehr oft von dir geträumt, aber nichts ist so gut, wie dich in Fleisch und Blut zu sehen«, murmelt er, tritt ohne Einladung über die Schwelle und schließt die Tür hinter sich.

Bevor er mich erreicht, ziehe ich einen Zettel aus der Tasche meines Morgenrocks – dreifach gefaltet – und halte ihn ausgestreckt vor mich hin. Er sieht es, grinst und greift in die Gesäßtasche seiner Jeans. Andrew streckt mir einen Zettel entgegen, von dem ich weiß, dass er die gleichen Informationen enthält wie meiner, nur ist seiner viermal gefaltet.

Während dieser letzten Woche zwischen Sex über FaceTime und anschließenden noch längeren Gesprächen am Telefon haben wir uns über die Zukunft unterhalten. Ich denke zwar nicht, dass irgendeiner von uns über ein gemeinsames Leben in einem Haus mit weißem Gartenzaun nachdenkt, aber wir wissen beide, dass wir einander weiterhin treffen möchten.

Das bedeutet, dass wir unsere sexuelle Erkundungsreise fortsetzen wollen, und ich bin diejenige, die die Tatsache angesprochen hat, dass ich die Pille nehme. Es schien natürlich zu sein, logisch darüber zu denken, wo wir beide doch einen medizinischen und wissenschaftlichen Hintergrund haben.

Andrew schlug vor, wir sollten einander in Bezug auf unsere Gesundheit vertrauen, sagte aber auch, dass wir alle Zweifel aus dem Weg räumen und uns testen lassen sollten.

Und das haben wir getan.

Ich habe meine Gynäkologin um einen Gefallen gebeten. Da sie und ihre Familie Patienten bei mir in der Zahnarztpraxis sind, hat sie mich getestet und die Ergebnisse beschleunigt, aber erst, nachdem ich ihr erzählt hatte, was bei der Hochzeit passiert war.

Andrew bat einen seiner Freunde in D.C. um diesen Gefallen, denn er besitzt weitaus mehr medizinische Kontakte als ich.

Wir haben uns die Ergebnisse in dieser Woche per Telefon mitgeteilt, aber ich finde es urkomisch, dass wir beide daran gedacht haben, dem jeweils anderen als Erstes den Zettel mit dem Testergebnis zu zeigen.

Oder zumindest versuchen zu zeigen.

Andrew wirft seinen zur Seite und er segelt über die Rückenlehne des Sofas. Danach nimmt er mir mein Testergebnis aus der Hand und wirft es zu Boden, was mir signalisiert, dass mein Wort ausreichend für ihn ist und er diesen Beweis nicht benötigt.

Ich empfinde genauso.

Dann schlingt er seine Arme um mich und presst seinen Mund gierig auf meinen. Video-Sex ist zwar toll, aber nichts ist vergleichbar mit dem Gefühl seiner starken Hände auf meinem Körper, oder seiner Zunge, die sich um meine windet. Sein Geruch ist einzigartig und köstlich, und ich werde feucht, als ich mit meinen Händen über seine muskulösen Schultern und Arme streichele.

Mit einem Knurren reißt Andrew mir den Morgenrock herunter und dreht mich herum, sodass ich mit dem Rücken an der Wand stehe, die den Flur vom Esszimmer abgrenzt. Er greift mit einer Hand in mein Haar, die andere schiebt er mir zwischen die Beine, die in dem Augenblick wegzuknicken drohen, als er mit seinen Fingern durch meine feuchte Spalte fährt.

Stöhnend öffne ich seine Gürtelschnalle und schiebe schließlich den Reißverschluss nach unten. Als ich seine riesige Erektion befreie, an deren Unterseite eine dicke Vene entlangläuft, stöhne ich auf, weil ich unbedingt meine Zunge daran entlangwandern lassen möchte. Ich bin gerade dabei, auf die Knie zu gehen, da schiebt Andrew zwei Finger in mich hinein und drückt mich nach oben, sodass ich beinahe schon auf Zehenspitzen stehe.

Er dreht den Kopf zur Seite, löst seinen Mund gewaltsam von meinem und knurrt mir ins Ohr: »Leg deine Arme um meine Schultern und schling die Beine um meine Taille.«

Ich zögere nicht und springe ihn an, während sich seine Finger immer noch tief in mir befinden. Als mein Körper auf seinen trifft, schieben sie sich nur noch tiefer hinein und ich schlinge meine Beine fest um ihn.

Mein Körper übernimmt die Kontrolle. Zu meiner Überraschung ziehe ich mich an seinen Schultern nach oben und beginne, seine Hand zu reiten. Andrew grunzt anerkennend und blickt nach unten, um dem Ganzen zuzusehen.

Ich schnappe nach Luft, als er seine Hand dreht, um seinen Daumen gegen meine Klitoris zu pressen. Mit seinem anderen Arm hält er mich unter dem Hintern fest und drückt mich mit dem Rücken gegen die Wand, um eine bessere Hebelwirkung zu erzielen.

»Bring dich zum Orgasmus, Brynne«, murmelt er, während er mich dabei beobachtet, wie ich seine Hand ficke.

Ich brauche keinen Ansporn. Ich sauge die Luft ein, kreise mit den Hüften und konzentriere mich auf den Daumen, der Druck auf dieses empfindliche Nervenbündel ausübt, sowie auf die Fülle seiner Finger, die in mir stecken.

Ich winde, reibe und werfe mich in seinen Armen hin und her. Plötzlich sehe ich alles verschwommen und Sterne explodieren, während ich meinen Höhepunkt herausschreie. Mein gesamter Körper zieht sich zusammen und ich bin mir nur am Rande bewusst, dass Andrew mich nun mit beiden Händen unter dem Hintern festhält und gegen die Wand drückt. Als er die Knie beugt, nehme ich seinen Penis und führe ihn an meine Öffnung.

Die Spitze seines dicken Schwanzes dringt zwei Zentimeter in mich ein und mich durchfährt ein weiterer Lustschauer. Ich stöhne und er schiebt sich nach oben, vorbei an jedem Widerstand, um sich tief in mir zu vergraben.

Ich schlinge meine Arme fest um seine Schultern. Andrew geht erneut in die Knie, was dazu führt, dass sein Schwanz beinahe vollständig aus mir herausrutscht, bevor er sich wieder nach oben drückt. Er stößt in mich hinein, drückt mich gegen die Wand und erschwert mir das Atmen.

Aber wer braucht in solch einer Situation schon Sauerstoff?

Ich bin ausgefüllt von Andrew.

Er rammt seinen Schwanz einige Male kräftig in mich hinein, dabei höre ich seinen stockenden Atem an meinem Ohr. Ich ergreife seinen Hintern mit einer Hand, um zu versuchen, ihn noch tiefer in mich hineinzudrücken, und liebe es, wie die Muskeln sich bei jedem Stoß zusammenziehen.

Als mein Bauch sich anspannt und mich ein pochender Schmerz direkt in der Mitte trifft, explodiere ich erneut.

»Andrew!«, kreische ich wegen dieses überraschend schnellen zweiten Höhepunktes.

Er grunzt als Antwort lediglich und stößt weiterhin unablässig in mich hinein. Das Gemälde von Will Rafuse, das neben meinem Kopf hängt, wackelt angesichts der Wucht, mit der er mich vögelt.

Andrew rammt sich in mich und wird plötzlich still, seine Finger graben sich in meinen Hintern. Er legt seine Stirn auf meine Schulter und ich spüre, wie sein

Höhepunkt durch seinen Körper fährt und er sich in mir entlädt.

»Brynne«, haucht er mit einer Mischung aus Erleichterung und Erschöpfung. Seine Hüften zucken und drücken sich an mich, und ihm läuft ein weiterer Schauer den Rücken herunter. »Oh Scheiße, das ist gut!«

»Ja«, flüstere ich und streichele mit meiner Hand durch sein kurzes Haar. »Wirklich gut.«

Er hebt den Kopf und grinst, bevor er sich über seine Schulter hinweg in meinem Wohnzimmer umblickt. Dann dreht er uns beide von der Wand weg. Bevor mir klar wird, was gerade geschieht, liege ich auch schon auf dem Sofa und er kniet zwischen meinen gespreizten Beinen.

Mit seinen Händen auf meinen Oberschenkeln drückt er einmal leicht zu, bevor er seinen Blick über meinen Körper nach unten wandern lässt. Auf meiner Muschi macht er halt.

Zu meinem absoluten Schock schiebt er seine Finger in mich hinein. Ich stöhne auf, als er sie bis zu den Fingerknöcheln einführt und sie dann nach innen dreht. So bleibt er für eine weitere Sekunde, bevor er sie wieder herauszieht. Seine Finger sind nun tropfnass von seinem eigenen Sperma, das mit meinen Säften vermischt ist.

Es existieren keine passenden Worte, während ich ihm dabei zusehe, wie er seinen Samen an den Innenseiten meiner Oberschenkel verreibt. Er führt sie erneut ein, holt noch mehr heraus und reibt ihn auf meine Brüste, wobei er mit seinen Daumen über meine empfindlichen Brustwarzen fährt. Trotz meiner beiden Orgasmen bin ich bereits wieder unfassbar scharf.

Meine Stimme hört sich an, als hätte ich einen Frosch verschluckt, denn ich krächze: »Was tust du da?«

Er hebt den Kopf und blickt mir verlegen in die Augen. Seine Finger auf meiner Brust hören plötzlich auf, sich zu bewegen. Er zuckt leicht mit den Schultern. »Ich weiß es nicht. Ich wollte mich einfach nur auf dir sehen, nicht nur in dir.«

In meinem Bauch kribbelt es so sehr, wie ich es noch niemals zuvor empfunden habe. Als ob ich soeben auf irgendeine Weise »sein« geworden bin, wie ich noch nie sonst zu jemandem gehört habe.

Der Gedanke daran ist nicht im Geringsten abstoßend. Im Gegenteil, ich fühle mich aus irgendeinem seltsamen Grund sehr sicher und geborgen.

Andrew lächelt mich an, schiebt seine Hand wieder zwischen meine Beine und führt seine Finger erneut in mich ein. Dieses Mal erstarrt mein gesamter Körper jedoch vor Schock und Lust, als er mit den nassen Fingerspitzen an meiner Muschi vorbeistreicht und meinen Hintern berührt. Er drückt die Spitze seines warmen Fingers gegen mein Loch und ich hebe die Hüften, um ihm besseren Zugang zu verschaffen.

Er lacht leise und sein Lächeln verwandelt sich in ein sündhaftes Grinsen. »Dieses Wochenende spielen wir hier hinten, okay?«

Mir läuft ein heißer Schauer über den Körper, sowohl vor Lust als auch vor Scham. Andrew hat mir in dieser vergangenen Woche so einige schmutzige Dinge über Analsex erzählt und ist bei den Dingen, die er gern mit mir tun würde, sehr deutlich geworden. Ich gab zu, dass ich damit keinerlei Erfahrung habe, und er sagte, dass er dem bei unserem nächsten Wiedersehen Abhilfe schaffen würde.

Seitdem habe ich darüber fantasiert, habe aber ebenfalls ganz schön Angst davor. Es handelt sich dabei um nichts, was ich vorher überhaupt in Betracht gezogen hätte, denn um ehrlich zu sein, hatte Jesse einen unfassbar großen Schwanz.

Riesig ... aber er hatte keine Ahnung, was er damit anstellen sollte.

Er war die Art von Mann, die glaubte, dass die Tatsache, einen großen Schwanz zu haben, schon ausreiche, um eine Frau zu befriedigen, aber ich bin nicht ein einziges Mal von seinem Schwanz allein zum Orgasmus gekommen. Ich hatte immer selbst mit der Hand nachhelfen müssen. Jesse hat jedenfalls ganz sicher nie versucht, mich dabei zu unterstützen. Rückblickend denke ich, er muss gedacht haben, dass er für jeden einzelnen meiner Orgasmen selbst gesorgt hat, wo sie in Wahrheit jedoch alle auf mein Konto gegangen sind.

Jesses Schwanz war nicht übermäßig lang, aber er war dick und breit. Ich hätte ihn da hinten niemals in mich aufnehmen können.

Aber Andrews vielleicht.

Er ist relativ beträchtlich, besitzt jedoch die perfekten Proportionen zwischen Breite und Länge. Er hat einen Schwanz, von dem Frauen träumen, ihn in sich zu haben. Und was sogar noch besser ist, er weiß, wie er ihn zu benutzen hat, gemeinsam mit jeder anderen Waffe in seinem Arsenal. Hände, Finger, Worte und Laute. All diese Dinge ergänzen seine Fähigkeiten, mit seinem Schwanz umzugehen.

Bei meinen innerlichen Gedankengängen muss ich laut kichern.

»Was könnte nach diesem fantastischen Sex und meinem Finger an deinem geheimsten Ort wohl so komisch sein?«, fragt Andrew und seine Augen blitzen verspielt auf.

Ich schlucke und blicke ihn schüchtern an. »Ich hatte gerade nur wirklich schmutzige Gedanken über dich.«

»Ooooh«, zieht er das Wort mit ehrlichem Interesse in die Länge. Er nimmt seine Hand von meinem Po und legt sich mit seinem Körper auf mich. »Erzähl mir davon.«

»Das werde ich«, versichere ich ihm und nehme sein Gesicht in meine Hände, um ihn für einen Kuss an mich zu ziehen. »Aber lass uns zuerst duschen und Mittagessen gehen. Ich verhungere.«

»Ich auch«, sagt er, jedoch auf eine Art und Weise, bei der ich nicht denke, dass ihm der Sinn nach einem Cheeseburger steht.

Das zeigt sich, als er an meinem Körper hinunter gleitet und grob meine Beine auseinander drückt. Mit den Fingern spreizt er meine Muschi und betrachtet sie kurz, bevor er anfängt, sich abzusenken.

Ich lasse meine Hände hervorschnellen und umfasse seinen Kopf. »Warte!«

»Was denn?«, fragt er leicht gereizt.

»Ich möchte mich zuerst waschen«, antworte ich lahm und bin mir sicher, dass dieser Satz die Stimmung kaputt gemacht hat. »Ich meine ... ich bin innen wie außen voll mit –«

Andrew unterbricht mich, indem er seinen Mund auf meine Klitoris presst und saugt. Ich schreie bei der warmen Berührung auf und bin überrascht, so überstimuliert zu sein.

Nachdem er seinen Kopf gehoben und mich angeblickt hat, murmelt er: »Das sind wir beide zusammen und wir schmecken einfach fantastisch.«

Angesichts der Wahrheit in seinen Worten beginnt mein Körper zu zittern. Aus einem trockenen und ausgedörrten Hals krächze ich: »Dann bitte, mach nur weiter.«

»Danke schön«, sagt er augenzwinkernd und geht dann dazu über, mir einen weiteren sensationellen Orgasmus zu bescheren, der mich auseinanderreißt und mir trotzdem das Gefühl gibt, vollkommener zu sein, als ich es in meinem gesamten Leben jemals gewesen bin.

◆

ANDREW LÄSST SEINEN Körper auf meinen fallen und sagt erschöpft: »Okay. Das war's. Ich habe absolut keine Energie mehr übrig.«

Ich schaue auf die Uhr und sehe, dass es beinahe Mitternacht ist, aber ich verstehe, was er meint. Mit Ausnahme eines kleinen Ausflugs, um etwas zu Mittag zu essen, haben er und ich den Tag und später auch den Abend weitgehend im Bett verbracht. Zwischendurch haben wir uns kurz zum Kühlschrank begeben, um die Überreste des Mittagessens – Tacos mit Hackfleisch und spanischem Reis – zu vernichten, bevor wir zurück ins Bett gefallen sind.

Beinahe zwölf Stunden, in denen wir uns berührt, geschmeckt, gevögelt und miteinander unterhalten haben. Ich bin erschöpft und weiß, dass ich heute Nacht sehr gut schlafen werde.

»Möchtest du ein heißes Bad nehmen?«, fragt Andrew mich schläfrig, als er sich von mir herunterrollt, nur um mich in seine Arme zu ziehen.

Ich kuschele mich dicht an ihn und murmele: »Nein, das brauche ich nicht.«

»Wund?«

»Ein wenig«, gebe ich zu, aber das wird mich nicht davon abhalten, ihm den Zugang zu meinem Körper zu gewähren, wann immer er darum bittet.

»Morgen werde ich deiner Muschi eine Pause

gönnen«, verspricht er mir düster. »Denn morgen wird sich alles um deinen Arsch und meinen Mund drehen.«

»Oh Gott, Andrew«, murmele ich durch einen Schleier von Lust und Ehrfurcht. »Du sagst all diese schmutzigen Dinge zu mir, die in mir den Wunsch erwecken, wie ein Hund zu bellen.«

Er lacht und sein Lachen poltert durch seine Brust direkt in mich hinein. Er zieht mich mit seinen Armen noch näher an sich und drückt seine Lippen für einen federleichten Kuss auf meine Stirn. »Du bist einfach zu süß, wenn du deine eigene Sexualität anzweifelst.«

»Was meinst du?«, frage ich und wage es nicht, den Kopf zurückzulegen und ihm in die Augen zu schauen. Ich will, dass er absolut ehrlich zu mir ist.

»Du bist eine unheimlich sexuelle Frau, Brynne. Wenn irgendjemand dich dazu gebracht hat, etwas anderes zu glauben, so war es von diesem jemand sehr falsch und masochistisch, dich in diesem Glauben zu lassen.«

»Und trotzdem konnte mein Verlobter erst Befriedigung erfahren, als er einen Dreier mit meiner besten Freundin und seinem besten Freund hatte«, sage ich bitter, bereue meine Worte jedoch sofort. Ich befreie mich aus Andrews Umarmung, knie mich seitlich neben ihn und blicke auf ihn herab. Er hebt den Kopf und sieht mich neugierig mit hochgezogener Augenbraue an, als ich meine Hände auf seine Brust lege. »Es tut mir leid. Ich hätte nicht davon anfangen sollen. Das liegt in der

Vergangenheit und ich will nicht, dass du denkst, ich stecke in einem Sumpf aus Wut und Trauer fest.«

Er nimmt meine Hände, führt sie sich an den Mund und küsst meine Fingerspitzen. »Du kannst mit mir jederzeit über deinen Frust sprechen, süße Brynne. Ja, wir schlafen miteinander, aber du bist mir wichtig. Bei mir bist du sicher – ob du reden oder etwas anderes tun willst. Das zwischen uns ist mehr als nur Sex, okay?«

Ich atme hörbar aus und sage: »Nein. Es macht mir wirklich nichts aus, dass die Hochzeit abgesagt wurde und all das. Ich denke, ich verstehe einfach nur das Ausmaß seiner Ausschweifungen nicht. Ich meine ... was haben die Leute denn schon von einem Dreier? Sex ist etwas so Intimes, das er nur von zwei Menschen vollzogen werden sollte, die einander wichtig sind. Bei dem Gedanken daran, eine dritte Person in dieses Bett einzuladen, dreht sich mir der Magen um.«

Andrews Kiefer spannt sich an und ich wette, er würde Jesse jetzt gern den Hals umdrehen, weil er der Grund für dieses Gespräch zwischen uns ist. Er zieht mich zu sich nach unten, drückt meine Wange an seine Brust und hält mich fest.

»Ich könnte mir vorstellen«, sagt er schließlich leise, »dass es bei dem, was Jesse und Tara getan haben, nur darum ging, sich auf eine sexuelle Weise gut zu fühlen, und das alles nichts mit echter Vertrautheit und Intimität zu tun hatte.«

»Du sagst also, dass Leute, die Dinge wie Sex zu dritt

mögen, nicht wirklich intim miteinander sind? Dass ihnen der andere egal ist? Es ist also ein tierischer Instinkt, bei dem es nur um Befriedigung geht?«

Ich bekomme nicht sofort eine Antwort, aber seine Hand, die mir über den Rücken streichelt, fühlt sich beruhigend an, also warte ich.

Seine Stimme klingt ein wenig tonlos, als er sagt: »Ich weiß, dass es Menschen gibt, die sich in Dreierbeziehungen sehr wohl fühlen. Aber ich denke, dass es dafür sehr viel Vertrauen bedarf und man sich umeinander kümmern muss, damit es langfristig hält.«

Vollkommen überrascht bemerke ich, wie sich mein Gesicht ungläubig verzieht. »Nun ja, ich könnte es nicht tun. Ich würde dich niemals mit irgendjemandem teilen.«

»Glaub mir, Brynne«, sagt er und das Tonlose ist aus seiner Stimme verschwunden, »ich würde dich weder mit einem Mann *noch* mit einer Frau teilen.«

Und ohne einen weiteren Gedanken an meine Vergangenheit und daran, wie mir von zwei anderen Männern das Herz gebrochen wurde, glaube ich ihm, als er mir das sagt.

KAPITEL 9

Andrew

B RYNNE KREISCHT, ALS ich mich auf sie setze und mit meinen Fingerspitzen auf ihre Rippen trommele. Sie ist unheimlich kitzelig und ihr Lachen ist ansteckend.

»Gib es zu«, fordere ich sie auf, halte mit einer Hand ihr Handgelenk fest und attackiere mit der anderen erneut ihre Rippen.

»Aufhören!«, schreit sie, wirft ihren Kopf hin und her und zappelt unter meinem Gewicht herum. Tränen rinnen ihr aus den Augen, während sie lacht und schnaubt. »Ich gebe es zu! Ich schwöre, ich gebe es zu!«

»Braves Mädchen«, lobe ich sie. Dann nehme ich beide Handgelenke und drücke sie oberhalb ihres Kopfes in die Matratze. Während sie wieder zu Atem kommt, bleibe ich über ihr, mit den Innenseiten meiner Oberschenkel gegen ihre Hüften gedrückt und meinem erschlafften Schwanz auf ihrem Bauch. »Jetzt gib es zu.«

Sie hört auf zu lachen, grinst mich aber immer noch mit einem albernen Gesichtsausdruck an. Sie hustet, kichert, hustet noch einmal. »Na gut ... ich gebe zu ...«

Sie schnaubt und fängt wieder an zu lachen, dabei schüttelt sie auf dem Kissen den Kopf. »Vergiss es ... ich gebe es nicht zu!«

Ich schenke ihr ein lüsternes Lächeln und bewege mein Gesicht ganz nahe an ihres. »Willst du, dass ich ihn wieder reinstecke? Willst du, dass ich dich noch einmal so durchficke? Denn wenn du es nicht zugeben willst, werde ich dich noch einmal dazu bringen, wie ein Hund zu bellen, nur um dich zu beschämen.«

Brynne presst die Lippen fest aufeinander und in ihren Augen blitzt etwas Spitzbübisches auf.

Ich grinse. »Es hat dir gefallen. Du hast es sogar geliebt.«

Sie schürzt die Lippen und legt den Kopf leicht schief. Einen Moment lang blickt sie mich an, bevor sie erleichtert die Luft ausstößt. »Okay ... ich gebe es zu. Ich gebe zu, dass es mir gefallen hat, als du ... als du ...«

Meine Güte, manchmal ist sie in ihrer unschuldigen Art so verdammt hinreißend.

»Sag es, Brynne. Sag mir, dass es dir so richtig gut gefallen hat, als ich diesen Analstöpsel in deinen kleinen, engen Arsch gedrückt und dich dann von hinten gefickt habe.«

Ihre Wangen, die für gewöhnlich eine leichte Bräune aufweisen, werden krebsrot und sie senkt beschämt den Blick.

»Ich fand es scharf«, teile ich ihr heiser mit und sie

blickt mich mit großen Augen an. »Ich fand es scharf, dieses kleine Loch auszufüllen und dich dann auf die Matratze zu drücken. Ich fand es scharf, dass du jedes Mal aufgeschrien hast, wenn ich zugestoßen habe, weil sich dadurch dieses kleine Ding in deinem heißen, kleinen Körper bewegt hat. Und als du gekommen bist ... oh Gott, das war so intensiv, dass ich es überall gespürt habe. Ja ... ich fand es scharf. Ich kann es nicht erwarten, beim nächsten Mal einen größeren Stöpsel zu benutzen. Schon bald wirst du meinen Schwanz dort hinten aufnehmen.«

Stöhnend versucht Brynne, ihr Gesicht abzuwenden, aber ich hindere sie daran. Ich presse meinen Mund auf ihren und küsse sie wild, erstaunt darüber, dass mein Schwanz als Reaktion darauf zusammenzuckt. Ich habe soeben erst den Orgasmus aller Orgasmen erlebt, bei dem ich auf ihr abspritzte, nachdem ich ihr den Stöpsel während ihres eigenen heftigen Höhepunkts herausgezogen hatte. Es war großartig.

Sie schlingt die Arme um meinen Hals und ich lege mich mit meinem Körper auf sie. Nach dem Frühstück, das aus Rosinenmüsli und Bananen bestand, sind wir sofort wieder zurück ins Bett gegangen. Und ich hatte mein Versprechen nicht halten können, mich lediglich auf ihren Hintern zu konzentrieren und dabei nur meinen Mund zu benutzen. Nachdem ich diesen Stöpsel eingeführt hatte, bettelte sie bereits um meinen Schwanz und ich musste ihn ihr geben.

Als ich mich von dem Kuss löse, sind Brynnes Wangen immer noch rosa gefärbt, aber sie gibt mutig zu: »Es hat mir wirklich gut gefallen. Macht das ein schmutziges Mädchen aus mir?«

»So ein verdammt schmutziges Mädchen«, sage ich lachend, aber das ist sie nicht wirklich. Sie ist einfach … perfekt.

Ich bin gerade im Begriff, mich für einen weiteren Kuss wieder abzusenken, da halte ich abrupt an, weil es an der Tür klingelt. Sie ächzt und ich lasse mich seufzend auf den Rücken fallen.

»Vermutlich nur die Nachbarskinder, die irgendetwas verkaufen wollen«, sagt sie, als sie aufsteht und einen Morgenmantel vom Haken hinter der Tür nimmt. Es ist nicht die sexy Variante, die sie getragen hat, um mich zu begrüßen, als ich gestern ankam, sondern ein schlichter Frotteemantel, der ihr bis zu den Schienbeinen reicht.

»Ich gehe duschen«, sage ich, als ich mich aus dem Bett rolle. »Und danach sollten wir heute tatsächlich mal das Haus verlassen und etwas unternehmen.«

»Ich wette, ich kann dir das ausreden, sobald ich mich zu dir in die Dusche geselle«, witzelt sie und meinem Schwanz gefällt das sehr gut.

»Ach ja?«, frage ich interessiert.

»Ich stelle mir vor, dich von oben bis unten einzuseifen und dir dann den besten Blowjob zu geben, den du jemals bekommen hast. Ich habe irgendwo gelesen, dass ich gleichzeitig deine Prostata massieren kann, was einem Mann den besten Orgasmus überhaupt bescheren kann.«

Stöhnend lege ich den Kopf in den Nacken. Wenn es einen Gott gibt, dann lass sie bitte recht haben.

Es klingelt erneut an der Tür und sie zwinkert mir frech zu, bevor sie aus dem Zimmer eilt.

Ich bücke mich, hebe meine Kleidung vom Boden auf und gehe dann ins Badezimmer. Gerade als ich eintreten will, höre ich Brynne rufen: »Was tust du hier?«

Das ist höchstwahrscheinlich keine Pfadfinderin, die sich da auf ihrer Veranda befindet, und ich ziehe schnell meine Boxershorts an, bevor ich leise den Flur entlanggehe. Ich halte am Ende an und drücke mich gegen die Wand, um nicht gesehen zu werden und lauschen zu können.

Eine männliche Stimme dringt durch den Raum. »Ich wollte sehen, wie es dir geht. Und ich habe dir einige der Sachen mitgebracht, die du bei mir gelassen hast.«

Jesse.

Das Arschloch.

Ich balle die Hände zu Fäusten, bleibe jedoch an Ort und Stelle stehen, um Brynne die Möglichkeit zu geben, mit ihm selbst fertigzuwerden.

»Und meine Güte … schau dich einmal an, Brynne«, sagt er mit schwermütiger Stimme. »Es ist fast schon Mittag und du liegst immer noch im Bett. Das sieht dir gar nicht ähnlich. Du musst ja vollkommen niedergeschlagen sein. Lass uns rausgehen und irgendwo zu Mittag essen. Vielleicht können wir darüber sprechen, wie wir dir einen Therapeuten finden können.«

Ich ziehe wegen seines herablassenden Tons eine Grimasse und kann mir sehr gut Brynnes Gesichtsausdruck vorstellen.

»Es geht mir ausgezeichnet«, entgegnet sie mit frischer und professioneller Stimme. »Aber danke, dass du mir meine Sachen gebracht hast.«

Das raschelnde Geräusch verrät mir, dass sie ihm abgenommen hat, was auch immer er ihr mitgebracht hat.

»Und jetzt«, fährt sie fort, »wenn du mich entschuldigen würdest –«

»Brynne, bitte«, sagt Jesse und ich höre ein knallendes Geräusch. Ich würde Geld darauf verwetten, dass er soeben seine Handfläche gegen die Tür geschlagen hat, um zu verhindern, dass sie geschlossen wird. Ich stoße mich von der Wand ab, bleibe jedoch, wo ich bin, und warte einen Moment, um zu sehen, ob es Brynne gelingt, ihn unter Kontrolle zu bekommen. »Lass mich reinkommen. Lass uns miteinander reden. Hör mir nur einige Minuten zu und du wirst verstehen – «

»Ich möchte einzig und allein, dass du mein Haus verlässt und nicht wieder hierherkommst. Und ich würde es sehr schätzen, wenn du mir auf mein Angebot für die Praxis eine Antwort zukommen lassen würdest. Ich möchte das vom Tisch haben.«

»Brynne, Baby«, sagt er und ich will ihm mit bloßen Händen den Hals umdrehen.

»Jesse ... nein!«, ruft Brynne und das ist alles, was ich hören muss.

Ich trete aus dem Flur heraus und sehe Jesse, der mit weit ausgebreiteten Armen über die Schwelle tritt, ganz so, als ob er sie für eine Umarmung zu sich locken wollte. Brynne auf der anderen Seite stolpert nach hinten, hat ihre Hände jedoch in Abwehrhaltung vor sich ausgestreckt.

Jesse erblickt mich zuerst und seine Augen werden vor Schreck riesengroß. Bevor Brynne sich umdrehen kann, um mich zu sehen, sage ich zu Jesse: »Halte dich verdammt noch mal von meiner Frau fern, bevor ich dich in den Boden stampfe!«

Die Röte steigt Jesse ins Gesicht, als er sich mit weit offen stehendem Mund zu Brynne umdreht. »Du bist verheiratet? Ich dachte, das war ein Scherz. Ich dachte, du erzählst mir das nur, damit ich mich schlecht fühle.«

»Nein, Jesse«, entgegnet Brynne sarkastisch, während sie einige Schritte auf mich zugeht und dabei die Arme vor der Brust verschränkt. »Ich dachte, du würdest dich wegen dem, was du getan hast, bereits schlecht genug fühlen.«

Er blickt zwischen uns hin und her, als würde er sich bei einer Sportveranstaltung befinden, und heftet seinen Blick schließlich auf mich. »Und wer zum Teufel bist du?«

»Ihr Ehemann«, antworte ich und stelle mich zwischen die beiden. »Und wenn du nicht scharf darauf bist, dass ich dir den Kiefer breche, dann schlage ich vor, du gehst jetzt durch diese Tür und verpisst dich. Du hast gehört, was sie gesagt hat ... du bist hier nicht willkommen.«

Jesse tritt tatsächlich zwei Schritte zurück, lehnt sich jedoch nach rechts, um Brynne anzusehen. »Du bist wirklich verheiratet?«

»Ja«, sagt sie nur. Ich kann sie zwar nicht sehen, weil sie hinter mir steht, aber ich höre beinahe schon etwas Stolz in ihrer Stimme.

»Das ist ja nicht zu glauben«, murmelt Jesse kopfschüttelnd. Mit einem Mal wird sein Gesichtsausdruck wild und seine Augen funkeln böse. »Und wie stellst du dir vor, soll ich eine Zahnarztpraxis führen? Tara sagt, dass sie ebenfalls aussteigen will, und ich habe von den geschäftlichen Dingen absolut keine Ahnung. Ich habe einen lukrativen Job gekündigt, um dieses Unternehmen mit dir aufzubauen, und –«

»Nicht ihr verdammtes Problem«, schneide ich ihm das Wort ab und gehe drohend einen Schritt auf ihn zu. Ich bin etwa zehn Zentimeter größer und einige Kilos schwerer als dieser Typ.

Jesse weicht zurück und stolpert leicht, als er die Tür erreicht. Er versucht, seine Brust herauszustrecken, eine letzte Zurschaustellung von seinem Widerstand und

Stolz. Als ich zu ihm an die Tür herantrete, sehe ich an seinem Gesichtsausdruck, dass er für einen Schlagabtausch bereit ist, jetzt, da er sich gefügt und das Haus verlassen hat.

Ich gehe darauf jedoch nicht ein. Stattdessen schließe ich die Tür einfach leise direkt vor seiner Nase. Ich warte einen Augenblick, denn ich erwarte tatsächlich, dass dieser Wichser an die Tür hämmern wird. Sollte er das wagen, bin ich entschlossen, den Kampf mit ihm nach draußen zu verlagern. Dann werde ich ihm in meiner Unterhose vor Brynnes gesamter Nachbarschaft den Arsch versohlen.

Ich höre nichts, also drücke ich mein Auge an den Spion, durch den ich sehe, wie Jesse die Treppe zur Straße hinunter stapft, wo ein weißer Lexus geparkt ist. Ich warte, bis er einsteigt und wegfährt, bevor ich mich zu Brynne umdrehe.

Sie steht dort noch immer mit vor der Brust verschränkten Armen und knabbert mit den Zähnen an ihrer Unterlippe.

»Bist du okay?«, frage ich und gehe auf sie zu.

Mit einem Nicken lächelt sie und kommt in meine Arme. Ich drücke sie an mich und sie drückt mich zurück.

»Sein Blick ... als du ihm sagtest, dass du mein Ehemann bist«, murmelt sie an meiner Brust und lehnt sich dann zurück, damit ich ihr Gesicht sehen kann. »Ich wollte mich hämisch freuen. Ich wollte froh sein, dass es ihn etwas verletzt hat, weil er mir wehgetan hat. Aber das habe ich nicht fertiggebracht. Mir ist soeben klar geworden, wie traurig das Ganze ist, und ich will es nur noch hinter mir haben.«

»Das verstehe ich«, versichere ich ihr, nehme sie bei der Hand und führe sie zurück ins Schlafzimmer. Brynne ist kein Mensch, der jemanden mit Absicht verletzen würde, auch wenn ich mir sicher bin, dass Jesse wütender als alles andere darüber ist, dass er die Zahnarztpraxis übernehmen muss.

Ich gehe mit ihr direkt ins Badezimmer und drehe das Wasser in der Dusche auf. Sie lehnt sich mit dem Rücken gegen das Waschbecken.

»Lass uns zum Strand gehen«, schlage ich vor. »Wir sollten dieses Haus für eine Weile verlassen.«

»Ja sicher«, sagt sie. Als ich mich umdrehe, sehe ich, dass sie auf den Boden starrt und wieder auf ihrer Unterlippe herumkaut.

»Was ist los?«

Sie hebt den Kopf, um mich anzublicken, und ihre Augen sind vor Sorge ganz dunkel. »Wenn er diese Praxis nicht kauft, werde ich mit den beiden dort festsitzen.«

»Nicht unbedingt. Du könntest einfach gehen. Nimm deine Patienten mit und fang irgendwo anders von vorn an. Oder was noch besser ist, du könntest ihn auszahlen und jemanden einstellen, der ihn ersetzt.«

»Womit?«, fragt sie lachend, sichtlich amüsiert. »Unsere Zahnarztpraxis ist kaum älter als ein Jahr. Wir

117

schreiben erst seit Kurzem schwarze Zahlen. Ich habe für einen Kredit in Höhe von dreihunderttausend Dollar gebürgt, mit dem wir unsere Geräte gekauft haben. Ich kann nicht einfach gehen und ich kann es mir ganz sicher nicht leisten, ihn auszuzahlen.«

»Aber er kann es sich leisten, dich auszuzahlen?«, frage ich neugierig.

Sie nickt. »Seine Familie ist wohlhabend. Wenn er wollte, würden sie ihm das Geld geben.«

»Es klingt ganz und gar nicht so, als würde er das wollen«, antworte ich und gehe auf sie zu. Ich öffne ihren Morgenmantel und streife ihn ihr über die Schultern. Lautlos fällt er zu Boden und meine Boxershorts folgen sogleich.

Ich nehme ihre Hände, blicke sie an, wie sie nackt und verletzlich dasteht, und sage: »Ich werde dir das Geld leihen, um ihn auszuzahlen.«

Sie blinzelt mich überrascht an, dann erteilt sie mir eine Abfuhr. »Auf keinen Fall.«

»Du bist meine Frau«, teile ich ihr mit und gebe ihren Händen einen Ruck, sodass sie gegen meinen Körper taumelt. Ich schlinge die Arme fest um sie und genieße das Gefühl ihrer seidigen Haut an meiner. »Es ist meine Pflicht, auf dich aufzupassen.«

Brynne schnaubt, als sie mich anlächelt. »Wir lassen unsere Ehe annullieren. Ich werde nicht mehr lange deine Frau sein.«

Ich lache und beuge mich zu ihr, um ihren Mund

leicht mit meinem zu berühren. »Okay … damit hast du recht. Aber ich bin unfassbar reich, ich mag dich sehr gern und es wäre kein Problem für mich, dir einen Kredit mit sehr niedrigen Zinsen und einer sehr langen Laufzeit zu geben.«

Um ehrlich zu sein, würde ich ihr das Geld am liebsten sofort geben. Ich würde zu gern sehen, wie sie am Montag ins Büro geht, Tara und Jesse die Schecks überreicht und ihnen dann mitteilt, dass sie das Weite suchen sollen. Aber Brynne hat Stolz und wird das Geld niemals annehmen. Ich denke, meine beste Chance, ihr dabei zu helfen, diese beiden loszuwerden, bestand darin, ihr einen Kredit anzubieten.

»Danke Drew«, sagt sie leise und es gefällt mir, wenn sie mich so nennt. Sie beugt sich nach vorn und küsst mich zärtlich auf die Brust. »Aber ich finde schon einen Weg.«

Ich zwinge ihr mein Angebot nicht auf, sondern schlage ihr stattdessen etwas anderes vor, über das sie nachdenken kann.

»Du solltest dich nächste Woche doch immer noch auf Hochzeitsreise befinden, nicht wahr?«, frage ich.

»Ja.« Sie zieht das Wort in die Länge und neigt dabei neugierig den Kopf.

»Dann geh nächste Woche nicht zurück ins Büro. Komm mit mir nach Las Vegas. Entfliehe dem Ganzen hier. Es wird dir einige friedliche Tage bescheren und dir die Möglichkeit geben, über die Dinge nachzudenken.

Ich weiß, dass es dir diese Woche schwergefallen ist, mit den beiden am gleichen Ort sein zu müssen.«

Brynne hat während unserer Anrufe, E-Mails und Nachrichten in den vergangenen Tagen zwar nicht sehr viel über Tara und Jesse gesprochen, aber ich weiß, dass die Situation sie frustriert. Taras Erkenntnis über Brynnes Beziehung mit Jesse hat sie gestört und zum Zweifeln gebracht, was jedes Mal noch verschlimmert wurde, wenn sie Tara im Flur begegnet ist. Und Jesse hat kitschige und verzweifelte Versuche unternommen, um seine Reue zu beweisen. Sie bekam Blumen, einen Teddybären und ein Entschuldigungs-Armband mit Diamanten. Jedes Geschenk hat Brynne zur Weißglut getrieben, ganz besonders weil er immer noch nicht um Verzeihung gebeten hat.

Wenn es irgendjemanden gibt, der mal für eine Woche aus allem raus muss, dann ist es Brynne. Ich schaue sie erwartungsvoll an, während sie über mein Angebot nachdenkt.

»Eine Woche in Las Vegas, was?«, fragt sie und zieht ihre Mundwinkel nach oben.

»Wir können sofort aufbrechen, wenn du willst.«

»Jetzt sofort?«

»Also, ja … ich habe eins von Catervas Privatflugzeugen. So bin ich hergekommen.«

Brynne schlägt sich mit der Hand vor die Stirn. »Natürlich hast du das getan. Wie dumm von mir, etwas anderes zu denken.«

Ich lache und gebe ihr einen Klaps auf den Hintern, der wegen ihres nassen Körpers ein lautes Klatschen hervorruft. Sie kreischt und reibt sich über die schmerzende Stelle, aber mir fällt auf, dass ihre Brustwarzen hart wie Kieselsteinchen sind und aufrecht stehen. Diese kleine Information speichere ich für später ab.

»Dann kommst du also?«, bohre ich nach und ziehe sie erneut an mich.

»Ist es dir bislang nicht gelungen, mich zum Kommen zu bringen?«, neckt sie mich und mein Schwanz zuckt. Ich habe sie bereits unzählige Male zum Orgasmus gebracht.

Ich erwidere darauf nichts und sie gibt mir im Gegenzug auch keine deutlichere Antwort. Stattdessen nimmt sie meinen Schwanz in die Hand und streichelt ihn, bis er vollständig steif ist, dann kniet sie sich auf den gefliesten Boden und nimmt ihn in den Mund.

KAPITEL 10

Brynne

»ICH BIN AM Verhungern«, sagt Andrew und küsst mich zwischen die Schulterblätter. Seit er vor fünf Minuten von mir heruntergestiegen ist, liege ich ausgestreckt und mit dem Gesicht nach unten auf der Matratze. Ich bin erschöpft und wund, aber ich würde mir kein anderes Gefühl auf dieser Welt wünschen.

Wir sind in Catervas Privatflugzeug – dessen Inneneinrichtung aus Chrom und schwarzem Leder besteht – nach Las Vegas geflogen und direkt zu seiner Wohnung gefahren. Ich hatte mir vorgestellt, dass er irgendwo im Glanze des Strips wohnen würde, als er mir sagte, er lebe in der Innenstadt, aber ihm gehört ein hübsches Apartment im zehnten Stock in Downtown, nur einige Blocks von der Fremont Street entfernt. Es ist nicht so, als hätte der alte Teil von Las Vegas keinen Luxus zu bieten, er hat diese Gegend jedoch wegen seiner Geschichte ausgewählt und weil er Catervas Büro von dort aus sehr gut zu Fuß oder mit dem Fahrrad erreichen kann.

Er hat mir erzählt, dass seine Partner, Avril und Dane, in der Vorstadt leben, weil sie es ruhig mögen und gern viel Platz haben. Die beiden haben gerade erst geheiratet – tatsächlich hatte Andrew erst wenige Minuten zuvor ihren Hochzeitsempfang verlassen, als er mich am Straßenrand in meinem Hochzeitskleid fand – und ich frage mich, ob mir das Universum damit vielleicht eine Nachricht gesendet hat oder so etwas.

»Denkst du, du kannst genügend Kraft aufbringen, um zu duschen?«, neckt er mich und streichelt mir mit der Hand über den Rücken, um schließlich meinen Hintern zu umschließen. Meine Güte, seine Hände sind einfach fantastisch!

Ich drehe den Kopf, damit ich sehen kann, wie er neben mir liegt. Er sieht nicht besonders müde oder entspannt aus, sondern eher so, als könnte er einen Marathon laufen.

»Ich bin mir nicht einmal sicher, ob ich gerade überhaupt einen vernünftigen Gedanken fassen kann«, murmele ich und lächele ihn zufrieden an. »Wie kannst du nur so voller Energie stecken?«

Als Antwort bekomme ich ein Grinsen und Andrew beugt sich nach vorn, um mich auf die Wange zu küssen. Als er sich wieder zurücklehnt, sagt er: »Weil der Sex mit dir belebend ist, nicht beruhigend. Ich fühle mich, als könnte ich die Welt erobern.«

Das Kichern, das meinem Mund entschlüpft, klingt

furchtbar. Ich bin normalerweise niemand, der kichert – ich grunze eher, wenn ich etwas lustig finde –, aber Andrew scheint sich davon nicht abgestoßen zu fühlen. Im Gegenteil, sein Grinsen wird sogar noch breiter.

Er springt vom Bett auf, beugt sich zu mir herunter und nimmt mich auf die Arme. Ich kuschele mich an ihn, während er mich ins Badezimmer trägt, seufze jedoch, als er sagt: »Lass uns duschen, danach können wir ausgehen und irgendwo nett essen.«

»Warum?«, frage ich, als er mich auf dem Boden absetzt und sich zur Dusche dreht. »Lass uns einfach hier kochen oder etwas bestellen. So können wir weiterhin faul sein und nackt bleiben.«

Ich achte kaum auf seinen Widerspruch. Ich bin viel zu abgelenkt von den Muskeln, die auf seinem Rücken zum Vorschein kommen und sich anspannen, als er sich in die Dusche beugt, um das Wasser anzustellen. Jegliche vernünftige Gedanken verabschieden sich, als mein Blick weiter nach unten wandert und sich auf seinen knackigen Hintern heftet.

»Weil …«, sagt er über die Schulter hinweg. Er ertappt mich dabei, wie ich ihn anschmachte, und grinst. »… ich mit dir einmal so richtig ausgehen will. Ich bin mir ziemlich sicher, dass unsere letzte Verabredung an dem Abend stattfand, als wir geheiratet haben.«

Ich habe ja bereits angenommen, dass diese neue Beziehung mehr sein würde als nur Sex, auch wenn es scheint, als würden wir die meiste Zeit nur im Bett verbringen. Aber die Tatsache, dass er etwas so Simples tun will, wie mich zum Essen auszuführen, bestärkt nur mein Vertrauen in Andrew und in welche Richtung sich diese Sache mit uns bewegt. Ich weiß, ich sollte Vorsicht walten lassen und nicht so schnell tiefe Gefühle für einen Menschen entwickeln, nachdem ich vor Kurzem noch dachte, ziemlich tiefe Gefühle für einen anderen Menschen zu haben, aber ich kann trotzdem nicht ignorieren, wie richtig sich das alles anfühlt.

Ich lächele. »Na gut … dann haben wir heute eben eine Verabredung.«

◆

DAS ABENDESSEN WAR großartig und ich bin pappsatt. Wir haben uns eine Flasche Wein geteilt und ich fühle mich ruhig und entspannt, als wir Hand in Hand zurück zu seiner Wohnung schlendern. Er ist mit mir zur Fremont Street gegangen und hat versucht, mich zum Seilrutschen unter der erleuchteten, bogenförmigen Fußgängerzone zu überreden, aber ich wollte nicht, dass mir mein teures Filet Mignon samt der Krabben und Sauce Hollandaise wieder hochkommt. Wir sind stattdessen ins Golden Nugget gegangen und haben einige Runden Blackjack gespielt, aber ich verstehe von Glücksspiel nicht sehr viel. Jesse hatte unbedingt in Las Vegas heiraten wollen und war mit seinem Trauzeugen und einigen anderen Freunden bereits einige Tage früher angereist, um sich in den Casinos zu vergnügen und Golf zu spielen.

Zumindest hatte er das gesagt.

Jetzt frage ich mich, ob es nicht der Reiz des Sex-Clubs war.

Trotzdem fällt mir auf, dass meine Wut auf Jesse mehr und mehr verfliegt, und ich wüsste gern, ob es daran liegt, dass Tara mir mit einigen Dingen, die sie gesagt hat, vielleicht die Augen geöffnet hat in Bezug darauf, dass ich nicht bereit dazu war, ein Leben an Jesses Seite zu führen, obwohl ich dachte, es gewesen zu sein. Es wäre sicherlich eine Erklärung dafür, warum es mir möglich ist, direkt eine neue Beziehung mit Drew zu beginnen.

Nachdem wir das Golden Nugget verlassen haben, machen wir uns auf den Weg zurück zu seiner Wohnung, die nur drei Blocks entfernt liegt. Meine Hand passt perfekt in Andrews. Als wir nebeneinander hergehen, führen wir unser anregendes Gespräch fort, das wir beim Abendessen begonnen haben.

»Besuchst du deine Familie häufig?«, frage ich. Er hat mir erzählt, dass sie in Ohio lebt, und ich stelle mir vor, dass es schwierig sein könnte, sich zu sehen, weil die Entfernung so groß und Andrew so beschäftigt ist.

»Nicht so oft, wie ich es mir wünsche«, entgegnet er. Seine Eltern und eine ältere Schwester leben in Columbus. Wenn er über sie spricht, tut er das mit sehr viel Zuneigung, aber ich kann auch etwas Bedauern heraushören.

»Es ist einfach, in den Sog des Lebens zu geraten«, sage ich, als wir auf dem vollen Bürgersteig nebeneinander hergehen. Der alte Teil von Las Vegas ist ziemlich beliebt.

»Es ist etwas, das ich als selbstverständlich ansehe ... dass sie einfach immer für mich da sind. Deinetwegen ist mir das klar geworden.«

Ich nicke verständnisvoll. Heute Abend haben wir über meine Eltern gesprochen. Ich hatte Andrew am Abend unserer Hochzeit von meiner Familie erzählt. Meine Mutter war an Brustkrebs gestorben, als ich dreizehn war, und mit zweiundzwanzig verlor ich meinen Vater. Andrew wusste vom Herzinfarkt meines Vaters, aber ich erzählte ihm noch weitere Einzelheiten dieses schrecklichen Tages, als wir gemeinsam wandern gingen und ich ohne ihn nach Hause kam.

Heute Abend hat Andrew mir jedoch Dutzende und Aberdutzende Fragen über sie gestellt. Er zeigte aufrichtiges Interesse an ihnen, obwohl sie kein Teil meines derzeitigen Lebens sind, abgesehen von den privaten Gesprächen, die ich mit ihnen in meinem Kopf führe. Zehn Jahre sind vergangen, seit mein Vater starb, und obwohl der Schmerz weniger geworden ist, sind die guten Erinnerungen an ihn allgegenwärtig.

»Es ist einfach, den Überblick über die Zeit zu verlieren«, sage ich zu ihm. »Wir sind so beschäftigt mit unserem Leben und ehe du dich versiehst, sind bereits Jahre vergangen und du befindest dich noch immer am gleichen Ort. Wo du tagaus, tagein die gleichen Dinge tust.«

»Ich liebe meine Arbeit«, gesteht er. »Sehr sogar. Aber ich hasse es, die wirklich wichtigen Dinge im Leben zu verpassen – wie Zeit mit meiner Familie zu verbringen. Ich bin nicht gut darin, mir meine Zeit sinnvoll einzuteilen.«

Ich drücke seine Hand und lege den Kopf an seine Schulter, während wir den Bürgersteig entlang spazieren.

»Oder mit dir«, fügt er hinzu. Ich hebe den Kopf und blicke zu ihm auf. »Findest du es seltsam, dass du mir in so kurzer Zeit so wichtig geworden bist, dass ich jeden Augenblick mit dir zusammen sein will?«

Mein Lächeln ist weich und verständnisvoll. »Überhaupt nicht. Aber ich bin ja schließlich deine Frau, deswegen sollte ich dir auch wichtig sein.«

In meinem Magen macht sich ein merkwürdiges Gefühl breit, als ich sehe, wie Andrews Gesichtsausdruck sich leicht verdunkelt.

»Stimmt etwas nicht?«, frage ich.

Er hält an und stellt sich vor mich, um mich anzusehen. Die Menschen schieben sich an uns vorbei, während er meine Hände nimmt. »Ich war mir nicht sicher, wie ich dieses Thema beginnen soll, und ich bin mir ebenfalls nicht sicher, warum ich deswegen ein komisches Gefühl habe, aber mein Anwalt hat mich in der vergangenen Woche angerufen, um mir seine Bedenken mitzuteilen.«

»Ist etwas mit der Annullierung nicht in Ordnung?«, frage ich und wundere mich, warum mich die Aussicht darauf nicht im Geringsten stört.

Andrew zögert, sagt dann jedoch: »Nein. Sie sollte nach zwanzig Tagen bewilligt werden. Aber, nun ja ... er macht sich Sorgen, weil wir rechtmäßig verheiratet sind, und das bedeutet, dass dir ein finanzieller Anteil meines Vermögens gehört. Er möchte, dass ich mit dir über die Unterzeichnung eines Ehevertrags spreche, bis die Annullierung bewilligt ist, aber ich halte das für lächerlich und –«

»Ich unterschreibe«, sage ich, ohne zu zögern. »Ich meine ... du weißt sicher, dass ich nicht hinter deinem Geld her bin, oder?«

»Ganz genau«, knurrt er. »So gut kenne ich dich bereits. Ich bin mir nicht sicher, woher ich es weiß oder warum mir diese tiefen Dinge über deinen Charakter bekannt sind, wo wir uns doch erst seit einer Woche kennen. Aber ich glaube nicht, dass du jemals versuchen würdest, dir davon einen Vorteil zu verschaffen.«

Ich lächele, während mir die Menschen auffallen, die sich an uns vorbei drängen, und drehe mich, damit wir unseren Spaziergang zurück zu seiner Wohnung fortsetzen können. »Es ist seltsam, nicht wahr? Diese tiefe Verbindung, die wir scheinbar haben?«

»Das entspricht definitiv nicht der Norm«, stimmt er lachend zu. »Aber es ist nicht auf eine unheimliche Art seltsam, sondern bloß seltsam, weil wir so etwas noch niemals zuvor erlebt haben.«

»Genau!«, rufe ich aus und blicke auf ein dunkles, glitzerndes Gebäude am Ende des Blocks, das sich hoch über die anderen Bauten erhebt. Eine Menschenschlange reicht durch die offene Tür bis auf den Bürgersteig und zieht sich bis zum Ende des Blocks auf der anderen Straßenseite. Ich ignoriere die Menschen und sage: »Ich spüre es auch. Mir wurde in meinem Leben zweimal das Herz gebrochen und es fällt mir sehr schwer, jemandem zu vertrauen. Ich denke, Tara hatte recht. Ich habe mich nicht vollkommen auf Jesse eingelassen. Ich habe ihm sehr viele Dinge verheimlicht. Aber dir misstraue ich nicht. Ich weiß einfach ... dass du aufrichtig bist.«

Andrew hält erneut an und führt mich dann zum Rand des Bürgersteigs abseits der Straße, damit wir den anderen Fußgängern nicht im Weg stehen. Er legt eine Hand an meinen Nacken und beugt seinen Kopf, um mich anzusehen. »Ich bin eigentlich nicht der Meinung, dass du ein misstrauischer Mensch bist. Wenn du es wärst, hättest du niemals diesen wunderlichen Schritt mit mir getan, in einer Kapelle in Las Vegas zu heiraten. Ich glaube sogar, dass du den Charakter eines Menschen sehr gut einschätzen kannst. Ich denke, der Grund dafür, dass du keine tiefe Verbindung zu Jesse empfunden hast, lag eher in der Tatsache, dass du eher eine starke Frau bist, die weiß, was sie will und was sie wert ist, als jemand, der sich von einem gebrochenen Herzen hat definieren lassen.«

»Dazwischen besteht nur ein feiner Unterschied.«

»Nein, ganz und gar nicht. Er ist so groß wie bei Äpfeln und Orangen. Du kennst deinen Kopf, Brynne. Und dein Herz. Und du musst öfter darauf hören.«

Dann küsst er mich und nimmt mir die Möglichkeit, ihm zu widersprechen. Und das würde ich tun, denn bislang hat er ein größeres Vertrauen in mich als ich selbst, aber als ich seinen Mund endlich unter Kontrolle bekomme, kann ich mich an keine einzige Sache mehr erinnern, die es wert wäre, mit ihm zu diskutieren.

Als er sich von mir löst, ist mir schwindelig. Meine Stimme ist belegt. »Wenn mein Bauchgefühl mir also sagt, dass ich dem, was zwischen uns passiert, Beachtung schenken soll, dann sollte ich das tun, richtig?«

»Ja«, sagt er mit stillem Ernst. »Das solltest du.«

»Hast du wegen dieser Sache irgendwelche Zweifel?«, frage ich.

»Die habe ich ganz und gar nicht«, versichert er mir mit einem überzeugten Lächeln.

»Denkst du, es ist möglich, dass du für mich nur ein Trostpflaster sein könntest?«, frage ich und blicke zu Boden.

Er legt seine Finger unter mein Kinn und zwingt mich, wieder zu ihm aufzusehen. »Es spielt keine Rolle, was ich denke. Was denkst du?«

Ich schüttele den Kopf und sage: »Ich glaube nicht. Ein Trostpflaster ist dazu da, um eine Leere zu überdecken, die nach einer Verletzung zurückgelassen wurde, aber ich spüre keine Leere. Du bist so viel größer, um nur das kleine Loch zu schließen, das sich in meinem Herzen befindet. Dieses Loch existiert tatsächlich noch immer, aber es stört mich nicht einmal. Es ist jetzt nur ein Teil meiner Lebenserfahrung, hat damit aber irgendwie gar nichts mehr zu tun. Klingt das seltsam?«

Sein Lächeln ist weich und beruhigend. »Es ist vollkommen seltsam, aber ich empfinde genauso. Ich mag dich wirklich sehr, Brynne. Ich will wissen, wie das mit uns weitergeht. Es wird schon schwer genug werden, eine Fernbeziehung zu führen. Warum sollen wir es noch komplizierter machen, wenn es um das geht, was wir miteinander haben?«

Ich schaue ihn skeptisch an, aber an dem Lächeln auf meinem Gesicht kann er sehen, dass ich ihn nur necke. »Zuerst habe ich vielleicht einige Fragen an dich.«

»Schieß los.«

»Hast du jemals jemandem das Herz gebrochen?«

»Nicht dass ich wüsste.«

»Hat jemand dir jemals das Herz gebrochen?«, frage ich.

Er nickt, aber in seinen Augen ist kein tiefer Schmerz zu erkennen. Lediglich eine Zärtlichkeit wegen der guten Dinge, die in der Vergangenheit passiert sind. »Ja. Auf dem College hat mir ein Mädchen das Herz gebrochen. Es hat eine Weile gedauert, bis ich darüber hinweg war, aber ich habe es geschafft. Ich denke überhaupt nicht mehr an sie.«

»Wie hieß sie?«

»Claudia«, sagt er und lacht dann. »Und jetzt hast du mich gerade dazu gebracht, an sie zu denken. Meine Güte, ich kann mich nicht einmal mehr daran erinnern, wie lange es schon her ist.«

»War es das einzige Mal, dass du jemanden geliebt hast?«, frage ich.

»Ich glaube schon«, antwortet er, aber etwas an seiner Stimme lässt erkennen, dass es noch jemand anderes gab, der besonders für ihn war. Vielleicht jemand, für den er sehr starke Gefühle hatte, bei dem er es in seinem Kopf jedoch niemals geschafft hat, die nächste Stufe zu erreichen.

Ich wende meine Aufmerksamkeit wieder der anderen Straßenseite zu, wo die Menschenschlange darauf wartet, in das riesengroße Gebäude eingelassen zu werden. »Was ist denn da drüben los? Ist das ein angesagter neuer Club oder so etwas?«

Andrew drückt meine Hand beinahe schon reflexartig und beginnt, mich den Bürgersteig entlangzuführen. »Das ist ein Sex-Club mit Namen Wicked Horse. Im obersten Stockwerk des Gebäudes, meine ich. Er ist exklusiv und privat, aber jeden Abend werden eine gewisse Anzahl von Eintrittspässen nach dem Windhundprinzip vergeben.«

Ich halte abrupt an und wende den Blick von ihm ab, um zurück zu der Menschenmasse zu schauen, die nur darauf wartet, dieses Gebäude zu betreten und sich ihre Befriedigung zu holen.

Ist das der Ort, an den Jesse und Tara gegangen sind,

als sie Sex miteinander hatten?

»Ist das der einzige in Las Vegas?«, frage ich, während ich die aufreizend gekleideten Männer und Frauen auf der anderen Straßenseite anstarre, die darauf warten, sich bei allerlei perversen Dingen zu vergnügen. Ich frage mich, wie viele dieser Menschen, die dort auf der Straße stehen, wohl vorhaben, heute Abend jemanden zu betrügen.

»Tu das nicht«, sagt Andrew und zwingt mich mit einer Hand an meinem Kinn dazu, wieder zu ihm zu blicken. »Mach dir keine Vorwürfe wegen etwas, das nichts mit dir zu tun hat. Hör auf, dich deswegen zu quälen.«

Ich befreie mich aus seinem Griff und wende mein Gesicht wieder den Menschen vor dem Club zu. Seine Worte hallen noch immer in meinen Ohren nach.

Sie sind nichts weiter als … Menschen, die dort stehen. Sie sehen alle gleich aus und sie haben nichts mit mir zu tun.

Langsam blicke ich wieder zu Andrew. »Du hast vollkommen recht. Mir ist soeben etwas klar geworden … ich will gar nichts darüber wissen. Ich habe genug davon, daran überhaupt auch nur einen einzigen weiteren Gedanken zu verschwenden.«

Andrew atmet hörbar erleichtert aus und strahlt mich dann breit lächelnd an. »Das ist mein Mädchen.«

»Das ist es, was ich bin?«, frage ich kess nach und klimpere unauffällig mit den Wimpern.

»Auf jeden Fall bist du das!«

KAPITEL 11

Andrew

D AS TELEFON AUF meinem Schreibtisch klingelt. Ich denke einen Moment darüber nach, den Anruf zu ignorieren, aber dann rufe ich mir ins Gedächtnis zurück, dass ich bei der Arbeit bin und eine wichtige Funktion habe, um unsere Forschungs- und Entwicklungsabteilung am Laufen zu halten.

»Collings«, spreche ich in den Hörer, während ich gleichzeitig einen Artikel über Anämie in einer medizinischen Fachzeitschrift lese. Weil wir eine Maschine konstruieren, die aus lediglich einem oder zwei Bluttropfen eine Krankheitsanalyse erstellen kann, verbringe ich sehr viel Zeit damit, über sämtliche Blutforschung auf dem neuesten Stand zu bleiben.

»D!«, ruft eine männliche Stimme ins Telefon.

»K!«, antworte ich lachend.

Kevin Cartwell ist einer unserer Informatik-Ingenieure. Er arbeitet an der Prototypeneinheit, die wir entwickeln, und ist mit den Jahren zu einem guten

Freund geworden.

»Ich habe hier einige Spezifikationen, die du dir möglichst schnell ansehen müsstest«, sagt er. »Ich bin ratlos und brauche deine Meinung.«

Ingenieurstechnik ist nicht gerade mein Spezialgebiet, aber er versteht wiederum nichts von Blutanalysen. Das ist der Punkt, an dem eine enge Zusammenarbeit zwischen zwei verschiedenen wissenschaftlichen Feldern notwendig ist und oftmals genutzt wird.

»Schick es mir rüber und schreib dazu, auf welche Belange ich meine Aufmerksamkeit richten soll«, sage ich zu ihm.

»Sollen wir das gleich morgen früh besprechen?«, schlägt er vor.

Ich zögere, denn an den Tagen, an denen ich arbeiten musste, habe ich mit Brynne einen faulen Vormittag genossen. Normalerweise komme ich zeitig ins Büro, aber weil ich das nun bereits seit mehr als fünfzehn Jahren tue, habe ich keine Schuldgefühle oder Skrupel, weil ich in dieser Woche erst mittags bei der Arbeit erscheine, damit ich die Zeit mit Brynne optimal nutzen kann.

»Können wir stattdessen zusammen Mittag essen?«, frage ich. »Mein Vormittag ist bereits voll.«

»Na sicher«, stimmt er freundlich zu. »Ich warte um zwölf Uhr in der Cafeteria auf dich.«

»Bis dann«, antworte ich, dann lege ich auf.

Ich lehne mich auf meinem Stuhl zurück,

verschränke die Hände hinter dem Kopf und drehe mich herum, um über den alten Teil von Las Vegas zu blicken. Weil Brynne bei mir ist, bin ich in dieser Woche nur ungern zur Arbeit erschienen, aber ich kann es mir nicht leisten, mir Urlaub zu nehmen. Bis wir unseren Prototyp einführen, bleibt uns keine Zeit für Trödeleien. Gut, meine übliche Fünfundachtzigstundenwoche hat in den letzten Tagen gelitten und wird vermutlich nur eine Sechzigstundenwoche werden, aber ich lasse mich davon nicht zurückhalten. Ich habe seit Jahren keinen anständigen Urlaub mehr genommen und weiß, wie wichtig diese ersten Tage des Kennenlernens sind.

Mein Magen zieht sich zusammen, als mir ebenfalls bewusst wird, dass ich mit Brynne nicht den besten Start erwischt habe – zumindest wenn es darum geht, vollkommen offen und ehrlich zu sein. Es sieht so aus, als hätte die Frau, von der ich denke, sie könnte meine Traumfrau sein, eine leichte Abneigung gegen Dreier und Schwierigkeiten damit, die Komplexität einer Beziehung zu verstehen, in der diese vorkommen. Mein Schweigen darüber, dass ich mich in einer solchen Beziehung befunden habe, bedeutet nichts anderes, als dass ich unehrlich zu ihr bin.

Oder zumindest denke ich, dass sie es so auffassen würde.

Ich weiß, dass es verkehrt ist, aber ich konnte mich trotzdem noch nicht dazu überwinden, es ihr zu sagen. Nicht weil ich sie kaum kenne und es zu persönlich gewesen wäre, um darüber zu sprechen, sondern weil ich wusste, dass es sie dazu bringen würde, anders über mich zu denken.

Nicht auf eine positive Art und Weise, und das will ich nicht riskieren.

Nicht wenn ich spüre, dass sie etwas unheimlich Gutes ist, das in mein Leben getreten ist.

Ich weiß, dass ich ihr irgendwann die Wahrheit sagen muss, aber ich brauche den richtigen Einstieg. Obwohl Brynne immer wieder über Jesse und den Dreier spricht, scheint sie davon dennoch nicht allzu betroffen zu sein, was mich noch vorsichtiger werden lässt, bereits verheilte Wunden nicht wieder aufzureißen.

Ich habe ebenfalls Bedenken, ein offenes Gespräch darüber zu führen, weil es einfach nicht das Gleiche ist.

Äpfel und Orangen eben.

Brynne wurde von ihrem Verlobten und ihrer Brautjungfer betrogen und verletzt, weil sie sich in einem Sex-Club bei einem Dreier vergnügt haben.

Ich bin eine Dreiecksbeziehung mit meinen beiden besten Freunden eingegangen und keiner von uns befand sich zu dem Zeitpunkt in irgendeiner Form in einer monogamen Beziehung. Wir waren einander überaus wichtig.

Das ist etwas vollkommen anderes als Brynnes Situation und trotzdem ... halte ich mich immer noch zurück. Ich frage mich warum. Ist es, weil ich mich schäme, mich überhaupt darauf eingelassen zu haben?

Ich meine, wir können einzig und allein Gott danken, dass unsere Freundschaft daran nicht zerbrochen ist. Ich habe es getan, weil ich damit ein Beziehungstabu brechen konnte, aber am Ende ging es darum, ein perverses Verlangen nach einer anderen Art von sexueller Befriedigung zu stillen.

Wenn man es so betrachtet, bin ich keinen Deut besser als Jesse und Tara, weil ich es wegen des Sex getan habe, und drei einwilligende Erwachsene, die miteinander eine sexuelle Beziehung führen, ist für Brynne nun eine absolut indiskutable Vorstellung.

Um die Sache also auf den Punkt zu bringen, werde ich auf Nummer sicher gehen und ihr nichts sagen. Ich möchte in den noch verbleibenden Tagen auch weiterhin eine fantastische Zeit mit ihr verbringen. Es ist Mittwoch und sie ist seit vier Tagen hier. Sie reist am Samstagmorgen ab, weil sie zu Hause noch einige persönliche Dinge erledigen möchte, wie Wäsche waschen und Lebensmittel einkaufen, bevor die neue Arbeitswoche beginnt. Sie hat tatsächlich Termine mit Patienten vereinbart und wird sich so lange um sie kümmern, bis sie sich mit Jesse und Tara darauf einigen kann, wie es mit der Praxis weitergeht.

So wie es momentan aussieht, verhält sich Jesse immer noch wie ein Idiot und weigert sich, Brynne auszuzahlen. Er versucht, sie dazu zu zwingen, in der Praxis zu bleiben, weil er denkt, er könnte sie zurückgewinnen.

Ich hasse es, ihm mitteilen zu müssen, dass das auf gar keinen Fall geschehen wird. Nicht, solange ich am Leben bin.

Glücklicherweise ist Tara sehr viel umgänglicher. Sie hat gesagt, sobald Jesse eine Entscheidung trifft, wird sie das tun, was am einfachsten und besten für Brynne ist. Ich finde das nett und außerdem ist es das Mindeste, was sie tun kann, nachdem sie das Leben ihrer Freundin ruiniert hat.

Brynne und ich haben an ihrem zweiten Abend in Las Vegas, einem Sonntag, sehr viel darüber geredet. Wir sind im Red Rock Canyon wandern gegangen und haben uns sowohl über wichtige Dinge als auch über belangloses Zeug unterhalten. Als das Gespräch auf die Praxis kam, fragte sie mich um Rat, was sie tun solle.

Sie könnte entweder A) ihren Anteil an Jesse und Tara verkaufen, aber die beiden müssten zustimmen, sie von der Bürgschaft für den Kredit zu entbinden, oder B) sie könnte die beiden ausbezahlen, aber das kommt als Möglichkeit eigentlich nicht infrage, weil sie das Geld dafür nicht besitzt, oder C) sie könnte dem Ganzen einfach den Rücken kehren und wäre dann jedoch vermutlich dazu gezwungen, Insolvenz anzumelden, oder sogar D) gar nichts von alledem tun.

Sie könnte sich entscheiden, in der Praxis zu bleiben und in einer professionellen Beziehung mit den beiden zusammenzuarbeiten.

Brynne ist davon überzeugt, dass D nicht

funktionieren würde, C sie einem zu großen finanziellen Risiko aussetzen würde und B unmöglich ist, weil sie kein Geld besitzt. Damit war sie wieder bei der Möglichkeit angekommen, ihren Teil der Praxis an Jesse zu verkaufen, der sich jedoch weigert, ein Angebot überhaupt in Erwägung zu ziehen, weil er will, dass sie bleibt, damit er weiterhin mit ihr zusammenarbeiten kann.

Weil Brynne diese Sache schwer auf den Schultern lastet, bin ich eingeschritten.

Selbstverständlich ohne ihr Wissen.

Ich beuge mich nach vorn und scrolle durch meine E-Mails. Ich bin auf der Suche nach der Nachricht, die ich gestern von Hugo Alvarez erhalten habe, einem Privatdetektiv, der sich nicht scheut, die Vorschriften ein wenig zu umgehen, wenn er dadurch finden kann, wonach er auf der Suche ist.

Ich habe ihn engagiert, um Jesse und Tara zu beschatten, weil ich weiß, dass jegliche Informationen gegen die beiden Brynne eine gute Chance bieten würden, ohne größere negative Auswirkungen für sich selbst aus der Geschäftspartnerschaft auszusteigen. Wenn er etwas herausfindet, das Erpressungswert besitzt, werde ich mich nicht scheuen, es zu nutzen, um die beiden für immer aus ihrem Leben verschwinden zu lassen. Sie hat beiden Zugang zu ihrem Herzen gewährt, deswegen habe ich auch keine Skrupel, mir die Hände schmutzig zu machen, um sie zu beschützen.

Ich finde die E-Mail von Mr. Alvarez zwar nicht, dafür erblicke ich jedoch eine von meinem Anwalt. Ich lese sie schnell und schließe sie, denn ich will nicht darüber nachdenken, Brynne dazu zu bringen, einen Ehevertrag zu unterschreiben. Ich verstehe seine Bedenken und weiß, dass er nur seine Arbeit macht, um mich zu schützen, aber meine dahingehende Zurückhaltung hat überhaupt nichts mit meinem Geld zu tun. Ich möchte einfach nur nicht, dass am Anfang unserer Beziehung etwas so Hässliches zwischen uns steht. Die Wartezeit von zwanzig Tagen für die Annullierung wird bald vorüber sein und ich bin damit einverstanden, das Ganze einfach auszusitzen. Ich vertraue darauf, dass Brynne mein Vermögen vollkommen egal ist.

Ein Klopfen reißt mich aus meinen Gedanken. »Herein!«

Die Tür öffnet sich schwungvoll. Mir fällt die Kinnlade herunter, als ich Avril und Dane sehe, die Arm in Arm und mit einem idiotischen Grinsen auf dem Gesicht mein Büro betreten.

Ich blicke schnell auf den Kalender auf meinem Schreibtisch, denn für einen Augenblick scheint es mir, als wäre mir die Zeit verloren gegangen. Ich sehe das heutige Datum und den Wochentag – Mittwoch – und schaue die beiden fragend an. »Was tut ihr hier? Ihr solltet noch auf Hochzeitsreise sein.«

Avril löst sich schulterzuckend von Dane, um dann

schnellen Schrittes und mit ausgebreiteten Armen um den Schreibtisch herumzukommen. »Uns war langweilig und wir wollten wieder an die Arbeit gehen. Abgesehen davon haben wir dich schrecklich vermisst.«

Ich schnaube und stehe von meinem Stuhl auf, um sie in die Arme zu nehmen. »Ich glaube euch sofort, dass ihr euch gelangweilt habt und wieder arbeiten wollt, aber dass ihr mich vermisst habt, ist absoluter Blödsinn.«

»Das ist es nicht«, versichert sie mir und umarmt mich. Ich habe keine Bedenken, sie lange und fest an mich zu drücken. Auch ihr Mann hat damit kein Problem, obwohl ich bereits mit seiner Frau geschlafen habe.

Ich schäme mich nicht einmal, wenn ich an diese Zeit zurückdenke. Es war eine Erfahrung – etwas unwirklich zwar, aber durchaus angenehm. Ich habe beschlossen zu akzeptieren, was wir getan haben, und zu feiern, dass unsere Freundschaft keinen Schaden davongetragen hat.

Ich fühle mich keineswegs seltsam dabei, Avril zu umarmen, hauptsächlich weil ich ebenfalls beschlossen habe, nicht an den Sex zu denken, den ich mit den beiden hatte. Das ist aus und vorbei, und ich ziehe es vor, die Vergangenheit ruhen zu lassen.

Als ich Avril loslasse, sehe ich, dass Dane von hinten an sie herangetreten ist. Wir klatschen uns ab, stoßen mit der Brust aneinander und klopfen uns gegenseitig in klassischer »Bro«-Manier auf den Rücken.

SAWYER BENNETT

Nachdem wir uns begrüßt haben, tritt Avril wieder an ihren Mann heran. Er schlingt seinen Arm um ihre Taille und legt sein Kinn auf ihrer Schulter ab.

»Wir haben dich wirklich vermisst«, sagt er mit rauer Stimme.

»Ich euch auch«, entgegne ich grinsend. Und es stimmt. Wir sind schon seit Ewigkeiten befreundet. Nachdem wir erst alle angefangen hatten, bei Caterva zu arbeiten, haben wir uns kaum Urlaub genommen, was bedeutet, dass wir kaum voneinander getrennt waren.

»Es freut mich zu sehen, dass die Firma unter deiner Leitung nicht den Bach runtergegangen ist«, sagt Dane mit einem teuflischen Funkeln in den Augen.

Als Antwort darauf bekommt er einen harten Ellbogenstoß von Avril, der ihn direkt in den Magen trifft. Er gibt einen ächzenden Laut von sich und nun ist es Avril, auf dessen Gesicht sich ein bösartiges Grinsen zeigt.

»Willst du heute mit uns zu Abend essen?«, fragt sie. »Ich habe rund fünfzig Millionen Fotos von Tokio, die ich dir zeigen muss.«

Ich blicke verlegen drein und kratze mich am Hinterkopf. »Also eigentlich ... ist Brynne zu Besuch und ich habe bereits Pläne mit ihr gemacht.«

»Noch besser!« Avril klatscht begeistert in die Hände und tritt von Dane weg. »Komm mit ihr zu uns nach Hause. Wir können grillen, schwimmen und uns unterhalten. Wir können es kaum abwarten, sie kennenzulernen.«

Ich rolle mit den Augen, weil ich kein weiteres Wort mehr über Brynne verloren habe, seit mich die beiden vor mehr als einer Woche über FaceTime angerufen haben, als ich in Washington, D.C. war. »Das stimmt doch nicht.«

»Oh, doch«, entgegnet Dane, um die Aussage seiner Frau zu bekräftigen. »Avril hat so viele verschiedene Szenarien und Ausgänge postuliert, dass wir während dieser Flitterwochen mehr über dich und diese neue Frau in deinem Leben gesprochen haben, als miteinander zu schlafen.«

Avril fährt mit dem Kopf herum und blitzt ihn über die Schulter hinweg an. »Du bist jeden Abend mit einem zufriedenen Lächeln eingeschlummert, ich denke also nicht, dass das stimmt.«

Dane schlägt direkt zurück. »Zufrieden darüber, dass du für zwei Minuten einmal nicht über Andrew und Brynne gesprochen hast.«

Lachend hebe ich die Hände. »Okay ihr zwei. Es reicht. Ich verstehe, dass ihr neugierig seid, aber ... Brynne ist nur noch wenige Tage hier und die will ich mit ihr verbringen.«

»Und das wirst du auch«, wendet sich Avril mir erneut mit ernstem Blick zu. »Ihr kommt einfach für einige Stunden zu uns, damit wir sie kennenlernen können. Das wird dich schon nicht umbringen.«

Das wird es nicht.

Und ich möchte wirklich, dass meine Freunde sie treffen, aber nicht, weil mich ihre Meinung über Brynne interessiert. Ich weiß, dass sie sie mögen werden.

Ich will sie lediglich an meinem Glück teilhaben lassen, denn auch wenn sie immer das Gegenteil behaupten, weiß ich dennoch, dass sie sich darum sorgen, wann ich wohl die Frau meines Lebens finden werde. Die Tatsache allein, dass ich denke, Brynne könnte es sein, bedeutet, dass es für sie höchste Zeit wird, Avril und Dane kennenzulernen.

»Okay«, sage ich zu Avril. »Um wie viel Uhr und was sollen wir mitbringen?«

»Neunzehn Uhr und nur eure Schwimmsachen«, teilt sie mir mit. »Um den Rest kümmere ich mich.«

KAPITEL 12

Brynne

»IST ES KOMISCH, dass ich nervös bin?«, frage ich Andrew, als wir den kleinen Plattenweg aus Wüstensteinen und zerstoßenen Kieseln entlanggehen. Ich kann nicht anders, ich starre vollkommen fasziniert von der Größe auf Avrils und Danes Haus.

Nein, auf ihre Villa.

Sie ist mindestens neunhundert Quadratmeter groß und aus cremefarbenem Stuck errichtet. Dicke Säulen tragen einen riesigen Vorbau und in den hübsch gestalteten Blumenbeeten sprießt saftiges, tropisches Grün. Die Doppeltür am Vordereingang besteht aus dickem Mattglas und ist mit dekorativen Eisenschnörkeln verziert.

Zu meinem Erstaunen klopft Andrew weder an, noch betätigt er eine Türklingel, sondern betritt direkt ihr Haus.

Ich bin mir nicht sicher, warum mich das überrascht. Ich weiß, dass Dane und Avril seine besten Freunde und

Geschäftspartner sind, und da ich in den vergangenen zwei Wochen sehr viel über Andrew erfahren habe, habe ich ebenfalls sehr viel über diese überaus wichtigen Menschen in seinem Leben gelernt. Aber trotzdem scheint es etwas dreist zu sein, das Haus seiner verheirateten Freunde einfach so zu betreten, ohne zunächst seine Anwesenheit anzukündigen.

Oder zumindest empfinde ich so. Ich meine, ich habe noch nie Taras Haus betreten, ohne zuerst anzuklopfen, und sie hat das bei mir ebenfalls nicht getan. Mit Jesse war das ein klein wenig anders, weil wir eine intimere Beziehung zueinander hatten, deswegen ist dieser Vergleich eher unpassend.

Die Inneneinrichtung des Hauses ist sehr hübsch. Riesige Freiflächen, große Bogenfenster und glänzende Marmorböden. Die Möbel sind übergroß, um den Raum zu füllen, jedoch nicht sehr formell, wenn man davon ausgeht, dass diese Immobilie mehrere Millionen Dollar wert ist. Stattdessen sieht es trotz der Größe, die mich umgibt, eigentlich ganz gemütlich aus.

Andrew nimmt meine Hand und führt mich durch einen Raum, der nur das Wohnzimmer sein kann und in dem sich an verschiedenen Orten kleine Sitzgruppen befinden. Dann gehen wir drei Treppenstufen hinauf und stehen plötzlich auf einer Plattform, auf der sich die ungewöhnlichste Küche befindet, die ich jemals gesehen habe. Sie ist auf einem kreisförmigen Podest angeordnet, dessen Schränke halbmondförmig an einer freistehenden

Wand montiert sind. Es gibt einen großen cremefarbenen Gasherd, einen doppeltürigen Kühlschrank aus Edelstahl und ein breites Keramikspülbecken. Die Kücheninsel ist nach außen gewölbt und groß genug, um acht Hockern auf der gegenüberliegenden Seite Platz zu bieten.

An der Arbeitsplatte stehen zwei unfassbar attraktive Menschen. Avril ist eine klassische Schönheit, die ihr goldenes Haar zu einem tief sitzenden Pferdeschwanz gebunden hat und deren dichter Pony ihr direkt über den himmelblauen Augen hängt. Dane ist groß, breitschultrig und sieht mit seinem Oberlippen- und Kinnbart aus wie eine noch bessere Version von Tony Stark.

Avril hebt den Kopf und nimmt Blickkontakt mit Andrew auf. »Hey ... ich habe euch gar nicht kommen hören.«

»Schleichmodus«, sagt Andrew lachend, als er mich auf das Podest führt.

Avril legt das Messer, das sie benutzt hat, um Tomaten zu schneiden, auf das Holzbrett und wischt sich dann die Hände an einem Handtuch ab, das sie sich über die Schulter geworfen hat. Das Lächeln, das sie mir schenkt, ist warm und einladend.

»Und du musst Brynne sein«, sagt sie strahlend und kommt um die Kücheninsel herum, um uns zu begrüßen.

Ich strecke ihr die Hand hin, bin jedoch überrascht,

dass sie mich an sich drückt. Es ist keine übermäßig intime Umarmung, aber mehr als nur eine lockere Berührung.

Als sie mich loslässt, betrachtet sie einen Augenblick mein Gesicht, bevor sie sich an ihren Mann wendet: »Sie ist zauberhaft. Nicht wahr, Dane?«

»Absolut«, stimmt er zu und ich blicke für einen Moment zu ihm hinüber. Er lächelt mich freundlich an, ganz so, als freue er sich für Andrew, anstatt eine Bemerkung über mein Aussehen zu machen.

Avril wendet sich Andrew zu. Er beugt sich nach vorn und küsst sie auf die Wange. Sie legt dabei, genau wie er, die Handfläche an seine Wange und schließt kurz die Augen, als seine Lippen ihre Haut berühren.

Als sie sie wieder öffnet, glitzern sie vor Zärtlichkeit und Freundschaft.

»Hallo Brynne«, höre ich es hinter mir. Als ich mich umdrehe, sehe ich, dass Dane von der anderen Seite um die Kücheninsel herumgekommen ist und mir seine Hand hinstreckt. »Ich bin Dane. Es ist schön, dich endlich kennenzulernen.«

Ich finde es nicht seltsam, dass er mir einen Handschlag anstelle einer Umarmung anbietet. Ich denke, dass es sich hierbei einfach nur um einen Unterschied zwischen Männern und Frauen handelt. Vermutlich ist es nur höflich, das zu tun, wenn man die Freundin seines Freundes zum ersten Mal trifft.

Ich schüttle ihm lächelnd die Hand. »Es freut mich

auch sehr. Andrew hat mir schon so viel von euch erzählt.«

In Danes Augen blitzt der Schalk auf. »Das ist der Teil, wo ich so etwas sage wie: ›Oh, ich hoffe nur Gutes‹, und du sagst: ›Selbstverständlich nur Gutes‹, aber wenn er dir von unserer Collegezeit erzählt hat, wissen wir beide, dass du nur schlimme Dinge gehört hast.«

»Wenn es etwas Schlimmes gab, dann hat er es Brynne garantiert erzählt«, entgegnet Avril, als sie an Andrew vorbeigeht und ihm zärtlich auf den Bauch klopft. »Ich hatte damit ganz sicher nichts zu tun, denn auf dem College war ich eine ziemliche Musterschülerin.«

»Auf dem College warst du langweilig«, neckt Dane seine Frau und entfernt sich dann, um sich wieder zu ihr an die Arbeitsplatte zu gesellen. »Setz dich.«

Andrew und ich ziehen zwei Stühle hervor und wollen gerade Platz nehmen, als Dane eine Hand hebt, um Andrew zu stoppen. »Du nicht, Kumpel. Du wirst mir dabei helfen, die Steaks zu grillen. Du weißt, dass ich dazu unfähig bin.«

Andrew lacht leise und schiebt den Stuhl wieder zurück. »Das stimmt. Du bist generell unfähig, irgendetwas zu kochen.«

»Aber er macht gute Cocktails«, sagt Avril mit einem Grinsen zu Andrew, dann richtet sie ihren Blick auf mich. »Was möchtest du trinken?«

»Was trinkst du denn?«, frage ich und nicke zu dem

großen, schlanken Glas, das mit Eiswürfeln, Limetten und einer kohlensäurehaltigen Flüssigkeit gefüllt ist.

»Wodka-Soda mit Limette«, antwortet sie, als sie das Messer in die Hand nimmt und damit fortfährt, die Tomaten zu schneiden, von denen ich annehme, dass sie in die große Holzschüssel neben ihr gehören, in der sich bereits Salatblätter befinden.

»Das würde ich gern einmal probieren. Ich mag Wodka, aber ich habe ihn noch nie mit Soda getrunken.«

»Kommt sofort«, sagt Dane, der an seiner Frau vorbeigeht und ihr dabei einen Klaps auf den Po gibt. Er verlässt die Plattform und geht durch das Wohnzimmer zu einer riesigen eingebauten Bar an der hinteren Wand. »Drew ... nimm schon mal die Steaks aus dem Kühlschrank.«

Ich mache es mir auf meinem Stuhl bequem und schlage die Beine übereinander. Ich trage ein leichtes, hellgelbes Maxikleid, auf dem pfirsichfarbene Hibiskusblüten gedruckt sind, die seitlich von meiner Hüfte schräg nach vorn zum Saum verlaufen.

»Heute Abend gibt es etwas ganz Einfaches«, teilt Avril mir mit und nickt zu der Salatschüssel. Andrew nimmt einen Teller mit dicken Ribeye-Steaks aus dem Kühlschrank, der mit Klarsichtfolie bedeckt ist.

Ich blicke Avril mit hochgezogener Augenbraue an. »Was du einfach nennst, sieht für mich fantastisch aus.«

Sie lacht. »Ich bin ein großer Fleischesser. Ich könnte jeden Tag ein Steak verputzen.«

»Ich auch.«

Avril schaut mich einen Moment lang abwägend aus ihren blauen Augen an, bevor sie mir ein weiteres freundliches Lächeln schenkt, das mir das Gefühl gibt, eines Tages sehr gut mit ihr befreundet sein zu können. »Ich glaube, du und ich haben vermutlich sehr viele Gemeinsamkeiten, ganz besonders, wo wir beide doch diesen großen Trottel dort drüben mögen.«

Sie nickt zu Andrew, der sie ignoriert, während er die Klarsichtfolie von den Steaks entfernt, aber ich weiß, dass er sie gehört hat, weil sich seine Mundwinkel ganz leicht nach oben verziehen.

Dane kommt mit meinem Getränk zurück und legt eine kleine Serviette vor mich auf den Tisch, bevor er es darauf platziert. »Zum Wohl.«

»Prost«, antworte ich, nehme es in die Hand und trinke einen kleinen Schluck. Ich genieße einen Augenblick lang den Geschmack, dann nicke ich Dane zu. »Das schmeckt großartig!«

Avril deutet mit ihrem Messer auf Dane. »Siehst du … ich habe dir doch gesagt, dass er tolle Cocktails macht.«

»Und ich bin ebenfalls ein guter Grill-Assistent«, fügt Dane hinzu. Er blickt Andrew durchdringend an. »Komm schon. Lass uns diesem Baby Feuer unter dem Hintern machen und unser Fleisch grillen!«

Andrew grinst, kommt aber zu mir und gibt mir einen zärtlichen Kuss. »Geht es dir hier gut?«, fragt er und bringt sein Gesicht näher an meins.

»Mir geht es super«, versichere ich ihm, denn ich bin mir durchaus bewusst, dass Avril und Dane die Sorge in seiner Stimme darüber hören können, dass er mich mit einer Fremden allein lässt.

»Also gut«, antwortet er leise und gibt mir noch einen schnellen Kuss. »Dann gehe ich jetzt mal nach draußen und grille das Fleisch.«

Ich verdrehe den Kopf und beobachte, wie Dane und Andrew die Plattform verlassen. Sie durchqueren das Wohnzimmer bis zum Ende, das aus nichts anderem als einer Glaswand besteht, die auf die Terrasse hinausführt. Dahinter befindet sich ein riesiges, ovales Schwimmbecken mit Wasserfällen und weiteren üppigen Pflanzen, die in voller Blüte stehen. Auf der anderen Seite des Beckens befindet sich eine kleine Villa, die aussieht wie ein Miniatur-Nachbau ihres Hauses.

Ich nehme an, dass es sich um ein Gästehaus handelt, und mir drängt sich die Frage auf, wozu es wohl gebraucht wird, wo im großen Haus vermutlich ein Dutzend Schlafzimmer leer stehen.

»Ich finde es ganz zauberhaft, wie du und Andrew euch kennengelernt habt«, sagt Avril.

Ich drehe mich auf meinem Stuhl, um sie anzusehen. »Rückblickend scheint es vollkommen unwirklich zu sein. Es ist schon verrückt, wie schnell sich die Dinge zwischen uns entwickelt haben.«

»Das bezweifele ich nicht«, entgegnet sie mit einem

weisen Glitzern in den Augen. »Und damit meine ich, dass du auf dein Bauchgefühl hören solltest.«

Ich nicke. »Das werde ich. Ich meine, das habe ich schon.«

Sie lächelt, dann nimmt sie mit beiden Händen die geschnittenen Tomaten und befördert sie in die Salatschüssel. »Wenn ich fragen darf, wie läuft es denn jetzt mit deinem Ex-Verlobten? Andrew hat mir nur erzählt, dass ihr beide zusammen praktiziert habt.«

»Da läuft gar nichts«, murmele ich und trinke schnell einen Schluck von meinem Wodka-Soda. »Es ist offensichtlich, dass ich nicht weiter mit ihm zusammenarbeiten kann, aber er will mich ebenfalls nicht ausbezahlen.«

»Kannst du ihn ausbezahlen?«, fragt sie und tritt an die Spüle, um sich die Hände zu waschen.

Ich schüttele den Kopf und reibe mit meinem Daumen über das Kondenswasser auf dem Glas. »Das kann ich mir nicht leisten.«

»Du könntest eine Auflösung der Geschäftspartnerschaft erzwingen«, schlägt sie vor und ihr Gesichtsausdruck wird plötzlich professionell. Sie nimmt sich eine Papierserviette aus dem Halter und trocknet sich die Hände ab, das Handtuch über ihrer Schulter beachtet sie gar nicht.

»Das wird mein letztes Mittel sein«, sage ich zu ihr. »Wenn ich nächste Woche zurückkomme, hoffe ich, dass er sehen wird, wie ernst es mir damit ist.«

»Wenn du in irgendeiner Form juristische Hilfe benötigst, dann lass es Andrew wissen. Wir haben ein Team von Haien, die auf Abruf bereitstehen.«

Ich lache und antworte: »Okay«, aber ich würde Andrew bei dieser Sache niemals um Hilfe bitten. Ja, die Dinge zwischen uns entwickeln sich in rasender Geschwindigkeit, aber ich will nicht, dass er denkt, ich würde ihn wegen seiner Kontakte und seines Vermögens ausnutzen.

»Sehen wir mal nach, was die Männer machen, um sicherzugehen, dass Andrew die Steaks nicht anbrennen lässt«, schlägt sie vor und nimmt ihren eigenen Cocktail von der Arbeitsplatte. »Heute Abend ist so schönes Wetter, ich dachte, wir könnten am Pool essen.«

Ich folge Avril auf die Terrasse und betrachte mir, wie gut Andrew in seiner khakifarbenen kurzen Hose, einem T-Shirt und Flip-Flops aussieht. Dane ist ähnlich gekleidet, nur trägt er ein Hemd. Bis jetzt habe ich Avrils Kleidungsstil nicht viel Aufmerksamkeit geschenkt, weil sie an der Arbeitsplatte gestanden hat, aber sie trägt eine abgeschnittene Jeanshose, die viel von ihren Beinen zeigt, und ein übergroßes T-Shirt, das eine ihrer Schultern entblößt.

Andrew dreht sich um und blickt mir sofort in die Augen, als wir auf die kiesbedeckte Terrasse hinaustreten. Der Grill ist in eine niedrige Wand eingelassen und liegt im Schatten der hinteren Säulenhalle, die sich beinahe bis zum Pool erstreckt. In der Nähe einer Feuerstelle befindet sich ein hübscher Tisch, der bereits mit Tellern, Besteck und Gläsern gedeckt ist.

»Wie weit bist du mit den Steaks?«, fragt Avril, als sie neben Andrew tritt und einen Blick auf das Fleisch wirft, nachdem er den Deckel kurz angehoben hat. Er schließt ihn ebenso schnell wieder und sie stößt ihn verspielt mit der Hüfte an. »Sieht gut aus.«

Andrew grinst und versetzt ihr ebenfalls einen Hüftstoß. »Ich bin der Chef-Grillmeister. Ich kann nicht glauben, dass du meine Fähigkeiten jemals anzweifeln würdest.«

»Das tue ich keinesfalls«, sagt sie lachend. Avril tritt vom Grill weg und geht hinüber zu Dane, der einen Arm um ihre Taille legt und sie an sich zieht.

Einen Moment lang weiß ich nicht, was ich tun soll. Die drei stehen sich außergewöhnlich nahe, sind vollkommen entspannt in der Gegenwart des anderen und scheinen beinahe schon als eine Kerneinheit zu existieren. Obwohl Avril und Dane miteinander verheiratet sind, ist es offensichtlich, dass Andrew zu ihnen gehört. Sie verbindet eine Freundschaft, die über das hinausgeht, was die meisten anderen Menschen haben, und strahlt ebenfalls eine gewisse Intimität aus. Ich frage mich, ob sie miteinander wohl auch so umgehen, wenn sie sich bei Caterva um das Geschäftliche kümmern, oder ob sie diesen Teil von ihrem Beruf trennen, wenn sie bei der Arbeit sind.

Es vergehen einige Sekunden, in denen ich mich wie

ein Eindringling fühle, aber das verschwindet sofort, als Andrew die Grillzange ablegt und sich mir mit einem durchdringenden Blick zuwendet. Dieser Blick sagt mir, dass nichts von dem existiert, das uns gerade umgibt.

Er sagt mir, dass er nur Augen für mich hat, und gibt mir das Gefühl, dass Dane und Avril nun außen vor sind, was mich von innen heraus erwärmt.

Andrew lockt mich mit dem Finger zu sich. »Komm zu mir, Brynne. Lass mich dir die Kunst des Grillens erklären.«

Ich zögere nicht, meinen Platz an seiner Seite einzunehmen. Er zeigt mir jedoch weder den Grill, noch gibt er mir die Zange, sondern zieht mich lediglich an sich, sodass wir aneinandergedrückt sind.

»Was hat dich dazu bewogen, Zahnmedizin zu studieren?«, fragt Dane mich und ich verdrehe den Hals, um ihn anzusehen, denn ich bin nicht bereit, auch nur einen Zentimeter des Körperkontakts mit Andrew aufzugeben.

Und so beginnt ein netter Abend, bei dem ich Andrews zwei beste Freunde und Geschäftspartner kennenlerne.

◆

NACH DEM ABENDESSEN und auch im Wagen auf dem Weg zu Andrews Wohnung hält er meine Hand. Ich bin satt und ein wenig angeheitert von den drei Wodka-Soda, die ich getrunken habe.

»Avril und Dane mögen dich sehr«, sagt er zu mir.

Ich lächele ihn an. »Woher weißt du das? Ich war den ganzen Abend mit dir zusammen und ihr habt nie darüber gesprochen.«

»Ich weiß es einfach«, antwortet er. »Ich sehe es.«

»Ihr drei steht euch wirklich sehr nahe«, beobachte ich leise.

»Ja«, antwortet er liebevoll, während er auf die Straße vor sich blickt. »Seit unserem ersten Jahr auf dem College sind wir unzertrennlich. Wir haben alles zusammen gemacht.«

»Das ist ungewöhnlich«, murmele ich und blicke wieder geradeaus. »Zwei Männer und eine Frau. Ich meine, solch enge Freundschaften sind normalerweise gleichgeschlechtlich.«

»Kann schon sein«, antwortet er lachend. »Vielleicht ist es so gekommen, weil wir Streber waren, die sich auf einer wissenschaftlichen und unternehmerischen Ebene angefreundet haben.«

»Das macht Sinn, aber wie haben sich Avril und Dane so plötzlich ineinander verliebt, nachdem ihr bereits all die Jahre Freunde und Geschäftspartner wart?«

Ich bekomme nicht sofort eine Antwort, was mich dazu bringt, ihn erneut anzusehen. Er lächelt mich kurz an und zuckt mit den Schultern. »Die Liebe hat schon immer existiert. Zwischen uns dreien hat so ziemlich von Anfang an eine Liebe bestanden. Wir waren – sind – uns vermutlich näher als so mache Geschwister. Deswegen glaube ich, dass zwischen den beiden nur eine andere

Form der Liebe vorhanden war, die eine Zeitlang inaktiv geblieben ist. Dann ist etwas passiert und sie wurde zum Leben erweckt.«

»Wie süß«, murmele ich und lehne mich auf meinem Sitz zurück. Ich fange an, schläfrig zu werden, was ebenfalls etwas ist, das mir auffällt. Ich bin ein kleiner Kontrollfreak und habe mich mit Jesse – und auch niemand anderem – sicher genug gefühlt, um zu schlafen, während er gefahren ist. Aber bei Andrew macht es mir nichts aus, mein Leben in seine Hände zu legen. »Dann hast du also keine Ahnung, was es hervorgerufen hat?«

Wieder zögert er, vermutlich weil er sich nicht sicher ist, ob er mir Einzelheiten erzählen darf, die seine beiden besten Freunde betreffen. Er drückt meine Hand und sagt: »Ich bin mir wirklich nicht sicher. Vielleicht war es nur eine Frage des Zeitpunkts.«

»Ist es nicht komisch, wie sich unser Leben auf so unerwartete Weise verändern kann?«

»Ja.« Seine Stimme ist heiser und ich weiß, dass er genau das Gleiche denkt wie ich.

Dass in unserem Leben etwas passiert ist, das uns zusammengeführt hat, ungeachtet dessen, ob wir bereit dafür waren oder überhaupt danach gesucht haben.

Ich kann nicht für Andrew sprechen, aber ich persönlich bin dankbar dafür. Ich habe ebenfalls beschlossen, dem mit meinem ganzen Herzen zu vertrauen.

KAPITEL 13

Andrew

ICH SEHE, DASS bei Avril das Licht brennt, und gehe, anstatt in mein eigenes Büro, zu ihr. Es ist bereits Tradition, dass Avril immer als Erste bei Caterva erscheint, gefolgt von mir und dann Dane. Auch seit die beiden verheiratet sind, hat sich das nicht geändert.

Obwohl mein Abend mit Brynne so schön war – ein wunderbares Abendessen mit ihr und meinen beiden besten Freunden, gefolgt von emotionalem, sensationellem Sex –, habe ich, seit ich um fünf Uhr aufgewacht bin, an nichts anderes als an Avril denken können.

Nicht auf eine sexuelle Art.

Auf keine Art, die in irgendeiner Form mit Dingen zu tun hat, die Männer und Frauen miteinander tun würden.

Eher als meine beste Freundin, die mich besser kennt als irgendjemand sonst auf der Welt, Dane eingeschlossen. Aber als ich heute Morgen eng umschlungen mit Brynne aufgewacht bin und ihren Duft eingeatmet habe, wusste ich tief im Inneren, dass sie »die Eine« ist. Deswegen konnte ich an nichts anderes denken, als ins Büro zu fahren und mit Avril darüber zu sprechen.

Sie sitzt über ihren Laptop gebeugt, daneben steht eine Tasse mit dampfend heißem Kaffee. Vor einigen Monaten hat sie angefangen, eine Lesebrille zu tragen, und ich finde, die lässt sie so klug aussehen, wie sie tatsächlich ist. Ich habe Avril immer damit aufgezogen, dass sie aussieht wie die Pop-Prinzessin Taylor Swift und nicht wie die leitende Geschäftsführerin eines weltbekannten Biotech-Unternehmens, aber mit dieser Brille hat sie definitiv ein Erscheinungsbild, das ihrer Klugheit endlich gerecht wird.

Ich klopfe mit dem Fingerknöchel an den Türrahmen. Sie blickt nicht einmal zu mir auf, als sie sagt: »Guten Morgen.«

»Morgen«, erwidere ich und sie hebt endlich den Kopf. Sie kann es an meiner Stimme hören und sofort zieht sie die Mundwinkel nach unten und die Augenbrauen zusammen.

»Was ist los?«, fragt sie besorgt.

»Brynne«, antworte ich lapidar, lasse mich auf einen ihrer Gästestühle fallen und lege die Füße, an denen ich wie immer Turnschuhe trage, auf ihren Schreibtisch. Dane würde mich für dieses Verhalten anbrüllen, aber Avril interessiert es nicht. Genauso wenig wie es ihr etwas ausmacht, dass ich mich weigere, mich für die Arbeit schick anzuziehen, weil ich das Gefühl habe, mein

Gehirn funktioniert besser, wenn ich mich lässig in Jeans und Turnschuhe kleide.

»Was ist passiert?«, fragt sie und schiebt ihren Laptop beiseite. »Gestern Abend dachte ich, alles sei fantastisch. Sie ist toll. Du bist toll. Wie hast du es denn schon jetzt gegen die Wand fahren können? Sie war mir wirklich sympathisch, Drew.«

Ich hebe eine Hand und auf meinem Gesicht breitet sich langsam ein Lächeln aus. »Entspannen Sie sich, Mrs. Sie-Sorgen-Sich-Zu-Viel. Es geht ihr gut und mir geht es gut und uns gemeinsam geht es ebenfalls gut. Oder zumindest ist das im Augenblick so.«

»Aber in der Zukunft möglicherweise nicht?«, rät sie mit besorgtem Gesichtsausdruck.

»Ich bin mir nicht sicher«, gestehe ich. »Es gibt da etwas, das mich beschäftigt, und ich würde gern mit dir darüber sprechen.«

»Ich denke nicht, dass das alles zu schnell geht«, antwortet Avril hastig und sie sieht aus wie eine Mutter, die ihrem Kind an seinem ersten Schultag gut zuredet, damit es keine Angst hat.

»Das ist es nicht. Es geht um —«

»Und die Entfernung sollte kein Problem darstellen. Du bist reicher als Gott. Du kannst dort arbeiten oder sie kann hierherkommen —«

Ich will meine beste Freundin für ihren Versuch auslachen, mein Liebesleben zu organisieren, aber stattdessen falle ich ihr ins Wort. »Kannst du vielleicht mal die Klappe halten, Av, damit ich dir sagen kann, worüber ich mir Sorgen mache? Dann kannst du immer noch herbeistürzen und die Lage retten.«

Sie klappt ihren Mund zu und beugt sich nach vorn, um mir ihre ungeteilte Aufmerksamkeit zukommen zu lassen und dabei nur ein klein wenig verärgert auszusehen.

Ich warte einen Moment, um sicherzugehen, dass sie mich nicht wieder unterbrechen wird, und hole dann tief Luft.

Als ich ausatme, beginne ich: »Du weißt, dass ihr Verlobter, sein bester Freund und ihre Brautjungfer direkt vor der Hochzeit einen Dreier hatten und Brynne es herausgefunden hat, nicht wahr?«

Avril nickt, denn ich habe ihr alles bis ins kleinste Detail erzählt.

»Also«, fahre ich fort, »wie man erwarten würde, ist sie von diesem Betrug sehr verletzt, aber es stört sie weitaus mehr, dass es sich dabei um einen Dreier gehandelt hat.«

Weil sie meine beste Freundin ist und mich besser als jemand anderes kennt, erwarte ich, dass sie sofort wissen wird, was ich ihr sagen will.

»Ich kann dir nicht folgen«, antwortet sie und sieht ehrlich verwirrt aus.

Ich seufze frustriert auf, weil ich es ihr tatsächlich erklären muss. »Sie findet die Vorstellung von Sex zwischen mehr als zwei Menschen geschmacklos. Sie versteht nicht, wie irgendeine Beziehung oder sogar nur sexuelle Lust zwischen drei Menschen bestehen kann. Sie denkt, dass solche Dinge das monogame Ideal angreifen.«

»Sehr viele Leute denken so«, antwortet Avril ruhig.

»Ja, aber ich bin nicht dabei, mich Hals über Kopf in diese Leute zu verlieben«, entgegne ich gereizt.

»Ach sooooo«, sagt sie und zieht verständig ihre Augenbrauen hoch. »Du hast ihr noch nichts über deine … äh … direkte Erfahrung mit diesem Tabu berichtet.«

»Du brauchst das gar nicht so mehrdeutig zu formulieren«, brumme ich. »Nein, sie weiß nicht, dass ich selbst in eine Dreierbeziehung verwickelt war und ich es nicht so herablassend betrachte wie sie. Viel wichtiger jedoch, sie weiß ganz sicher nicht, dass es mit dir und Dane war.«

»Nun ja, warum muss sie das denn überhaupt wissen?«, fragt Avril.

Diese Frage habe ich mir selbst bereits rund tausend Mal gestellt und niemals eine befriedigende Antwort darauf gefunden.

»Es fühlt sich unehrlich an«, sage ich schließlich. »Weil ich mir mit Brynne eine schöne Zukunft vorstellen kann, fühlt es sich für mich wie ein Betrug an, wenn ich es ihr verheimliche. Und um alles nur noch schlimmer zu machen, stellt sie Fragen über dich und Dane, wie ihr beide euch ineinander verliebt habt, und ich musste mich dumm stellen, obwohl ich in Wahrheit zwischen euch beiden eingeklemmt war, als es passierte. Sie würde das niemals verstehen.«

»Woher willst du das wissen? Vielleicht unterschätzt du sie einfach nur.«

»Ich weiß es!«, schnauze ich sie an. Ich erhebe mich von meinem Stuhl und fahre mir aufgebracht mit den Händen durchs Haar. »Ich kenne Brynne gut genug, um zu wissen, dass sie wegrennen würde, wenn sie wüsste, dass ich dich gemeinsam mit Dane gevögelt habe. Durch ihre eigene Erfahrung ist sie zu sehr verletzt worden, als dass sie das Wunderbare unseres eigenen Erlebnisses verstehen würde.«

Avrils Blick wird mitfühlend. »Es tut mir leid.«

»Das muss es nicht.« Beiläufig winke ich mit der Hand ab. »Es ist ja nicht deine Schuld, dass ich in diesem Schlamassel sitze.«

»Nein«, sagt sie mit noch zärtlicherer Stimme, in der ich deutlich die Entschuldigung und Reue hören kann. »Es tut mir so leid, dass ich dich in diese Sache mit Dane und mir hineingezogen habe. Es war selbstsüchtig –«

»Oh, halt verdammt noch mal die Klappe, Av!«, knurre ich und sie blinzelt mich überrascht an. »Du hast mich zu nichts gezwungen, was ich nicht tun wollte. Ich bin dadurch nicht verletzt worden und ich könnte mich für dich und Dane nicht mehr freuen. Eigentlich bin ich jetzt sogar glücklicher, als ich es jemals zuvor in meinem Leben gewesen bin, und das ist nicht nur wegen Brynne so, sondern weil meine beiden besten Freunde jetzt ebenfalls glücklicher sind, als sie es jemals zuvor in ihrem Leben waren. Das ist für mich am wichtigsten, also sag mir nicht noch einmal, dass es dir leidtut. Wie wäre es, wenn du mir stattdessen einen echten Ratschlag gibst?«

Sie blinzelt noch einmal, und dann noch einmal, während sie über meinen Tadel nachdenkt und akzeptiert, dass es mir mit der Situation gut geht. Schließlich räuspert sie sich und sagt: »Du hast zwei Möglichkeiten. Erzähle es ihr kurz und schmerzlos und trage dann die Konsequenzen dieser Wahrheit. Oder behalte es für dich und hoffe, dass sie es niemals herausfindet.«

»Vielen Dank, Sherlock Holmes. Darauf wäre ich von alleine niemals gekommen.«

Sie überhört meinen Sarkasmus. »Ich würde es ihr nicht sagen.«

Überrascht spüre ich, wie mir die Kinnlade herunterfällt. »Ernsthaft?«

»Das ist nicht der Mensch, der du bist«, erklärt sie. »Diese Erfahrung war Teil deiner Vergangenheit und hat mit deinem jetzigen Leben überhaupt nichts zu tun. Du wirst dadurch nicht definiert. Sie hat keinen Einfluss auf deine Gefühle für Brynne und würde niemals die Art und Weise ändern, wie du sie behandelst. Ein Geständnis würde nur dazu führen, dass sie sich unwohl fühlt und könnte eventuell den Beginn einer unglaublich wundervollen Beziehung beeinträchtigen.«

Es macht Sinn, wenn sie es so formuliert. Wenn es

mir gelingt, mich darauf zu konzentrieren, was sie gerade gesagt hat, fühle ich mich nicht mehr ganz so schlecht, dass ich Brynne die Wahrheit verschweige. Eigentlich ist es beinahe schon so, als wäre es großzügig von mir, Brynne vor Informationen zu beschützen, die ihr Leid zufügen würden.

»Ja«, murmele ich und fange an, vor ihrem Schreibtisch hin und her zu gehen. Sie nimmt einen Kugelschreiber in die Hand und klickt ihn immer wieder auf und zu, während ich über ihre Worte nachdenke. Ich drehe mich schwungvoll zu ihr um und lege meine Handflächen auf den Schreibtisch. »Eigentlich ist es doch nicht einmal annähernd das Gleiche. Was Jesse und Tara getan haben, war ein Vertrauensmissbrauch. Was du, Dane und ich getan haben, hat in gegenseitigem Einverständnis und mit Sorgfalt stattgefunden.«

»So kann man die Sache natürlich auch betrachten«, stimmt sie zu. »Wenn du dich deswegen gut fühlen willst, dass du ihr nicht die Wahrheit sagst.«

Ich ziehe die Augenbrauen zusammen. »Aber du hast doch gerade gesagt, dass ich es ihr nicht sagen soll.«

»Das stimmt«, bestätigt sie. »Aber ich habe nicht gesagt, dass du deswegen keine Schuldgefühle haben solltest.«

»Du verwirrst mich«, brumme ich.

»Ich weise dich lediglich darauf hin, dass ich mir nicht sicher bin, ob eine richtige Antwort existiert. Normalerweise würde ich immer dazu raten, die

Wahrheit zu sagen, aber in diesem Fall denke ich, dass du darüber nachdenken solltest, es für dich zu behalten. Zumindest vorerst. Du kannst das Thema vielleicht zu einem späteren Zeitpunkt in der Beziehung ansprechen, wenn die Bindung zwischen euch stärker ist.«

Ich atme erschöpft aus. Dann lasse ich mich wieder auf den Stuhl fallen und sacke geschlagen in mich zusammen.

»Drew«, beginnt Avril zögernd zu sprechen. »Ich muss dich das fragen … das mit Brynne ist in sehr kurzer Zeit sehr ernst geworden und ich bin in keiner Weise dagegen … aber ich muss wissen, ob du in irgendeiner Form nach einem Trostpflaster suchst.«

»Trostpflaster?«, frage ich verwirrt. Mir hat seit sehr vielen Jahren keine Frau mehr das Herz gebrochen.

»Weil Dane und ich geheiratet haben?« Sie blickt nach unten und zeigt mir auf diese Weise, dass sie Bedenken hat, diese Worte zu mir zu sagen.

Als Antwort lache ich so lange, bis ich beinahe schon grunze. »Du machst Witze, nicht wahr?«

Avril hebt das Kinn und presst die Lippen zusammen. Ihre Stimme ist steif und überkorrekt. »Nein, ich mache keine Witze.«

»Zum letzten Mal, Av«, antworte ich und gebe mir Mühe, sanft zu klingen, damit sie nicht denkt, ich mache mich über sie lustig, weil sie sich um mich sorgt. »Dass du dich in Dane verliebt hast, hat mir nicht das Herz gebrochen. Ich habe dich nicht geliebt … nicht auf eine romantische Weise. Ich brauche kein Trostpflaster. Ich freue mich für euch beide und bin glücklich, dass ich Brynne gefunden habe. Bekomm das endlich in deinen Dickschädel, dass es eine fantastische – wenn nicht sogar wundersam einzigartige – sexuelle Beziehung war, die wir drei geführt haben, die nicht dazu bestimmt war, länger zu dauern als ein paar großartige Orgasmen. Und mehr war es auch nicht. Wir sind zum Glück immer noch beste Freunde und ich bin dadurch zu einem besseren Menschen geworden.«

Sie blickt mich durchdringend an. »Hat dir gefallen, was wir miteinander hatten?«

Diese Frage habe ich nicht erwartet, aber ich kann nichts anderes tun, als ihr ehrlich darauf zu antworten. »Natürlich hat es das. Der Sex war fantastisch. Aber ich habe mich davon distanziert, weil ich nicht nur bemerkt habe, dass du und Dane euch ineinander verliebt, sondern weil mir ebenfalls klar geworden ist, dass es nichts für mich ist, eine Frau mit jemand anderem zu teilen.«

»Rein hypothetisch gesprochen würdest du dann also niemanden mehr in dein Bett mit Brynne einladen, selbst wenn sie darauf stehen würde?«

»Auf gar keinen Fall«, sage ich, ohne überhaupt darüber nachzudenken. Ganz egal, ob Mann oder Frau, in unserem Bett gibt es nur Platz für uns zwei.

Avril strahlt. »Du meinst es wirklich ernst.«

»Natürlich tue ich das. Empfindest du nicht genauso,

jetzt, wo du verheiratet bist?«

»Nein«, antwortet sie geradeheraus. »Dane und ich haben uns darüber unterhalten. Wir würden es wieder tun, aber nicht mit dir.«

Ich schnaube. »Verdammt richtig. Die Zeiten, in denen du meinen Körper benutzt hast, sind vorbei.«

Sie lacht und ich erkenne, dass ich Avrils und Danes Beziehung respektieren kann. Wenn die beiden in Sachen Sex diese Art von Dingen voneinander trennen können, dann nur zu, und ich hoffe, sie können damit umgehen.

Ich bin jedoch nicht so. Nicht bei der Art und Weise, wie ich für Brynne empfinde. Ich würde es niemals zulassen, dass irgendjemand anderes sie berührt – Mann oder Frau.

Niemals.

»Liebst du Brynne?«, fragt sie mich direkt. »Du hast gesagt, du bist dabei, dich zu verlieben, aber –«

»Wir kennen uns erst seit zwei Wochen. Ich verstehe, dass alles sehr schnell gegangen ist, aber ich empfinde mehr für sie, als ich je für eine andere Frau empfunden habe, und das schließt dich mit ein, Av. Was sagt dir das?«

»Dass du in der Tat dabei bist, dich in sie zu verlieben, und du jedes Recht besitzt, dir Gedanken darüber zu machen, wie deine vergangene sexuelle Beziehung mit mir und Dane sich auf deine Zukunft mit ihr auswirken könnte. Behalte es für dich. Zumindest vorerst.«

Avril äußert ihre letzten Worte, ohne zu zögern. Ich nehme sie mir zu Herzen und verspreche mir selbst, nicht noch einmal darüber nachzudenken. Zumindest nicht für eine sehr lange Zeit. »Abgemacht. Diese Sache befindet sich in der Vergangenheit und dort wird sie auch bleiben.«

KAPITEL 14

Brynne

»CASEY FERNS SITZT in Behandlungszimmer fünf«, sagt Kittie Mears, als ich aus Zimmer zwei heraustrete. Sie reicht mir seine Patientenakte. »Ein kleines Loch im Drei-Fünf.«

Ich schnappe mir die kleine Röntgenaufnahme, die an der Innenseite der Mappe befestigt ist, hebe den Arm und halte sie gegen das Licht. Es ist nicht so, als würde ich meiner Assistentin nicht vertrauen, aber ich bestätige die Diagnose immer selbst. Ich werde ebenfalls noch einmal einen Blick darauf werfen, bevor ich entscheide, was gemacht wird, aber angesichts dessen, was ich sehe, muss der Zahn gefüllt werden.

Ich stecke das Röntgenbild wieder zurück und frage: »Ist sein Vater auch da?«

Sie rümpft die Nase. »Ja.«

»Großartig«, murmele ich und bereite mich innerlich vor, während ich mit Kittie, die mir folgt, zu Zimmer fünf gehe. Als ich eintrete, steht Caseys Vater stocksteif neben dem Behandlungsstuhl und hat seine fleischigen Arme vor der Brust verschränkt. Mit armeegerecht kurz geschorenem Haar blickt mich der Colonel im Ruhestand düster an.

Sein achtjähriger Sohn Casey liegt bereits auf dem Behandlungsstuhl. Er kann seine Angst kaum verbergen und macht einen schrecklichen Versuch, tapfer auszusehen.

»Guten Morgen Casey!«, sage ich strahlend.

»Hi«, murmelt er und schaut verstohlen zu seinem Vater herüber.

»Guten Morgen, Mr. Ferns«, sage ich.

Er nickt mir kurz zu. »Frau Doktor.«

Hinter Mr. Ferns steht Kittie und bereitet meine Instrumente auf einer Schale vor, während sie frustriert den Kopf schüttelt. Ich kann sie durchaus verstehen.

Casey ist nicht das erste ängstliche Kind, das wir behandeln, aber wir hatten noch niemals zuvor ein Kind, das einen überheblichen und strengen Vater hat, der ihn zu seinen Terminen begleitet, seinen Sohn jedoch nicht emotional unterstützt. Nein, er ist hier, um dafür Sorge zu tragen, dass sein Sohn seine Gefühle unter Kontrolle behält und nicht weint, damit er lernt, sich »wie ein Mann zu benehmen«.

Ich gehe zum Waschbecken, um meine Hände zu reinigen. Während ich sie abtrockne, beuge ich mich über Caseys Stuhl und lächele ihn an. »Ich habe in deiner Akte gesehen, dass du seit deinem letzten Besuch hier

Geburtstag hattest. Hast du einen schönen Tag gehabt?«

Er lächelt vorsichtig, vor Angst noch immer fast regungslos, und nickt. »Mein Dad und ich sind nach Colorado gefahren und haben ein Spiel der Rockies angeschaut.«

»Das ist ja klasse!«, rufe ich aus. »Dein Dad ist echt spitze.«

Die Mundwinkel von Mr. Ferns bewegen sich nach oben und für einen kurzen Augenblick nimmt sein strenges Gesicht weiche Züge an. Ich denke, er ist ein guter Vater, aber er setzt seinen Sohn gerade viel zu sehr unter Druck.

Also schwindele ich ein wenig. »Wissen Sie, Mr. Ferns, unsere Regeln besagen, dass es den Eltern von Kindern, die das achte Lebensjahr erreicht haben, nicht mehr gestattet ist, im Zimmer zu bleiben, während die Behandlung durchgeführt wird. Wir haben Verständnis dafür, dass jüngere Kinder emotionale Unterstützung benötigen, aber jetzt, da Casey älter ist, befindet er sich bei uns in den besten Händen.«

Mr. Ferns lässt die Arme sinken und runzelt sichtlich verstimmt die Stirn. »Aber mir wurde erlaubt, mit ihm hier hereinzukommen.«

»Mein Fehler«, flötet Kittie, die mich bei meiner kleinen Notlüge sofort unterstützt. »Mir war nicht bewusst, dass Casey bereits Geburtstag hatte. Es tut mir leid.«

»Kein Problem«, versichere ich ihr lächelnd und

zwinkere dem kleinen Jungen zu. »Aber Casey hier ist ja schon groß und sein Daddy wird so stolz darauf sein, wie tapfer er während der Behandlung ist.«

Ich weiß zwar, dass Casey seinen Vater liebt und sich ein wenig sicherer fühlt, wenn er sich mit ihm im Behandlungszimmer befindet, aber ich sehe ebenfalls, dass er seine Gefühle sehr stark kontrolliert. Es ist nicht immer das Beste, sie nicht herauszulassen, wenn er Angst hat, deswegen möchte ich, dass er sich keine Sorgen machen muss, seine Emotionen zu zeigen, damit er sich entspannt – und in Gegenwart seines Vaters wird das nie passieren.

Der kleine Junge setzt sich etwas aufrechter hin und nickt seinem Vater entschlossen zu. Mr. Ferns hebt als Antwort sein Kinn, um zu bestätigen, dass auch er davon überzeugt ist, Casey sei ein großer Junge, dann sagt er zu mir: »Okay.«

»Wunderbar!« Nachdem ich ihm ein strahlendes Lächeln geschenkt habe, wende ich mich an Kittie: »Begleiten Sie Mr. Ferns bitte ins Wartezimmer und bieten Sie ihm einen Kaffee oder ein Wasser an. Ich werde mir Casey schnell ansehen, während wir auf Sie warten.«

»Selbstverständlich, Dr. Adams.« Kittie verlässt sofort das Behandlungszimmer mit Mr. Ferns, der keine Ahnung hat, dass wir ihn überlistet haben.

Als sich die Tür schließt, rutsche ich mit meinem Stuhl seitlich an Caseys Liege heran. »Hast du Angst?«

Er schüttelt den Kopf, aber seine Augen sagen etwas anderes.

»Also, lass mich dir erklären, wie die Dinge in diesem Behandlungszimmer ablaufen, wenn du erst einmal acht bist. Es gibt einige neue Regeln, die ich dir mitteilen muss.«

Casey bekommt noch größere Augen.

»Zunächst einmal darfst du mich alles fragen, was du willst. Ich möchte, dass du alles verstehst, was ich tun werde, damit du von nichts überrascht wirst. Die Angst davor, nicht zu wissen, was als Nächstes passieren wird, kann am schlimmsten sein, deswegen brauchst du nicht zu zögern, wenn du mir etwas sagen willst. Okay?«

Er nickt und platzt sofort heraus: »Bekomme ich heute eine Spritze?«

»Die bekommst du«, teile ich ihm mit und tippe leicht mit meinem Finger in die Mitte seines Unterkiefers. »Ungefähr hier. Aber in dein Zahnfleisch. Du wirst einen kleinen Pikser spüren, das Ganze dauert aber nur einige Sekunden. Die Spritze wird alles betäuben, damit ich das Loch in deinem Zahn füllen kann, und dann geht es dir wieder besser.«

»Wird es wehtun?«

»Überhaupt nicht. Ich verspreche es dir.«

Weil er keinen überzeugten Eindruck macht, fahre ich fort: »Zweite Regel.«

Seine Augen werden größer.

Ich beginne, breit zu lächeln. »In diesem Zimmer ist

es ganz und gar nicht schlimm, wenn man Angst hat, und es ist ebenfalls nicht schlimm, sie zu zeigen. Es macht mir also nichts aus, wenn du weinst. Ich denke zwar nicht, dass die Füllung für dich so schlimm werden wird, wie du es dir in deinem Kopf vorstellst, aber davon einmal abgesehen ... wenn du weinen möchtest, dann tust du das einfach, okay?«

Er nickt mit zitternder Unterlippe noch einmal und es berührt mich tief im Herzen, ihn so zu sehen.

Ich nehme seine Hand. »Und die dritte Regel ... was hier in diesem Raum passiert, bleibt auch in diesem Raum. Bei uns gibt es etwas, das Schweigepflicht heißt. Wenn du also hier drinnen weinst, darf ich es deinem Dad nicht sagen. Was du tust und worüber wir uns hier unterhalten, ist absolut vertraulich und bleibt nur unter uns, okay?«

Die Erleichterung in seinen Augen ist offensichtlich und zu meiner Freude klingt seine Stimme nun stärker. »Okay. Das hört sich gut an.«

Kittie kommt zurück und unterhält Casey mit allerlei abgedroschenen Witzen. Er stellt mir einige Fragen über den Ablauf und ich nehme mir Zeit, ihm alles zu erklären. Als ich ihm die Betäubung spritze, drückt Casey Kitties Hand, aber er ist durchweg sehr tapfer. Nachdem alles vorüber ist, umarmt er mich.

Er hat nicht ein einziges Mal geweint, aber nicht, weil er seinen Vater nicht enttäuschen wollte, sondern weil er genau wusste, was auf ihn zukommen würde und die Freiheit hatte, seinen Emotionen Ausdruck zu verleihen.

Nachdem er gegangen ist, setze ich mich an den Schreibtisch, um meine Notizen in die Akte zu schreiben, während Kittie aufräumt.

»Sie haben mit Kindern ein richtig gutes Händchen«, sagt sie. »Warum haben Sie sich nicht auf Zahnheilkunde bei Kindern spezialisiert?«

Ich zucke mit den Schultern. »Ich weiß nicht. Als wir angefangen haben, habe ich nicht gedacht, dass wir eine Nische bedienen könnten. Und jetzt ... naja, ist es sowieso irrelevant.«

Wie alle anderen Mitarbeiter ist auch Kittie darüber im Bilde, was zwischen Jesse und mir vorgefallen ist. Soweit ich weiß, sind ihnen die schmutzigen Details jedoch nicht bekannt – nur dass wir unsere Hochzeit abgesagt haben und ich vorhabe, die Praxis zu verlassen.

»Nun, für den Fall, dass Sie Ihre eigene Praxis eröffnen, ganz egal, ob Sie dort ausschließlich Kinder behandeln oder nicht, würde es mich sehr freuen, wenn Sie darüber nachdenken würden, mich mitzunehmen.«

Ich drehe mich mithilfe meiner Füße auf meinem Schreibtischstuhl hin und her und betrachte mir die ältere Frau. Kittie ist eine Mittfünfzigerin mit kinnlangem, naturgewelltem Haar, das langsam anfängt, grau zu werden. Sie ist unsere erfahrenste Zahnarzthelferin und diejenige, die ich am meisten vermissen werde. »Kittie ... ich glaube nicht, dass ich eine neue Praxis eröffnen könnte. Ich war nur dazu in der Lage, in dieser Praxis zu arbeiten, weil ich zwei Geschäftspartner hatte. Wir haben alle Geld investiert und Jesses Eltern haben uns zusätzlich geholfen, indem sie ihre Bank davon überzeugt haben, uns einen Kredit zu geben. Ich werde vermutlich anfangen müssen, in einer bereits bestehenden Praxis zu arbeiten.«

»Vielleicht könnten Sie dann bei Ihrem neuen Arbeitgeber einfach ein gutes Wort für mich einlegen«, schlägt sie vor. Ihr steht die Sorge förmlich ins Gesicht geschrieben.

»Oh, Kittie«, sage ich und mir wird es schwer ums Herz, wenn ich darüber nachdenke, welche Auswirkungen mein Privatleben auf meine Mitarbeiter hat. »Ich weiß, dass all diese Unsicherheit den Beschäftigten gegenüber nicht fair ist. Ich wünschte, es wäre nicht passiert –«

Sie hebt die Hand. »Sie brauchen sich um uns keine Sorgen zu machen. Wir wissen, dass Sie keine Schuld trifft. Ich wollte Ihnen nur sagen, dass ich gern weiter mit Ihnen zusammenarbeiten würde. Es gibt noch einige Mitarbeiter hier, denen es genauso geht.«

»Ich fühle mich wegen alledem einfach nur schrecklich. Ich wünschte, ich könnte Sie alle mitnehmen, aber in Wahrheit habe ich keinen Schimmer, was ich tun soll. Ich denke darüber nach, eventuell sogar in einen anderen Bundesstaat umzuziehen.«

Kitties Gesichtsausdruck wird weich und sie legt den Kopf schief. »Ich vertraue darauf, dass Sie die richtige Entscheidung treffen werden, ganz egal, was Sie tun. Sie verdienen es, deswegen glaube ich, dass das Schicksal Sie auf den richtigen Weg führen wird.«

»Danke, dass Sie das sagen«, erwidere ich leise und erhebe mich, um sie kurz zu umarmen.

Einen Moment lang drückt sie mich fest an sich, dann legt sie den Kopf zurück und bedenkt mich mit einem vertrauensvollen Lächeln. »Nun, was auch immer Sie tun, ich bin wirklich der Meinung, dass Sie in der Kinderzahnheilkunde gut aufgehoben wären. Sie haben solch eine Gabe, nicht nur dafür, mit den Kindern so einfühlsam umzugehen, sondern das ebenfalls mit den Eltern zu tun.«

Lachend hebe ich den Kopf. »Ich werde darüber nachdenken.«

Das werde ich wirklich. Die Kinder sind meine liebsten Patienten. Wenn es mir gelingt, die Ängste und Bedenken zu zerstreuen, die einige von ihnen haben, habe ich es mit den lustigsten und aufrichtigsten Menschen zu tun, mit denen ich täglich in Berührung komme.

Ich habe immer schon Kinder gewollt. Jesse hat mir gesagt, dass er das ebenfalls will, aber wir haben nie darüber gesprochen, wann wir sie bekommen sollten. Ich habe einfach gedacht, dass wir zuerst die Praxis auf die Beine stellen, dort vielleicht zwei oder drei Jahre arbeiten und dann eine Familie gründen würden.

Ich dachte, dass er das Gleiche wollte, aber dieser Tage bin ich mir nur noch sicher darüber, dass ich Jesse überhaupt nicht gekannt habe.

Ich blicke auf die Uhr und beschließe, vor meinem nächsten Patienten noch schnell etwas zu essen. Als ich mich in den Pausenraum begebe, von dem ich hoffe, dass zumindest Jesse und Tara sich nicht dort aufhalten, vibriert mein Telefon in der Tasche meines Arztkittels. Ich ziehe es hervor und lächele, als ich sehe, dass es eine Nachricht von meiner Freundin Giselle Fleury ist.

Mir wird ganz leicht ums Herz, als ich ihren Namen erblicke. Sie ist für mich wie Familie. Ich habe während des ersten Semesters meines zweiten Studienjahres mit ihr und ihrer Familie in Paris gelebt. Obwohl sie sieben Jahre jünger ist als ich, standen wir uns schon immer sehr nahe. Zuerst war sie für mich wie eine kleine Schwester, doch als sie älter wurde, ist daraus sehr viel mehr geworden. In den letzten Jahren haben wir uns nicht sehr häufig gesehen – sie lebt in Paris und ich in den Vereinigten Staaten –, aber wir sind über Telefon, E-Mail und die sozialen Medien immer in sehr engem Kontakt geblieben.

Ich gehe zuerst zum Kühlschrank und nehme einen Apfel heraus. Dann lehne ich mich gegen die Arbeitsplatte, beiße in den Apfel und lese ihre Nachricht. *Ich wollte mich nur mal melden. Ich weiß ja, dass du mittlerweile von deiner Hochzeitsreise zurück sein müsstest.*

Wie läuft es denn so, Mrs. Deely? Entschuldige bitte noch einmal, dass ich es nicht zur Hochzeit geschafft habe.

Ich ziehe eine Grimasse, denn wenn es eine Sache gibt, die ich noch nie besonders gemocht habe, dann war es Jesses Nachname Deely. Als ich erwähnte, meinen eigenen Namen behalten zu wollen, war Jesse schrecklich beleidigt gewesen. Über diese Sache haben wir uns sehr oft gestritten, bis ich schließlich nachgegeben habe, um ihn glücklich zu machen.

Ich kaue auf meiner Unterlippe und denke genau über meine Wortwahl nach, bevor ich antworte, um sie nicht allzu sehr zu schockieren. *Tatsächlich hat die Hochzeit gar nicht stattgefunden. Lange Rede, kurzer Sinn – ich habe Jesse dabei erwischt, wie er mich betrogen hat. Ich habe alles abgesagt.*

Die Geschwindigkeit moderner Kommunikation zwischen Paris und Kalifornien ist einfach fantastisch. Sie schreibt sofort zurück: *Oh nein, meine Liebe! Was zum Teufel ist passiert?*

Ich werde dir alles berichten, aber jetzt wartet ein Patient auf mich. Wie wäre es, wenn ich dich heute Abend anrufe, bevor ich ins Bett gehe? So gegen sieben Uhr deiner Zeit?

Ihre Antwort kommt wieder sehr schnell, zeigt einen Smiley und danach schreibt sie: *Teil meiner Neuigkeiten ist, dass ich nicht in Paris bin. Ich befinde mich in Charleston … mit meinem Verlobten Gage! Wir sprechen uns heute Abend!*

Ich will ihr gerade ebenfalls einen Smiley und ein Herz-Emoji zurückschicken, aber mein Telefon klingelt und ich zucke zusammen. Mir fällt beinahe der Apfel aus der Hand, doch dann breitet sich ein Grinsen auf meinem Gesicht aus, als ich sehe, dass es sich bei dem Anrufer um Andrew handelt.

»Hallo du«, sage ich mit tiefer und hoffentlich sexy klingender Stimme. Dann stoße ich mich von der Arbeitsplatte ab und gehe in mein Büro. Ich will vermeiden, dass Jesse oder Tara hereinplatzen, während ich mit Andrew spreche. Ich will, dass mein Privatleben für die beiden ein Geheimnis bleibt.

»Hey Schönheit«, antwortet er mit heiserer Stimme, die mir ein wohliges Gefühl am ganzen Körper bereitet. »Ich versuche zu arbeiten, und weil ich nicht aufhören kann, an dich zu denken, dachte ich mir, Scheiß auf die Arbeit, und habe dich angerufen.«

»Nun, es freut mich, dass du das getan hast. Ich mache gerade kurz Pause, deswegen habe ich ein paar Minuten Zeit. Da ich heute ebenfalls schon hundertmal an dich gedacht habe, passt mir das sehr gut.«

Er lacht. Tief, voll und in seiner Belustigung absolut echt. Es gefällt mir, ihn zum Lachen zu bringen.

»Ich kann es nicht erwarten, dich dieses Wochenende zu sehen«, sagt er und bei dem Versprechen, das in seiner Stimme zu hören ist, läuft mir ein wohliger Schauer über den Rücken.

»Hast du immer noch vor, Freitagabend zu kommen?«, frage ich und hasse schon jetzt den Gedanken, dass er am Sonntag bereits wieder abreisen muss.

»Ja. Vom Flughafen nehme ich mir ein Taxi zu deinem Haus.«

»Ich kann dich abholen«, biete ich ihm rasch an.

»Ich weiß, dass du das kannst«, murmelt er. »Aber wenn ich gelandet bin, muss ich noch schnell zu einer kurzen Besprechung, und wenn ich dort fertig bin, komme ich zu dir. Es sollte nicht später als neunzehn Uhr werden.«

»Okay«, sage ich verträumt und zähle bereits die Stunden. »Bis dahin werde ich das Essen fertig haben.«

»Außer dir brauche ich keine andere Speise.« Seine Stimme ist dunkel und voller Begehren, das ich durch das Telefon hindurch spüren kann. »Leg dich nackt und mit gespreizten Beinen ins Bett. Das ist alles, was ich brauche.«

Gott sei Dank ist niemand in der Nähe, der hören könnte, wie atemlos meine Stimme klingt. »Ich kann es kaum erwarten.«

»Da du weißt, wozu ich mit meinem Mund an deiner Muschi fähig bin, bin ich mir sicher, dass du nicht warten kannst«, neckt er mich mit einem sündigen Lachen. »Aber du kannst dich natürlich immer noch in deinem Büro einschließen, um dir sofort etwas Erleichterung zu verschaffen. Ich wäre ebenfalls nicht abgeneigt, wenn du mir ein Foto davon zusenden würdest.«

Ich erwidere sein Lachen und versuche, amüsiert zu klingen, aber ich weiß verdammt gut, dass ich genau das tun werde, was er vorgeschlagen hat.

KAPITEL 15

Andrew

ICH BEUGE MICH nach vorn, greife nach etwas Unkraut, das in dem hässlichen Blumenbeet, das diesen Namen nicht einmal verdient, sprießt und drehe es zwischen den Fingern hin und her. Während ich mich umblicke, fällt mir auf, dass das Viertel eigentlich ganz hübsch ist, und ich frage mich, warum Brynne mit ihrem Verlobten nicht hier hatte leben wollen, als die beiden noch zusammen waren. Es ist etwas vornehmer als ihre Gegend und das Haus ist beinahe doppelt so groß.

Aber eigentlich weiß ich schon, warum sie hier nicht wohnen wollte. Und das hatte nichts mit Geld oder Ansehen oder einer hübscheren Küche zu tun.

Der Grund dafür war, dass es an Jesse immer irgendetwas gegeben hatte, das Brynne dazu brachte, einen Teil von sich zurückzuhalten. Ihre Freundin Tara hatte recht ... obwohl sie willens war, mit ihm zum Traualtar zu schreiten, hat sie sich ihm niemals vollständig verbunden gefühlt.

Ich bin mir dieser Tatsache mehr als sicher, denn würden Brynne und ich in derselben Stadt leben, würden wir auf gar keinen Fall getrennte Wohnungen haben. Ich würde niemals nur eine Sekunde verschwenden wollen, weil sie an einem anderen Ort wohnt. Ich würde alles mit ihr teilen und sie mit mir.

Was irgendwie ironisch ist, wo wir doch verheiratet sind und trotzdem darauf hoffen, die Ehe annullieren zu können. Morgen sind es zwanzig Tage, seit mein Anwalt den Antrag zur Auflösung der Ehe gestellt hat. Die erforderlichen Unterlagen liegen in meinem Wagen, damit Brynne sie unterschreiben kann, und trotzdem will ich sie ihr gar nicht erst zeigen. Wir haben weder darüber gesprochen, noch habe ich den Ehevertrag noch einmal erwähnt. Eigentlich habe ich über nichts von alledem nachgedacht, bis mein Anwalt mir die endgültigen Auflösungsdokumente heute früh zugesendet hat. Ich habe sie ausgedruckt – widerwillig – und sie in meine Reisetasche gelegt, bevor ich in ein Flugzeug nach San Diego gestiegen bin, wo ich das Wochenende mit Brynne verbringen werde.

Aber bevor ich zu ihr nach Hause fahre, muss ich noch an einer wichtigen Besprechung teilnehmen, wie ich es ihr erzählt habe. Aus diesem Grund sitze ich bei Jesse vor der Haustür und warte darauf, dass er von der Arbeit nach Hause kommt.

Ich habe keine Garantie dafür, dass er direkt hierherkommen wird, aber seit ich angefangen habe, ihn von dem von mir engagierten Privatdetektiv beschatten zu lassen, ist er von seiner Routine nicht abgewichen. Er fährt von der Arbeit immer direkt nach Hause, auch wenn das nicht bedeutet, dass er dort auch bleibt. Heute Abend erwarte ich, dass er sich ebenso verhalten wird.

Wie aufs Stichwort biegt sein BMW Cabrio in die Straße ein und bewegt sich mit lautem Motor durch das ruhige, mit Bäumen gesäumte Viertel. Das Verdeck ist heruntergeklappt und auf dem Beifahrersitz befindet sich eine blonde Frau – die ich ebenfalls erwartet hatte, dort zu sehen. Sie wirft den Kopf zurück und lacht.

Jesse fährt auf seine Einfahrt und bringt den Wagen vor dem Garagentor zum Stehen. Dann drückt er kurz auf einen Knopf auf der an der Sonnenblende befestigten Fernbedienung, um es zu öffnen. Als das Tor sich hebt, beugt sich die Blondine auf dem Beifahrersitz zu ihm herüber und legt ihre Hand an seinen Nacken. Sie zieht Jesse für einen tiefen Kuss an sich, den er nur zu gern erwidert.

Angewidert und amüsiert zugleich beobachte ich die beiden. Obwohl er Brynne die ganze Zeit etwas vorheult und beteuert, dass er sie immer noch liebt und begehrt, hat er sich dennoch einen hübschen Plan B in Form der ehemaligen Brautjungfer Tara Combs zurechtgelegt.

Jesse drückt sich auf seinem Sitz nach oben und beugt sich über Tara, wobei er den Kuss vertieft und sie nach hinten schiebt, bis sie gegen die Beifahrertür gepresst wird. Tara wehrt sich ein wenig, lässt ihm aber schließlich seinen Willen. Ich nehme an, dass es ihm wichtig ist, in ihrer Gegenwart wie ein Alpha-Mann aufzutreten, ganz besonders, wo er so viel verloren hat, denn das muss sein Selbstbewusstsein ordentlich angekratzt haben.

Als er sich von dem Kuss zurückzieht, wandert sein Blick an Tara vorbei, über den Betonweg hinweg, der Einfahrt und Veranda miteinander verbindet, und bleibt auf mir hängen, während ich lässig dort sitze und ihm dabei zusehe, wie er und seine andere Geschäftspartnerin sich gegenseitig die Zunge in den Hals schieben.

Sein »Scheiße!« ist deutlich zu hören und Tara schaut mich verwirrt an.

Ich hebe zum Gruß mein Kinn, doch sie zieht bloß die Augenbrauen zusammen, weil sie keine Ahnung hat, wer ich bin.

Jesse steigt aus dem Wagen aus, nimmt eine aufrechte Haltung an und stolziert auf mich zu. Als Tara sieht, dass ich ihren Mann überrage, folgt sie ihm zögerlich mit einigen Schritten Abstand.

Ich klopfe mir den Hintern mit der Hand ab und lächele Jesse kurz zu, während er auf mich zugeht.

»Was tust du hier?«, schnauzt er mich an und kommt am Fuß der Treppenstufen, die zur Veranda führen, zum Stehen. Dadurch ist er gezwungen, zu mir aufzusehen.

Ich begebe mich nicht zu ihm herunter. Stattdessen betrachte ich ihn von meiner erhöhten Position aus und zucke lässig mit den Schultern. »Wir müssen uns unterhalten.«

»Worüber?«, entgegnet er gereizt.

»Darüber, dass ihr beide Brynne aus der Praxis rauskaufen werdet«, antworte ich gelassen.

»Wir werden gar nichts kaufen«, fährt er mich an.

Tara berührt ihn an der Schulter, um seine Aufmerksamkeit zu bekommen. »Wer ist das, Jesse?«

Er behält seinen Blick fest auf mich gerichtet, aber antwortet ihr höhnisch: »Das ist der Kerl, der tatsächlich denkt, er sei Brynnes Ehemann.«

Auf Taras Gesicht breitet sich zunächst Verständnis aus, bevor es sich abwehrend verdunkelt.

Ich schenke ihr ein bezauberndes Lächeln und sage: »Ich bin wirklich ihr Mann und habe deswegen das Recht, mir Sorgen um Brynnes finanzielle und geschäftliche Angelegenheiten zu machen.«

Jesses Stimme ist angespannt. »Du bist nur auf dem Papier mit ihr verheiratet.«

Es ist vielleicht belanglos, aber hinter dem leichten Hochziehen meiner Mundwinkel in seine Richtung steckt ein intimes Wissen über Brynne, das weitaus tiefer ist, als er jemals hoffen könnte zu verstehen. Sein Gesicht läuft tiefrot an, als ich sage: »Ich kann dir versichern, wir sind sehr viel *mehr*, als nur auf dem Papier verheiratet.«

»Wir werden sie nicht rauskaufen«, sagt Jesse abfällig.

Kopfschüttelnd gehe ich langsam die Treppenstufen der Veranda hinunter, damit wir auf derselben Höhe sind, auch wenn ich dadurch trotzdem immer noch einige Zentimeter größer bin als er.

»Es wird Zeit, sie gehen zu lassen.« Meine Worte sind bestimmt, aber freundlich, und seine Augen werden angesichts der leichten Nettigkeit in meiner Stimme vor Überraschung riesengroß. »Brynne ist mir sehr wichtig und es gibt nichts, was ich nicht tun würde, um sie zu beschützen.«

Jesse öffnet den Mund, um etwas zu entgegnen, aber ich ignoriere ihn und wende mich stattdessen Tara zu. »Was du in der vergangenen Woche zu Brynne gesagt hast – dass sie nicht bereit war, sich wirklich an Jesse zu binden –, finde ich wirklich interessant. Zunächst dachte ich, es handele sich dabei nur um scharfe Beobachtung. Ich habe sogar angefangen zu glauben, dass sie dir vielleicht doch wichtig wäre, dass alles, was du zu ihr gesagt hast, vielleicht doch aus der echten Absicht heraus geschehen ist, dich um sie kümmern zu wollen, aber jetzt … Seit ich weiß, dass du diesen Idioten immer noch vögelst, bin ich davon überzeugt, dass du die beiden eigentlich nur voneinander fernhalten wolltest. Und meiner Meinung nach macht dich das noch verachtenswerter als diesen Wichser.«

Als Tara nach Luft schnappt, weiß ich, dass ich den Nagel auf den Kopf getroffen habe. Ihr Blick könnte Stahl zum Schmelzen bringen, aber mich bringt er nur zum Lachen. Sie keift: »Sie haben keine Beweise –«

»Die habe ich«, unterbreche ich sie. »Ich habe einen außergewöhnlich guten Privatdetektiv angeheuert, um in euer beider Leben herumzuschnüffeln, und besitze jede Menge Aufzeichnungen. Jesses Kreditkartenabrechnungen für Hotels, die sich rein zufällig *direkt* neben Tankstellen befinden, an denen du zum gleichen Zeitpunkt mit deiner Kreditkarte gezahlt hast. Überwachungsvideos, die euch beide zeigen, wie ihr das Hotel miteinander betretet und wieder verlasst. Aufzeichnungen von Anrufen und E-Mails zwischen euch beiden, in denen ihr eure Treffen arrangiert, die bereits Monate vor der Hochzeit stattgefunden haben.«

»Diese Informationen sind vertraulich!«, faucht sie.

»Wenn man genügend Geld hat, dann ist nichts vertraulich«, versichere ich ihr. »Und mir ist ziemlich klar, dass du schon eine ganze Weile scharf auf Jesse warst, genauso wie es klar ist, dass ihr beide es seit Monaten hinter Brynnes Rücken miteinander treibt. Ich würde einen großen Teil meines Vermögens darauf wetten, dass du dein Telefon mit voller Absicht und Berechnung offen hast herumliegen lassen – damit Brynne diese Fotos findet, bevor sie vor den Traualtar tritt. Alles ist nach Plan verlaufen, damit Brynne die Hochzeit absagt, nicht wahr, Tara?«

Jesse fährt mit dem Kopf herum und blickt Tara erstaunt an. »Warum würdest du so etwas tun?«

»Weil ich dich liebe!«, kreischt Tara und stampft frustriert mit dem Fuß auf. »Ich will dich heiraten. Wir gehören zusammen! Warum du das nicht sehen konntest, ist mir unverständlich. Aber jetzt denke ich mir, dass ich offensichtlich nur gut genug zum Vögeln war, aber nicht, um deine Frau zu werden, richtig?«

»Das hier war immer schon nur eine Affäre, Tara«, sagt Jesse mit gedämpfter Stimme und tritt näher an sie heran. »Du hast das immer gewusst.«

»Nein«, antwortet sie beharrlich und fängt an, hysterisch zu klingen. »Du liebst mich!«

»Ich bin scharf auf dich«, korrigiert er und verzieht spöttisch den Mund. »Da ist ein Unterschied.«

»Nein.« Sie schüttelt den Kopf und stampft tatsächlich noch einmal mit dem Fuß auf. »Wir haben mehr als nur das. Wir *sind* mehr als nur das.«

Jesse lacht leise, jedoch nicht belustigt, aber damit Tara versteht, dass das, was er gleich sagen wird, ganz und gar nicht lustig gemeint ist. »Glaubst du wirklich, ich könnte jemanden lieben – geschweige denn heiraten –, der mit dem Verlobten seiner besten Freundin herumvögelt, Tara? Ich könnte dir niemals vertrauen.«

Sie antwortet darauf, indem sie ihm so heftig ins Gesicht schlägt, dass ich zusammenzucke. So weit, wie sein Kopf zur Seite geflogen ist, hätte er für eine Rolle im Film *Der Exorzist* vorsprechen können.

Diese beiden sind ernsthaft nicht ganz richtig im Kopf, aber ich habe keine Zeit mehr, mir diese beknackte Vorstellung noch länger anzusehen.

»Seht mal ... ihr zwei könnt euch später noch weiter prügeln«, sage ich, als ich mich zwischen die beiden stelle. Tara stehen Tränen der Verletzung in den Augen und Jesse blickt mit dem gleichen dümmlichen Gesichtsausdruck drein, den er immer zu haben scheint. »Aber ihr werdet Brynne ein faires Angebot machen, sie aus der Praxis rauszukaufen, damit sie diese Geschichte hinter sich lassen und nach vorn blicken kann.«

»Warum sollten wir das tun?«, fragt er höhnisch und verschränkt die Arme vor der Brust.

»Weil ich dich in der Hand habe«, teile ich ihm seelenruhig mit. Grinsend ziehe ich einen Stapel Papiere, die ich der Länge nach gefaltet habe, aus meiner Gesäßtasche.

Spöttisch fängt Jesse an, laut zu lachen. »Was? Denkst du, du wirst diesen Mist in den Klatschblättern veröffentlichen oder so etwas? Glaubst du, dass du mich damit erpressen kannst? Denn wir beide wissen doch ganz genau, dass du es nicht durchziehen wirst. Du würdest es niemals tun, weil es Brynne verletzen und beschämen würde.«

»Das ist wohl wahr«, stimme ich ihm zu. »Das würde ich ihr niemals antun, nicht einmal, um die Oberhand zu gewinnen. Aber glaubst du nicht, da es mir bereits so leichtgefallen ist, Beweise für deine lang andauernde Affäre mit Tara zu bekommen, dass ich vielleicht noch andere Dinge finden könnte?«

Jesse wird bleich, bleibt jedoch stumm.

»Du bist süchtig, Jesse«, sage ich mit tiefer Stimme.

»Was?«, entfährt es Tara. »Das ist er nicht. Ich

wüsste, wenn er etwas nehmen würde.«

»Ich spreche nicht von Drogen oder Alkohol«, teile ich ihr mit einem kurzen Seitenblick mit, bevor ich Jesse mit der Wahrheit konfrontiere, die ihm bereits bekannt ist. »Er ist spielsüchtig.«

Sein Gesicht wird so bleich, dass ich Angst habe, er könnte ohnmächtig werden, aber ich lasse nicht von ihm ab.

»Du hast bei deinem Buchmacher dreißigtausend Dollar Schulden, Jesse. Du hast dein Haus als Sicherheit eingesetzt.«

Das scheint ihm die Motivation zu verleihen, etwas sagen zu wollen. Seine Stimme wird schrill und er fuchtelt aufgeregt mit den Händen herum. »Ja ... aber ich habe eine riesige Wette auf das Spiel der Padres heute Abend. Damit kann ich meine Schulden bei ihm begleichen.«

Ich lächele ihn mitleidig an. »Das wird nicht passieren. Schau mal ... ich habe deinem Buchmacher das Geld gegeben, und das bedeutet, dass du das Geld jetzt mir schuldest. Und ich fordere es jetzt ein.«

»Du kannst nicht –«

»Ich kann«, fahre ich ihm über den Mund und wedele mit den Papieren. »Ich besitze sogar den Schuldschein und die Abtretungserklärung deines Hauses als Sicherheit. Im Grunde genommen gehört mir damit dein Haus, Arschloch, es sei denn, du kannst mir hier und jetzt einen Scheck über dreißigtausend Dollar ausstellen.«

»Ich habe dieses Geld nicht«, krächzt er.

»Oh doch«, sage ich mit einem bösen Grinsen. »Deine Familie ist wohlhabend. Frag sie danach.«

»Das kann ich nicht.«

»Weil du nicht willst, dass sie von deiner Spielsucht erfahren«, stelle ich fest. »Mann ... es muss wirklich scheiße sein, in deiner Haut zu stecken.«

»Du musst mir Zeit geben«, jammert er und tritt mit flehender Geste auf mich zu.

»Ich muss gar nichts tun«, sage ich kalt. »Ich *werde* deine Schulden jedoch vergessen, wenn du Brynne ein faires Angebot für die Zahnarztpraxis machst, das sie guten Gewissens akzeptieren kann. Du kennst den Betrag, denn sie hat ihn dir bereits vorgelegt. Versuch also nicht, den Preis zu drücken oder sie nach einer Ermäßigung zu fragen. Zahle ihr, was sie dir vorgeschlagen hat, und deine Schulden gehören der Vergangenheit an. Wenn du dich jedoch weiterhin wie ein Arschloch aufführst und denkst, du könntest dich mit mir anlegen, dann werde ich am Montag die Zwangsvollstreckung deines Hauses einleiten. Ich habe einen Anwalt, der nur auf mein Zeichen wartet, das Gericht zu betreten, sobald es öffnet.«

Jesse sagt gar nichts, sein Gesicht ist kreidebleich. Tara weint jetzt.

Ich trete an ihn heran und klopfe ihm nicht allzu freundlich auf die Schulter. »Triff die richtige

Entscheidung, Jesse. Wenn sie dir jemals etwas bedeutet hat, dann lass sie gehen.«

Er senkt den Kopf und blickt zu Boden.

Ich schaue ihn einen Moment lang an, dann schiebe ich mich mit einem kleinen Rempler an ihm vorbei. Er wird nicht das Richtige für Brynne tun, aber er wird es für sich selbst tun.

Das ist schon in Ordnung für mich, weil es Brynne von ihrer traurigen Vergangenheit befreien wird und sie endlich in die Zukunft blicken kann.

Mit mir.

KAPITEL 16

Brynne

»OH GOTT, DAS fühlt sich gut an«, stöhnt Andrew.

»Ja?«, necke ich ihn. »Willst du es noch tiefer?«

»Ich bin mir nicht sicher, ob ich es noch tiefer aushalte.« Seine Stimme ist eine Kombination aus Lust und Schmerz und klingt rau.

»Selbstverständlich kannst du das«, versichere ich ihm. Ich bohre meine Daumen in sein Kreuz und drücke sie in die verspannten Muskeln, die sich dort befinden.

»Zum Teufel mit der Zahnmedizin«, murmelt er, als er das Kissen unter seiner Brust zusammenpresst und seinen Kopf darüber beugt. »Du solltest als professionelle Masseurin arbeiten.«

Ich lache und fahre damit fort, seine Muskeln zu bearbeiten. Dabei bewege ich mich seinen Rücken mit leichten Strichen hinauf und hinunter und widme mich hier und da immer mal wieder seinem Tiefengewebe. Ich empfinde es als ganz und gar nicht unangenehm oder beschämend, dass ich vollkommen nackt rittlings auf seinem Rücken sitze. Wie sollte ich auch, wo ich es doch zugelassen habe, dass er heute früh nach dem Aufwachen die unanständigsten Dinge mit mir angestellt hat? Davon einmal abgesehen gibt mir die Wundheit zwischen meinen Beinen ein wirklich gutes Gefühl.

»Was willst du heute machen?«, frage ich ihn.

»Wie wäre es, wenn wir zum Strand fahren?«, antwortet er müde. Ich wette, wenn ich noch ein paar Minuten so weitermache, schläft er wieder ein.

Das macht mir überhaupt nichts aus, denn Andrew wacht danach immer »in Stimmung« auf und die Vorzüge dieser Stimmungen sind einfach großartig.

Vom Nachttisch erklingt ein Läuten. Ich blicke auf mein Telefon und sehe, wie Jesses Name auf dem Bildschirm erscheint, zusammen mit den ersten Worten einer Nachricht, die er mir soeben gesendet hat.

Ich ziehe eine Grimasse und presse auf Andrews Schulterblätter. Er stöhnt und ich verringere den Duck ein wenig.

Ein Ton kündigt eine weitere Nachricht an – Jesse, schon wieder. Dieses Mal bin ich diejenige, die stöhnt.

»Was ist los?«, fragt Andrew und verdreht den Kopf über die Schulter hinweg, um mich anzusehen.

Ich rümpfe unfreiwillig die Nase. »Jesse.«

»Was will er?«, fragt er und legt den Kopf wieder auf die Matratze.

»Keine Ahnung und ich will mich auch nicht mit

ihm beschäftigen.«

Bei Gott, ich habe in dieser Woche bei der Arbeit schon genug mit ihm zu tun gehabt. Es ist bereits schlimm genug, dass er sich nicht auf ein vernünftiges Gespräch darüber einlassen will, mich aus der Zahnarztpraxis aussteigen zu lassen, aber dass er sich verhält, als ob zwischen uns nichts vorgefallen wäre, lässt mich rotsehen.

Er tut so, als seien wir noch immer befreundet, und das macht mich mehr als wütend.

In dieser vergangenen Woche hat Jesse versucht, mit mir zu scherzen und mich vor den Patienten oder Angestellten in lockere Gespräche zu verwickeln, wenn ich dazu verpflichtet bin, höflich, wenn nicht sogar gesprächig zu wirken, damit es den anderen nicht unangenehm ist. Vor ein paar Tagen hat er es sogar gewagt, mich zu fragen, ob ich mit ihm Mittagessen gehen will. Glücklicherweise waren wir unter uns, als ich ihm so gründlich die Meinung gesagt habe, dass er es nicht so schnell wieder vergessen wird. Ich glaube, meine exakten Worte an ihn waren, dass er ein narzisstisches Arschloch ist und ich hoffe, dass Tara ihn mit Tripper angesteckt hat.

Er hat mich so wütend gemacht. Ich habe innerlich geradezu gekocht, als er mich herablassend anlächelte und sagte: »Also Brynne … es gibt ja nun keinen Grund, warum wir keine Freunde sein können.«

Nachdem ich ihm dafür den Mittelfinger gezeigt

habe, bin ich zurück in mein Büro gegangen, um mich dort zu verstecken. Ich wollte Andrew anrufen, um mit ihm darüber zu lästern, hielt mich dann aber zurück. Ich wollte ihn damit nicht belasten, wo er sich doch um so viel wichtigere Dinge kümmern muss. Verdammt noch mal, er versucht Blutkrankheiten auszurotten, das ist wohl ein klein wenig wichtiger als die Probleme mit meinem Ex.

»Du solltest nachsehen, was er will«, schlägt Andrew vor. An dem lockeren Ton seiner Stimme erkenne ich, dass es ihn wirklich nicht weniger interessieren könnte, was Jesse zu sagen hat, aber er weiß auch, dass es wichtig für mich sein könnte.

Ich fahre damit fort, mit den Händen über seinen Rücken zu streicheln, wobei ich lediglich meine Handflächen über seine warme Haut wandern lasse. »Auf gar keinen Fall! Ich habe diesen ganzen Mist so satt und ich bin mir sicher, dass er nichts Neues zu sagen hat.«

Andrew hebt den Kopf vom Kissen und sein zerzaustes Haar sieht einfach nur süß aus. »Vielleicht will er dir ein Angebot machen.«

»Das wird er nicht«, murmele ich stur. »Er ist ein Vollidiot. Er würde mich nur aus idiotischen Gründen kontaktieren.«

Andrew schnaubt, nickt dann aber in Richtung meines Telefons. »Sieh einfach nach. Denn jetzt bin ich neugierig.«

»Gut«, brumme ich. Ich beuge mich nach vorn,

stütze mich mit einer Hand auf der Matratze ab und strecke meinen anderen Arm aus, um nach meinem Telefon zu greifen. Als ich es in der Hand habe, setze ich mich wieder aufrecht auf Andrews Hintern hin.

Ich entsperre mein Telefon, tippe auf das Nachrichten-Symbol und lese. *Ich habe dir gestern Abend eine E-Mail mit meinem Angebot geschickt, aber bis jetzt noch nichts von dir gehört. Hast du sie schon gesehen? Lies sie bitte und melde dich bei mir.*

»Heilige Scheiße«, entfährt es mir.

»Was denn?«, fragt Andrew. Mit einer sanften Bewegung manövriert er mich von seinem Körper, damit er mich ansehen kann. Ich knie mich neben ihn und lese ihm die Nachricht vor.

Andrew richtet sich ruckartig auf und dreht sich so, dass er neben mir sitzt. Dabei lehnt er sich nur ganz leicht zur Seite, um sein Kinn auf meiner Schulter abzulegen. Das Kratzen seiner Bartstoppeln ist merkwürdig angenehm.

Er nickt zu meinem Telefon. »Ruf deine E-Mails auf.«

Ich blicke nur noch einen weiteren Moment auf Jesses Nachricht, bevor ich tue, was er sagt. Ich finde seine E-Mail mit Leichtigkeit, da es die einzige ungelesene in meinem Posteingang ist.

Ich öffne sie und beginne, laut vorzulesen.

Brynne,

ich habe noch einmal über alles nachgedacht und glaube, es ist vielleicht das Beste, wenn sich unsere Wege freundschaftlich trennen. Deswegen würde ich gern dein Angebot annehmen, einschließlich Taras Anteil. Ich werde ihren Teil der Praxis erwerben, weil sie sich ebenfalls dazu entschieden hat auszusteigen.

Das erstaunt mich und ich blicke Andrew von der Seite an. Er zuckt lediglich mit den Schultern, bevor er wieder zu meinem Telefon nickt, damit ich weiterlese.

Ich habe mich darüber hinaus dazu entschlossen, dir eine Abfindung von sechs Monatsgehältern zu zahlen, was es dir ermöglichen wird, dir etwas Zeit zu nehmen, um darüber nachzudenken, in welche Richtung du dich in Zukunft beruflich orientieren willst.

Es tut mir leid, dass ich dich verletzt habe, und ich hoffe, dass dir diese Geste zeigt, wie viel du mir immer noch bedeutest. Für den Verkauf werde ich dir bis zum Ende der Woche einen von der Bank bestätigten Scheck vorlegen.

In ewiger Liebe
Jesse

Ich starre auf die letzten vier Worte.

In ewiger Liebe, Jesse.

Ich rümpfe die Nase bei dem Gedanken daran, dass er das aus *Liebe* tut. Das kaufe ich ihm wirklich nicht ab.

»Naja, da hat er seine Meinung ja ganz schön geändert«, sagt Andrew.

Ich kneife die Augen zu kleinen Schlitzen zusammen, während sich in mir Zweifel breitmachen. »Ich glaube ihm nicht. Das ist doch ein Trick.«

»Ich bezweifele es«, antwortet er.

Ich schaue ihn an. »Du kennst ihn nicht so gut wie ich.«

»Kennst du ihn überhaupt?«, fragt er leise. »Er hat dir Dinge angetan, die du niemals für möglich gehalten hättest. Vielleicht solltest du es einfach so hinnehmen und akzeptieren.«

Seine Ermahnung war nicht dazu gedacht gewesen, mir wehzutun, aber sie tut es, jedoch nur, weil sie der Wahrheit entspricht. Ich kannte Jesse tatsächlich nicht, deswegen besitze ich vermutlich nicht einmal das Recht zu versuchen, seine Vorgehensweise infrage zu stellen.

»Hör zu«, fährt Andrew fort, nachdem er mir das Telefon aus der Hand genommen und aufs Bett geworfen hat. Er schlingt seine Arme um mich und legt sich mit mir auf die Matratze, sodass wir uns nebeneinander in einer warmen Umarmung befinden. »Er hat lediglich gesagt – geschrieben –, dass er dein Angebot akzeptieren wird. Meiner Meinung nach ist damit alles unter Dach und Fach. Wenn er versucht, sich herauszuwinden – auch wenn ich bezweifle, dass er das tun wird –, werde ich die Sache meinen Anwälten übergeben, damit sie ihn in Grund und Boden klagen.«

Ich seufze hörbar, was ihn dazu bringt, mich fest an sich zu drücken. »Ich weiß, ich sollte ihm Glauben schenken, aber es fällt mir schwer, das zu tun.«

Andrew legt seine Hand auf mein Steißbein und streichelt mich zärtlich. Diese wiederholende Bewegung bringt mich dazu, mich etwas zu entspannen.

»Warum kommst du nicht mit mir nach Las Vegas?«, fragt Andrew, während er seine Lippen an meine Schläfe drückt. »Bis du dich entschieden hast, was du tun willst. Diese Abfindung von sechs Monatsgehältern gibt dir genügend Spielraum, um dich allem entziehen und wirklich über die Dinge nachdenken zu können.«

Bei dem Gedanken daran, mit Andrew nach Las Vegas zu gehen und all das hinter mir zu lassen, macht mein Herz zwar einen Hüpfer, dennoch schüttele ich den Kopf. »Ich habe am Montag bereits Termine mit Patienten vereinbart. Ich kann nicht einfach nicht auftauchen. Ich muss mir überlegen, wie ich mich zurückziehe, und dann meine Patienten entweder an Jesse oder einen anderen Zahnarzt übergeben.«

»Das ändert aber nichts an meinem Angebot, Brynne«, antwortet er sanft. »Geh am Montag zur Arbeit. Verdammt, arbeite die ganze Woche. Organisiere dich. Überweise deine Patienten. Aber komm dann mit mir nach Las Vegas. Nur, um eine Weile zu entspannen und Dinge zu regeln oder vielleicht auch, um dauerhaft dortzubleiben.«

Ich erstarre und betrachte durch meinen

Haarvorhang seinen Gesichtsausdruck, um zu sehen, ob er es wirklich ernst meint. »Dauerhaft?«

Andrew streicht mir eine Strähne hinters Ohr und durchbohrt mich mit seinem Blick, ganz so, als versuche er, meine Gedanken zu lesen. Ich bin mir nicht sicher, was er sieht, aber was auch immer es ist, er scheint sich seiner nächsten Offenbarung sicher zu sein. »Ich fange an, mich in dich zu verlieben, Brynne. Es scheint alles rasend schnell zu gehen, aber ich pfeife auf die Konvention. Ich folge meinem Herzen. Und weil es eigentlich nichts gibt, das dich hier hält, hätte ich gern, dass du darüber nachdenkst, dauerhaft zu mir nach Las Vegas zu ziehen. Such dir dort eine Arbeit, eröffne eine neue Praxis oder verdammt … ich könnte dir sogar einen Job bei Caterva besorgen. Ich will nur, dass du dauerhaft bei mir bist.«

»Es … es ist dir also ernst?«, stottere ich.

Andrew legt seine Hand an mein Gesicht und streicht mit seinem Daumen über meinen Wangenknochen. »Es ist mir ernster, als es mir jemals mit irgendetwas anderem in meinem Leben war. Ich liebe dich, Brynne.«

Es fällt mir schwer zu beschreiben, wie erfüllt sich mein Herz anfühlt und welcher Frieden durch meine Adern strömt, als ich diese Worte höre.

Ich lächele. »Ich liebe San Diego nicht.«

Zögerlich erwidert er mein Lächeln. »Nun ja, das ist eine seltsame Antwort darauf, dass ich dich liebe.«

Mein Lächeln verwandelt sich in ein Eintausend-Watt-Grinsen. »Und ich liebe weder Jesse noch meine Zahnarztpraxis. Ich liebe weder mein Haus noch meine Nachbarn. Meine Freunde sind meine Freunde, ganz egal wo ich lebe.«

Andrew zieht die Augenbrauen zusammen. »Ich habe das Gefühl, dass du auf irgendetwas hinauswillst, aber ich habe absolut keinen Schimmer auf was.«

Ich lache, beuge mich zu ihm und drücke meine Lippen einen Moment lang auf seine. Als ich mich von ihm löse, blicke ich ihm direkt in die Augen. »Was ich sagen will, ist ... hier gibt es nichts, das ich genug liebe, um mich hier zu halten. Es gibt nur eine Sache, die ich liebe, und die befindet sich in Las Vegas.«

»Das wäre dann ich, nicht wahr?«, fragt er und verzieht die Lippen zu einem breiten und erleichterten Lächeln.

»Das bist du sogar ganz sicher«, antworte ich mit einem überschwänglichen Nicken.

Andrew küsst mich, dreht mich auf den Rücken und legt sich mit seinem gesamten Körper auf mich. Er drückt die Hände in die Matratze und legt sein ganzes Sein in diesen Kuss.

Als er sich von mir löst, fährt er mit seinen Lippen über meine Wange und flüstert mir ins Ohr: »Das wird großartig, Brynne!«

»Was meinst du?«, frage ich außer Atem.

»Unsere Liebe«, entgegnet er ganz leise, bevor er

mich ins Ohr beißt. »Am Dienstag fliege ich nach Washington, D.C. und am Freitag komme ich zurück und hole dich. Bis Samstag bist du in meine Wohnung eingezogen und dann lasse ich dich nie wieder gehen.«

Ich falle mit einem theatralischen Seufzer in eine gespielte Ohnmacht, wobei ich das Gefühl in meinem Herzen kopiere. Er lacht und schmiegt sich an meinen Hals. »Das wird einfach so großartig«, bekräftigt er.

KAPITEL 17

Andrew

»ES IST ZWAR immer nett, mit dir zu essen, Dane, aber ich nehme an, dass du etwas von mir willst?«

Thane Kingsley III ist ein gerissener Geschäftsmann, aber er ist ebenfalls sehr direkt und ich weiß, dass Dane das schätzt.

Wie erwartet amüsiert Dane diese Aussage und er fängt an zu lachen. Er legt sein Besteck auf den Tisch und lässt von seinem siebzig Dollar teuren Ribeye-Steak ab, um Thane direkt in die Augen zu schauen.

Ich blicke zu Thanes Sohn herüber – Thane Kingsley IV, besser bekannt als King –, dessen Mundwinkel sich zu einem anerkennenden Lächeln der Belustigung hochziehen, während wir es uns bequem machen, um diese beiden Unternehmergrößen beim Geschäftemachen zu beobachten.

»Ich möchte etwas über Stephen Court erfahren«, sagt Dane zu Kingsley, der überrascht die Augenbrauen hochzieht. »Er hat sich um einen Platz in unserem Beirat beworben und ich betrachte dieses Gespräch als Teil des Überprüfungsprozesses.«

Das Geld von Kingsley ist alt und das von Dane ist neu, aber die beiden sprechen dieselbe Sprache und haben im Laufe der Jahre bereits in verschiedenen Bereichen zusammengearbeitet. Zwischen ihnen herrscht ein gegenseitiges Vertrauen, das sich gerade jetzt als nützlich erweisen wird, weil Dane sich darauf verlässt, dass Kingsley ehrlich zu ihm ist. Stephen Court hat einmal für Kingsley gearbeitet, aber es kursiert das Gerücht, dass die beiden im Streit auseinandergegangen sind, als Stephen bei einem anderen Unternehmen angefangen hat. Es sagt sehr viel, dass Dane sich für die objektive Meinung dieses Mannes interessiert, da er sicherlich genügend Gründe hätte, um Court eins auszuwischen.

»Er ist ein aufrichtiger Mann«, sagt Kingsley schmallippig und es besteht kein Zweifel daran, dass zwischen den beiden böses Blut herrscht.

An diesem Punkt entscheide ich mich, nicht länger zuzuhören, denn es ist mir vollkommen egal, ob Court den Bewerbungsprozess übersteht oder nicht. Als Catervas wissenschaftlicher Leiter brauche ich nicht detailliert zu wissen, wer in unserem Beirat sitzt, solange er fair und unabhängig ist. Ich vertraue Danes Entscheidung und er wiederum verlässt sich darauf, dass Kingsley ehrlich zu ihm sein wird.

Diese Reise nach Washington, D.C. ist für mich als Nachbereitung meines Besuches bei Johns Hopkins vor drei Wochen geplant gewesen. Dane ist kurzerhand mitgekommen, damit er mit Kingsley über Stephen Court sprechen kann, aber ich weiß, dass das nicht der einzige Grund ist. Er hätte diese Konversation auch sehr gut per Telefon führen können und ich kann nur annehmen, dass er aus irgendeinem Grund das Bedürfnis verspürt hat, etwas Zeit mit mir alleine zu verbringen.

Höchstwahrscheinlich, um seine Nase in meine persönlichen Angelegenheiten in Bezug auf Brynne zu stecken.

Allein der Gedanke an sie bringt mich zum Lächeln. Ich blicke kurz zu King, der fasziniert dem Gespräch zwischen seinem Vater und Dane lauscht. Ich nutze die Gelegenheit, um auf mein Telefon zu sehen, und mein Lächeln wird nur noch größer, als ich eine Nachricht von Brynne entdecke.

Heute habe ich meinen letzten Patienten behandelt. Alle anderen wurden bereits überwiesen. Ich bin jetzt frei und muss nur noch den Kaufvertrag mit Jesse unterschreiben, von dem er mir bereits gestern einen groben Entwurf zur Durchsicht gezeigt hat.

Ein weiterer Schritt in die richtige Richtung, damit Brynne das alles hinter sich lassen kann.

Ein weiterer Schritt dahin, dass sie bald voll und ganz mein sein wird.

Für diese Woche habe ich geplant, diese Reise nach

D.C. zu unternehmen und danach zurück nach San Diego zu fliegen, um Brynne beim Packen zu helfen. Auch wenn der Großteil ihrer Sachen zunächst eingelagert wird, damit sie ihr Haus zum Verkauf anbieten kann, werden wir trotzdem einen Kleintransporter mieten, der ihrem Wagen folgen wird. Sie will alle ihre Kleidungsstücke, persönlichen Erinnerungsstücke und ihre Schlafzimmereinrichtung mitnehmen, die in meinem Gästezimmer Platz finden wird. Seit ich vor elf Jahren in meine Wohnung gezogen bin, steht dieses Zimmer sowieso leer.

Ich schreibe ihr schnell zurück. *Das sind tolle Nachrichten, Baby. Jetzt wird es ernst.*

Sie antwortet. *Ich liebe ernst.*

Ich auch, Brynne.

Ich auch.

♦

»WIRST DU COURTS Bewerbung für den Beirat akzeptieren?«, frage ich Dane, während er für uns an der Bar zwei Gläser mit Bourbon einschenkt. Wir übernachten im Ritz, wo wir uns eine Suite mit zwei Schlafzimmern teilen.

Vor drei Wochen habe ich nicht hier gewohnt, weil ich bei Geschäftsreisen diesen Luxus nicht brauche. Aber weil Dane immer erster Klasse reist, sind wir nun hier.

»Es ist nicht zu übersehen, dass zwischen ihm und Kingsley böses Blut herrscht, aber er ist trotzdem der

Meinung, dass dieser Kerl gute Arbeit für uns leisten wird, deswegen sollten wir darüber nachdenken.« Dane reicht mir mein Glas und nippt dann an seinem Drink. »Was meinst du?«

»Du weißt, dass es mir egal ist, wen du in den Beirat aufnimmst, solange diese Person offen unserer Forschung gegenüber eingestellt ist.«

»Du könntest versuchen, dich ein wenig aktiver in die Dinge einzubringen, die außerhalb des Wissenschaftsgebiets liegen, weiß du«, brummt er, als er den Wohnbereich durchquert und sich auf einem der übergroßen Ohrensessel niederlässt, die links und rechts von einem Kamin stehen, der wegen der Hitze des Sommers in D.C. jedoch nicht angezündet ist.

Ich schnaube, nehme auf dem anderen Sessel Platz und schlage die Beine lässig übereinander. »Ich kümmere mich um die Wissenschaft; du kümmerst dich um den ganzen anderen Kram. So läuft das.«

»Eins zu null für dich«, antwortet er mit einem schiefen Grinsen und hält sein Glas hoch, um mir zuzuprosten.

Mit einem absichtlich majestätisch wirkenden Nicken trinke ich einen Schluck von meinem Bourbon, bevor ich anfange zu lachen. Mein Drink schmeckt ausgezeichnet und ich genieße es, Zeit mit Dane zu verbringen.

»Du wirst so lange warten, bis ich dich frage, nicht wahr?«, sagt Dane und blickt mich anklagend an.

»Was solltest du mich fragen?« Ich nehme einen weiteren Schluck und versuche, nicht zu lachen.

»Das ist echt mies, Kumpel«, murmelt er, bevor er sich auf seinem Sessel nach vorn beugt. »Mit Avril redest du ständig über Brynne, aber zu mir hast du noch kein einziges Wort gesagt.«

»Bist du eifersüchtig?«, spotte ich.

»Auf die Tatsache, dass du mit meiner Frau wie ein Klatschweib tratschst?«, fragt er abfällig.

»Warum willst du es dann wissen?«, antworte ich ruhig, denn es gefällt mir, Dane so frustriert zu sehen. Als mein Freund hatte er bislang noch keine Gelegenheit, sich für mein Liebesleben zu interessieren, da bei mir seit meinem College-Abschluss in Sachen Liebe Flaute geherrscht hat.

Und das, was ich mit ihm und Avril hatte, zählt nicht.

Dane ignoriert mich einen Moment lang und starrt stattdessen in die bernsteinfarbene Flüssigkeit seines Glases, während er es herumschwenkt. Schließlich sagt er: »Mann, ich will, dass du glücklich bist. Avril sagt, dass du es bist, und auch wenn ich meiner Frau vertraue, will ich es trotzdem aus deinem Mund hören. Ich möchte sichergehen, dass sie die Dinge nicht nur mit dem romantischen Herzen einer Frau betrachtet.«

»Deine Frau gehört zu den objektivsten Menschen, die ich kenne«, sage ich lachend. »Heutzutage bist du der große, zärtliche Romantiker.«

»Na gut«, blafft er mich an. »Dann erzähl mir gefälligst die romantischen Einzelheiten, du Arschloch.«

Mein Lachen kommt direkt aus dem Bauch heraus und Dane blickt mich böse an. Ich trinke einen weiteren kleinen Schluck von meinem Drink. Nachdem ich ihn heruntergeschluckt habe, werde ich ernst. »Ich liebe sie. Sie wird nach Las Vegas ziehen.«

Dane pfeift anerkennend durch die Zähne. »Kumpel ... das ist ein dickes Ding.«

»Ja, das ist es. Sie zieht sich aus der Zahnarztpraxis zurück und überweist in dieser Woche noch ihre Patienten. Am Freitag fliege ich zurück nach San Diego, um ihr beim Packen zu helfen, und am Samstag fahren wir gemeinsam zurück nach Las Vegas.«

»Geht das nicht zu schnell?«, fragt er und vereinfacht seine Grundsorge um mich in einem Satz.

Ich schüttele den Kopf. »Nicht für uns. Es fühlt sich richtig an und ich war mir noch niemals im Leben wegen etwas so sicher.«

Er nickt nachdenklich und fährt dabei mit seinem Finger langsam über den Glasrand. Als er wieder in meine Richtung schaut, ist sein Blick warm und ... voller Freude.

Nur für mich allein.

»Das freut mich«, sagt er ruppig. »Es gibt niemanden, der das Glück mehr verdient als du.«

Die Rührung in seiner Stimme hängt schwer in der Luft. Und ich verstehe es.

Woher diese Emotionen kommen.

Dane wird niemals aufhören, mir dankbar dafür zu sein, dass ich mich aus unserer kleinen Dreierbeziehung mit Avril zurückgezogen habe. Ich habe den Weg freigemacht, damit die beiden ihre Liebe Wirklichkeit werden lassen konnten. Es hätte zwischen den beiden zwar sowieso irgendwann gefunkt, aber es hätte länger gedauert, wenn ich mich nicht zu dem Zeitpunkt dazu entschieden hätte zu tun, was ich letztendlich getan habe.

Diese Empfindung seinerseits ist nett und wirklich sehr zauberhaft, aber ich kann ihn nicht weiterhin in dem Glauben lassen, dass ich ein großes Opfer gebracht habe.

Denn das habe ich nicht.

»Ich werde es dir nur ein einziges Mal sagen, Kumpel.« Ich beuge mich auf meinem Sessel nach vorn, halte mein Glas mit beiden Händen fest und stütze meine Ellbogen auf den Knien ab. »Was wir drei gemeinsam hatten ... war für mich nie mehr als nur eine Affäre. Ein Experiment. Ein vorsichtiger Vorstoß in die Welt des Verbotenen. Aber es war niemals etwas, bei dem mein Herz mit von der Partie war. Ich habe mir mit dir keine Schlacht um Avrils Liebe geliefert, weil ich ihr Herz nicht auf diese Weise besitzen wollte. Also hör bitte auf zu denken, dass ich ein Heiliger bin, weil ich unsere kleine Dreiecksbeziehung verlassen habe. Ich habe dadurch rein gar nichts verloren.«

Dane blickt mich durchdringend an, die Augen fest

auf mich gerichtet, und versucht herauszufinden, ob er in dem, was ich soeben gesagt habe, nicht eventuell einen Hauch von Unehrlichkeit finden kann. Er vertraut mir nicht so ganz damit, dass ich nicht damit fortfahren würde, die Last eines gebrochenen Herzens zu tragen, damit er und Avril sich wegen ihrer Beziehung gut fühlen können.

Ich erwidere lediglich seinen Blick, ohne zu blinzeln.

Mein Gesichtsausdruck bleibt entschlossen und er weiß, dass ich das, was ich soeben von mir gegeben habe, auch so meine.

Seufzend nickt er und sagt: »Trotzdem danke. Weil du es geschafft hast ... dass ich mich jetzt wegen allem besser fühle.«

»Gern geschehen«, gebe ich zurück und lehne mich in meinem Sessel zurück. Ich lege den Kopf in den Nacken und leere mein Glas in einem Zug.

»Was wirst du wegen der Ehe unternehmen?«, fragt Dane und ich zucke wegen des abrupten Themen-wechsels zusammen. Es ist ebenfalls etwas, über das ich in der letzten Zeit sehr viel nachgedacht habe.

»Ich habe die endgültigen Dokumente, die wir beide nur noch unterschreiben müssen. Danach reicht mein Anwalt sie ein und damit ist die Sache erledigt.«

»Und warum habt ihr sie dann noch nicht unterschrieben und eingereicht?« Sein Ton sagt mir, dass er die Antwort auf diese Frage bereits kennt, obwohl ich sie selbst nicht einmal genau weiß.

Ich zucke mit den Schultern. »Keine Eile. Ich war beschäftigt.«

»Du hast das letzte Wochenende mit ihr verbracht«, schnaubt Dane und trinkt dann den Rest von seinem Bourbon aus. Er steht von seinem Sessel auf und geht zur Bar. Dabei spricht er weiter: »Ich bin mir ziemlich sicher, dass es einige Momente gab, in denen ihr beide die Dokumente hättet unterschreiben können.«

»Als ich sagte, dass ich beschäftigt war, meinte ich, dass ich meine Zeit mit Brynne so sehr genossen habe, dass ich vergessen habe, sie unterschreiben zu lassen.«

»Dummes Zeug«, entgegnet er grinsend. »Du willst sie nicht unterschreiben.«

»Und wenn schon, was ist denn dabei?«, brumme ich.

Dane hält mit der Bourbonflasche in der Hand inne und sein Gesichtsausdruck ist nicht länger belustigt. »Was ist mit dem Ehevertrag geschehen? Ich hatte es zuvor ja bereits erwähnt, aber –«

»Ich will das nicht«, unterbreche ich ihn. »Es gibt nichts Schlimmeres, um einer neuen Liebe einen Dämpfer zu verpassen, als seine Frau zu bitten, einen Ehevertrag zu unterzeichnen.«

»Es ist eine Geschäftsentscheidung«, rügt Dane mich. »Du bist Geschäftsmann, Drew. Lass nicht zu, dass dein Herz dir bei Dingen in die Quere kommt, die nur dazu ausgelegt sind, dich zu schützen.«

»Ich will das nicht«, sage ich durch

zusammengepresste Zähne noch einmal, versuche dann jedoch, meine Stimme ruhig klingen zu lassen. »Ich brauche das nicht. Was Brynne und ich miteinander haben, ist etwas Ernstes.«

Dane zieht skeptisch eine Augenbraue in die Höhe.

»Schau mal«, sage ich gereizt, als ich von meinem Sessel aufstehe und zur Bar hinübergehe. Ich halte ihm mein Glas hin und er füllt es, dann schenkt er sich selbst ein. »Ich weiß, dass es schnell geht und dass ich sie erst seit etwas mehr als drei Wochen kenne, aber ich vertraue dieses Mal auf mein Bauchgefühl. Und das sagt mir, dass Brynne diese eine perfekte Frau ist, auf die ich gewartet habe. Mehr noch, es sagt mir, dass ich ihr mit allem vertrauen kann. Ich weiß, dass das für einen so gerissenen Geschäftsmann wie dich vielleicht komisch klingt, aber ich werde in dieser Sache auf mein Bauchgefühl hören und nicht auf meinen Verstand.«

Dane sieht mich einen Moment lang an, dann neigt er den Kopf in einem stillen Zeichen, dass diese Diskussion beendet ist und er es mir überlässt, wie ich mich verhalte, weil ich die Situation besser einschätzen kann.

Ich huste kurz. »Und um deine eigentliche Frage zu beantworten, ich werde die Annullierung in keiner Weise vorantreiben, es sei denn, sie fragt danach.«

»Das schadet ja nichts«, stimmt er mir vorsichtig zu und trinkt dann einen Schluck von seinem Bourbon.

»Es ist nur«, beginne ich, doch dann fehlen mir die

Worte. Ich bin mir nicht sicher, wie ich ihm das Vertrauen vermitteln soll, das ich in diese Beziehung habe, ohne dumm und abgedroschen zu klingen. »Es ist nur …«

Wieder breche ich ab.

Dane lächelt wissend. »Deine Seele erkennt ihre Seele. Sie weiß, wie es in ihrer Seele aussieht. Deswegen vertraust du deinem Bauchgefühl.«

»Ja«, murmele ich und lasse seine Worte in meinen Kopf einsinken. »Ich weiß nur, dass das, was ich tue – auch wenn es sehr schnell geht, denn ich bin mir sicher, dass sie Gefühle für mich hat und ich für sie … ich weiß einfach, dass es das Richtige ist.«

Dane streckt seine Hand aus, klopft mir auf die Schulter und zollt mir seine Anerkennung und sein Vertrauen. »Dann muss es so sein, denn abgesehen von Avril gibt es niemanden sonst, dessen Einschätzung ich mehr vertraue als deiner.«

»Vielen Dank«, sage ich aufrichtig, denn ganz egal, wie gut ich mich wegen Brynne fühle und was zwischen uns passiert, Danes Bestätigung zu bekommen bedeutet mir alles.

KAPITEL 18

Brynne

ICH MACHE ES mir auf Andrews Sofa – das jetzt auch mein Sofa ist – bequem und lese meine E-Mails.

Ich habe einige von ein paar Freunden aus San Diego erhalten. Weil ich für eine persönliche Verabschiedung keine Zeit gehabt hatte, habe ich eine E-Mail geschickt, in der ich alle über meinen Umzug nach Las Vegas informiert habe, auch wenn ich es einen »temporären Ortswechsel« genannt habe. Nicht weil ich mir hier keine langfristige Zukunft mit Andrew vorstellen kann, denn das kann ich sehr wohl.

Ich wollte nur nicht, dass meine Freunde mir reihenweise besorgte E-Mails schreiben, weil sie sich fragen, ob ich vollkommen den Verstand verloren habe. Was diese Freunde angeht, so wissen sie, dass ich mich dazu entschlossen habe, aus der Praxis auszusteigen und umzuziehen. Die meisten kannten den Grund dafür, warum die Hochzeit abgesagt wurde. Ich bin mir nicht sicher, wie die Details ans Licht gekommen sind, aber es ist nun einmal passiert und jetzt weiß so gut wie jeder, dass ich betrogen wurde.

Andrews Existenz ist jedoch nicht hinlänglich bekannt. Tara war meine engste Freundin und ja, sie weiß von ihm, aber nicht, weil ich ihr etwas so Vertrauliches erzählen wollte. Für mich war es eher ein notwendiges Übel.

Ich will Jesse und Tara wissen lassen, dass sie mich nicht zerstört haben.

Dass ich unbeschadet aus der Sache herausgekommen bin.

Ich reiße mich aus meinen Gedanken und blicke mich in Andrews Wohnung um. Es handelt sich um eine typische Junggesellenbude. Bei ihm liegt jede Menge Zeug herum, aber nicht auf eine furchtbare oder schlampige Art und Weise. Seine Küche ist makellos und komplett frei von dreckigem Geschirr. Seine Möbel sind sauber und abgestaubt.

Aber bei ihm auf der Anrichte findet sich stapelweise ungeöffnete Post, und Papiere mit dem Caterva-Logo liegen auf dem gesamten Esszimmertisch ausgebreitet. Seine Wände sind nicht kahl, aber die Bilder, die dort hängen, sind in männlich kräftigen Farben wie Rost, Braungrau und Grau gemalt. Seine Möbel sind modern, aber allesamt in monochromen Farben wie Grau, Schwarz und Weiß gehalten.

Sein Kühlschrank ist das typische Abbild eines alleine lebenden Mannes – Fleischwurst, kalte Pizza und Bier.

Wir sind zwar erst gestern Nachmittag mit dem Kleintransporter angekommen, der all meine Sachen geladen hatte, aber Andrew hat mir bereits versprochen, später mit mir Lebensmittel einkaufen zu gehen, weil ich ihm sagte, dass ich mich auf gar keinen Fall nur von Fleischwurst und Pizza ernähren würde.

Jetzt ist Andrew aber erst einmal bei Caterva. An Sonntagen trifft er sich mit Dane vormittags im firmeneigenen Fitnessstudio, wo die beiden gemeinsam trainieren. Danach arbeitet er für einige Stunden. Das ist seine normale Routine und ich habe darauf bestanden, dass er damit fortfährt, sie einzuhalten. Ich wollte nicht, dass er meinetwegen davon abweicht, weil ich zu einem Teil seines normalen Lebens werden will.

Ich richte meine Aufmerksamkeit wieder auf meinen Laptop und öffne die E-Mail, die ich gestern Abend bekommen, aber bislang ignoriert habe. Es ist nichts, das mir Bauchschmerzen bereitet, aber ich habe zunächst ernsthaft darüber nachdenken müssen.

Die E-Mail war von dem Chef der Zahnarztpraxis, die ich verlassen habe, um meine eigene Praxis mit den beiden Betrügern zu eröffnen. Ihm war zu Ohren gekommen, dass ich meinen Anteil verkaufen würde, und er wollte mir meinen alten Job anbieten. Sein Angebot war nicht viel anders als zu dem Zeitpunkt, an dem ich meine Arbeit dort gekündigt habe. Das Gehalt würde zwar nur ein klein wenig besser sein, aber dafür sprach mich die Vierzigstundenwoche an. Für Menschen, die ihr eigenes Geschäft führen, sind Vierzigstunden-wochen einfach nicht machbar. Man arbeitet mindestens sechzig Stunden, wenn nicht sogar noch mehr.

Dieses Angebot ist etwas, worüber ich nachdenken muss, wenn ich in San Diego bleiben will. Viel wichtiger ist jedoch, dass er mir sagte, ich müsse nicht sofort anfangen, wenn ich zunächst etwas Zeit für mich haben wollte. Das würde bedeuten, dass ich für eine Weile hier bei Andrew in Las Vegas bleiben könnte, als befände ich mich in einem verlängerten Urlaub.

Aber der Gedanke daran, Andrew zurückzulassen, gefällt mir ganz und gar nicht. Eigentlich fühlt es sich sogar sehr, sehr falsch an. Vielleicht sollte ich deswegen einfach zurückschreiben und sein Angebot ablehnen.

Ich denke einen Augenblick darüber nach, werde dann jedoch von einer eingehenden E-Mail von Jesse abgelenkt.

Normalerweise würde ich mich jetzt innerlich auf irgendeinen Mist vorbereiten, den er mir zu sagen hat, aber während der vergangenen Woche hat er gezeigt, dass es ihm sehr ernst damit ist, mich aus der Praxis herauszukaufen. Er hat sich von seinem Anwalt einen Kaufvertrag aufsetzen lassen, den ich mir angesehen habe. Weil Andrew darauf bestand, habe ich mir meinen eigenen Anwalt genommen, damit dieser den Vertrag ebenfalls überprüft. Er hatte einige Änderungen eingetragen, dann wurden immer neue Versionen hin- und hergeschickt, und jetzt sieht es so aus, als hätten wir eine endgültige Fassung, auf die wir uns einigen können. Ich muss mir den Vertrag jetzt bloß noch einmal durchlesen und ihn – wenn ich damit einverstanden bin – unterschreiben. Dann hat Jesse achtundvierzig Stunden Zeit, um mir einen von der Bank beglaubigten Scheck für den Kauf vorzulegen. Wir haben uns darauf geeinigt, dass er mir meine Abfindung für die nächsten sechs Monate einfach als reguläres Gehalt zahlen würde.

Ich klicke auf die E-Mail und lese den sehr kurzen Absatz von Jesse.

Bei der Förmlichkeit der Nachricht muss ich lächeln, aber nur auf anerkennende Art und Weise, weil er sich erwachsen und professionell verhält. Genau wie ich die Sache hinter mir gelassen habe, scheint es, dass Jesse es ebenfalls getan hat.

Nachdem ich das Dokument geöffnet habe, benötige ich lediglich fünf Minuten, um mir die Änderungen durchzulesen, die ich mir erbeten habe. Alles wurde zu meiner Zufriedenheit geändert und ich bin bereit, den Vertrag auszudrucken.

Das stellt sich jedoch als schwieriger heraus, als ich angenommen habe. Mein Laptop will einfach keine Verbindung zu Andrews kabellosem Drucker herstellen, der sich im Wohnzimmer auf einem kleinen Schreibtisch neben dem Fenster befindet. Ich kenne mich mit Technik nicht sehr gut aus, aber ich kann einen Drucker installieren, doch das löst das Problem nicht. Ich verbringe einige Minuten damit, Google nach einer

Lösung zu durchsuchen, und als mich auch das nicht weiterbringt, schreibe ich Andrew eine kurze Nachricht.

Ich versuche, etwas mit deinem Drucker auszudrucken, aber es funktioniert nicht. Hast du einen Tipp?

Ich schicke ihm die Nachricht, aber es ist mir nicht wichtig, ob er sofort antwortet oder nicht. Mit dem Ausdruck kann ich auch noch bis zu seiner Rückkehr warten, aber wenn er eine schnelle Lösung parat hätte, wäre zumindest das schon einmal erledigt.

Dass er mir sofort antwortet, überrascht mich. *Die kabellose Verbindung zum Drucker ist ein Albtraum. Mein PC ist mit dem Drucker verbunden. Du kannst dich gern einloggen und es dort ausdrucken. Das Passwort ist nerdDoc3409.*

Ich lasse meine Daumen über den Bildschirm fliegen. *Danke. Das werde ich versuchen.*

Dann schicke ich ihm ein Kuss-Emoji.

Ich lege mein Telefon zur Seite, ziehe den Stuhl unter dem Schreibtisch hervor und setze mich. Ich rücke die Tastatur seines PCs gerade, schalte das Gerät ein und gebe sein Passwort ein.

Sein Hintergrundbild bringt mich dazu, laut loszulachen, denn es handelt sich um eine Seite aus einem uralten Batman und Robin Comic. Er fährt vollkommen auf DC ab, während ich Marvel liebe, denn seien wir doch mal ehrlich ... wer kann sich schon mit Tony Starks Iron Man messen? Er sagt, ich würde mich von hübschen Gesichtern beeinflussen lassen und könne die Komplexität der DC-Figuren nicht verstehen.

Ich öffne Google Chrome, melde mich bei meinem Gmail-Konto an und klicke auf Jesses E-Mail. Ich benötige weniger als eine Minute, um zwei Exemplare der doppelzeiligen, drei Seiten langen Verträge auszudrucken.

Nachdem ich ein letztes Mal darüber geblickt habe, nehme ich einen Stift aus der schmalen Schreibtischschublade über meinem Schoß und kritzele meine Unterschrift auf beide Dokumente.

Damit ist meine Arbeit für heute getan und ich will mich gerade von Andrews Computer abmelden, als etwas meine Aufmerksamkeit erweckt.

Ein Ordner-Symbol, das vor dem Hintergrundbild von Batman und Robin herauszustechen scheint. Er trägt die Bezeichnung *Wicked Horse*.

Beinahe dringt es gar nicht bis in meinen Kopf durch und ich ignoriere den Ordner bereits wieder, doch dann fällt mir ein, warum mir der Name so bekannt vorkommt.

Es ist der Sex-Club, an dem Andrew und ich an einem Abend vorbeigegangen sind, der Club, vor dem sich eine unfassbar lange Schlange von Menschen gebildet hatte, die alle darauf warteten, hereingelassen zu werden.

Ich starre den Ordner einen Moment lang an und in meinem Magen beginnt es zu rumoren. Ich habe keine Ahnung, warum Andrew einen Ordner mit dem gleichen Namen wie ein Sex-Club auf seinem Computer haben würde, aber mein Bauchgefühl sagt mir, dass es sich hierbei nicht um einen Zufall handelt.

Mein Gewissen lässt mich zögern. Ich bin niemand, der in den Sachen anderer Leute herumschnüffelt, und ich halte auch nichts davon, meine Neugier zu befriedigen. Darüber hinaus glaube ich an ehrliche Kommunikation und daran, im Zweifel jemandem einen Vertrauensvorschuss zu geben. Ich sollte den Ordner einfach ignorieren. Sollte ich immer noch neugierig sein, wenn Andrew nach Hause kommt, sollte ich ihn einfach danach fragen. Ich vertraue darauf, dass er mich nicht anlügen wird, ganz egal, worum es sich handelt.

Aber auf der anderen Seite, was soll ich tun, wenn es etwas wirklich Schlimmes ist? So schlimm, dass er sich vielleicht dazu genötigt fühlen würde, mich anzulügen, weil uns die menschliche Natur manchmal dazu drängt, wenn wir überraschend mit Dingen konfrontiert werden?

Mist, ich will es einfach nur vergessen und Andrew vertrauen, aber dann steigen plötzlich alle diese schrecklichen Gefühle in mir hoch. Ich erinnere mich, dass ich Jesse einmal vertraut habe. Und Tara.

Und dass ich dann ein Foto gefunden habe, auf dem die beiden etwas so Unvorstellbares miteinander tun, dass es mir meinen Hochzeitstag ruiniert hat.

Es spielt für mich keine Rolle, dass ich in Jesses Fall vielleicht gerade noch einmal so davongekommen bin, als ich herausgefunden habe, dass er mich betrügt. Und was ist, wenn ich diesen Ordner hatte finden sollen, um noch einmal davor bewahrt zu werden, etwas Dummes zu tun?

Was, wenn das Schicksal mir etwas mitteilen will und ich dazu bestimmt war, diesen Ordner zu sehen?

Ohne weiter zu zögern und bevor mein Gewissen mich davon abhalten kann, öffne ich mit einem Doppelklick den Ordner.

Es erscheint ein Popup-Fenster, in dem zahlreiche mp4-Videodateien aufgelistet sind, die alle eine lange numerische Dateibezeichnung tragen, die von einem Datum gefolgt wird. Die aktuellste Datei ist etwa vier Monate alt und für mich gibt es nun keine Ausflüchte mehr.

Ich doppelklicke auf das Video und halte den Atem an, als es anfängt.

Zunächst verstehe ich nicht, was ich dort sehe, vermutlich weil ich so schockiert bin durch das, was sich vor mir auf dem Bildschirm befindet. Ich dachte, dass ich vielleicht den Verdacht gehabt haben könnte, dieses Video könnte aus dem Sex-Club stammen, aber ein Teil von mir muss sich geweigert haben, es zu glauben, denn ich bin ehrlich entsetzt und mir wird übel.

Zu sehen ist ein Raum, der ziemlich dunkel ist, aber verschiedene Teile sind von Deckenstrahlern erleuchtet, die nach unten scheinen.

Ihr Licht erfasst die darunter stehenden Möbel und Kissenberge, auf denen sich nackte Menschen winden, die alle im Begriff sind, verschiedene Arten von sexuellen

Gefälligkeiten aneinander zu vollziehen.

Ich benötige lediglich einen Moment, um mich auf einen speziellen Dreier zu konzentrieren, weil dieser derjenige ist, auf den das Video gerichtet zu sein scheint. Dann hört das Rumoren in meinem Magen plötzlich auf und stattdessen bildet sich dort eine riesige Bleikugel der Enttäuschung.

Auf dem Bildschirm sind zwei Männer und eine Frau beim Sex zu sehen.

Es ist nur eine Million Mal schlimmer, als meinen Verlobten bei einem Dreier zu sehen, denn in diesem Fall ist Andrew einer der Teilnehmer.

Aber was mir tatsächlich Übelkeit beschert ist die Tatsache, dass ich die anderen beiden Menschen ebenfalls erkenne – Dane und Avril.

Ich lehne mich mit verkrampfter Hand auf der Maus auf dem Stuhl zurück und sehe mir das Video an.

Es ist fast siebzehn Minuten lang. Als es vorbei ist, starte ich es wieder und schaue es mir noch einmal an. Nicht wegen des Kitzels und nicht, weil ich mich selbst bestrafen will, sondern damit ich die Wut, die angefangen hat, in mir aufzusteigen, zu einer heftigen Abscheu hochpeitschen kann.

Als es zum zweiten Mal vorüber ist, rutsche ich auf dem Stuhl noch weiter nach unten und blicke aus dem Fenster auf das geschäftige Treiben von Las Vegas. Sogar am Sonntag sind die Straßen mit Menschen überfüllt. Diese Stadt ist bekannt dafür, niemals zu schlafen.

Und auch ich bin mir nicht sicher, ob ich nach dem, was ich soeben gesehen habe, jemals wieder schlafen werde.

KAPITEL 19

Andrew

ALS ICH DIE Eingangstür zu meiner Wohnung öffne, weiß ich sofort, dass etwas nicht stimmt. Das ist sogar noch, bevor ich Brynne überhaupt im Wohnzimmer am Fenster stehen sehe.

Mit dem Rücken zu mir.

Die Arme vor den Bauch gepresst, als sei mit ihr körperlich etwas nicht in Ordnung.

Die Schultern nach vorn geschoben.

Ungewöhnlich ruhig.

»Brynne?«, frage ich zögernd und mein gesamter Körper spannt sich an, als sie vom Klang meiner Stimme zusammenzuckt.

Ich stehe dort wie angewurzelt und beobachte sie.

Sie dreht sich nicht zu mir um.

Sie sagt kein Wort.

Ich betrete die Wohnung, schließe die Tür hinter mir und lege meinen Schlüssel geräuschlos auf dem Tisch im Flur ab, ganz so, als hätte ich Angst, dass ein lautes

Geräusch sie dazu bringen könnte davonzulaufen.

Ich blicke mich im Zimmer um, betrachte das Sofa, zwei überladene Sessel, den Fernseher, den –

Den Schreibtisch.

Der Computerbildschirm ist eingeschaltet und zeigt ein pausiertes Video, bei dem ich einen trockenen Hals bekomme und das meinen Magen dazu bringt, sich zum allerersten Mal, seit ich mich auf ein sexuelles Abenteuer mit Dane und Avril eingelassen habe, vor Scham zusammenzuziehen.

Eine Million Flüche und Klagen liegen mir auf der Zunge, aber ich bringe es nicht einmal fertig, den Mund zu öffnen, um sie herauszulassen, weshalb sie dortbleiben und weiter gären.

Brynne bricht das Schweigen als Erstes, und ich erschrecke mich.

»Du hast mir gesagt, ich solle meine Dokumente an deinem Computer ausdrucken.« Ihre Stimme ist tonlos und so weit entfernt, dass ich an diesen wenigen Worten über meinen Drucker höre, sie verloren zu haben. »Ich wollte nicht neugierig sein, aber als ich den Ordner mit der Bezeichnung *Wicked Horse* gesehen habe, nun ja … da konnte ich einfach nicht anders.«

Ich stehe bewegungslos da, nicht dazu in der Lage, überhaupt irgendetwas Vernünftiges zu entgegnen. Ich bin nicht im Geringsten wütend oder beleidigt, weil sie den Ordner geöffnet hat. Ich hatte vollkommen vergessen, dass er existiert, was nur zeigt, dass ich schon vor langer Zeit mit meiner Affäre mit Avril und Dane abgeschlossen habe.

Brynne dreht sich um und blickt mich an, aber die Verwirrung auf ihrem Gesicht überrascht mich. Ich hatte Wut erwartet, vielleicht sogar Ekel, aber die bloße Tatsache, dass ich die Frau in Verlegenheit gebracht habe, die ich liebe – die unerschütterliches Vertrauen in mich haben sollte –, tut mir unbeschreiblich weh.

»Es tut mir leid«, sage ich, da der Knoten in meinem Hals sich endlich löst, um die wichtigsten Worte herauszulassen. »Ich hätte dir von diesem Teil meiner Vergangenheit erzählen sollen, aber ich hatte Angst. Ich wollte nicht, dass du denkst, ich sei ein Freak oder so etwas.«

Brynnes Gesichtsausdruck verändert sich und ihre Wangen bekommen vor Wut rote Flecke. Sie deutet mit zitterndem Finger auf meinen Computerbildschirm und ich zucke innerlich zusammen. Die Stelle des Videos, an der sie pausiert hat, scheint verzerrt und grässlich. Es war eines der wenigen Male, dass Avril, Dane und ich das Wicked Horse als Dreiergespann genutzt haben. Dane dachte, es wäre scharf, Avril und mir das Video am nächsten Tag bei der Arbeit zuzusenden, um uns aus dem Konzept zu bringen.

Und das hat es getan.

Ich habe davon ebenfalls eine Erektion bekommen, als ich es in meinem Büro ansah.

Dane auf dem Rücken mit den Händen an Avrils

Hüften, während sie seinen Schwanz reitet. Ihr blondes Haar ist zu einem Pferdeschwanz zusammengebunden und ich kann mich lebhaft erinnern, wie er auf und ab und hin und her gehüpft ist, während ich sie von hinten in den Arsch gefickt habe. Ich hatte ihr Haar um meine Hand gewickelt und ihren Kopf stillgehalten, während ich in sie hineingestoßen habe.

»Du bist ein Freak.« Brynnes Stimme ist verletzend, und die Art und Weise, wie sie mich anblickt, zerschneidet mein Herz in eine Million schmerzhafte Stücke. »Du bist nicht besser als Jesse und Tara.«

Ich fühle mich wegen dem, was ich getan habe, und wegen des Schmerzes, der Brynne deswegen zugefügt wurde, elend und erniedrigt, aber als ich mit Jesse und Tara verglichen werde, wird mir erst sehr heiß und dann mit einem Mal eiskalt.

»Das weise ich von mir«, knurre ich. »Ich habe mich wissentlich auf eine Beziehung mit zwei Menschen eingelassen, die ich liebe, und ich habe es nicht hinter irgendjemandes Rücken getan. Das ist nicht das Gleiche.«

»Man kann zwei Menschen nicht auf diese Weise lieben«, zischt sie. »Es ist nicht richtig.«

»Da bin ich ganz deiner Meinung«, fahre ich sie an und spüre, wie die Wut in mir aufsteigt. Sie gibt mir das Gefühl, als sei ich ein Stück Dreck, und ruiniert gleichzeitig die schönen Erinnerungen, die ich mit meinen beiden besten Freunden habe. Aber ich will, dass sie es versteht, also versuche ich, es zu erklären, indem ich es noch einmal betone. »Ich stimme dir zu, dass man zwei Menschen nicht auf die absolut gleiche Art lieben kann, und aus diesem Grund habe ich das Ganze auch beendet. Ich liebe Avril und Dane als beste Freunde und als mir bewusst wurde, dass die beiden sich auf einer anderen Ebene ineinander verlieben, habe ich mich zurückgezogen. Ein Dreier … ist pervers und tabu und toll, um seine Befriedigung zu erfahren, aber er hat keine Zukunft. Kapierst du denn nicht, dass es dich und mich ähnlicher macht, als du zugeben willst?«

»Nein, es macht dich sehr wohl zu dem, was Jesse und Tara sind«, sagt sie ärgerlich und lässt endlich ihre Arme sinken, um aggressiv zwei Schritte in meine Richtung zu machen. »Sie haben es ebenfalls für ihre Befriedigung getan.«

Meine Wut wird stärker als meine Vernunft. »Tara hat es getan, weil sie in deinen Verlobten verliebt ist und wollte, dass du dieses Foto findest.«

Brynne wird bleich und weicht einen Schritt zurück. Sie führt die Hand an ihren Hals, wo sie zitternd verbleibt. »Wie bitte?«

Ich atme frustriert aus und blicke zu Boden, wo ich leise bis drei zähle, bevor ich sie ansehe, um ihr zu gestehen, was ich getan habe. »Ich habe einen Privatdetektiv auf die beiden angesetzt. Ich wollte etwas gegen sie in der Hand haben, damit Jesse dich ausbezahlt. Sie haben monatelang hinter deinem Rücken miteinander geschlafen. Tara wollte ihn und dachte, er liebt sie. Ich denke, er hat sie nur benutzt, aber sie hat mit Absicht dafür gesorgt, dass du das Foto findest, um euch beide auseinanderzubringen.«

»Du lügst«, murmelt sie mit beinahe schon flehender Stimme. Ganz so, als wollte sie, dass ich diese Wahrheit zurücknehme.

»Das tue ich nicht«, sage ich. »Und du kannst mich nicht mit ihnen vergleichen. Als ich mit Avril und Dane zusammen war, habe ich niemanden betrogen.«

Sollte ich erwartet haben, dass irgendetwas von dem, was ich soeben gesagt habe, Brynnes Ärger beschwichtigen würde, habe ich falsch gelegen. Sie schnaubt und ihre Stimme klingt bitter, als sie sagt: »Als du mir von deiner Freundschaft mit Avril und Dane erzählt hast, dachte ich, dass zwischen dir und ihnen eine absolut einmalige Verbindung besteht. Ich meine, du hast mir erzählt, dass ihr drei alles zusammen gemacht habt … und wow, du meintest wirklich *alles*. Wie soll ich mit dieser Freundschaft überhaupt konkurrieren?«

»Du läufst außer Konkurrenz.« Ich trete auf sie zu, lege ihre Hände auf meine Schultern und ergreife sie, als sie sich von mir abwenden will. »Was ich mit den beiden hatte ist vorbei, und das ist es schon seit sehr langer Zeit. Wir sind nur noch miteinander befreundet.«

»Und das soll mich beruhigen?«, fragt sie und lacht dabei beinahe schon hysterisch. »Glaubst du ernsthaft, dass ich jemals wieder mit euch dreien an einem Tisch sitzen könnte, ohne ständig daran denken zu müssen, was ihr miteinander getan habt? Daran, dass du Avrils Körper so viel besser kennst als meinen?«

»Brynne«, sage ich leise und versuche, sie an mich zu ziehen.

Sie reißt sich von mir los und schlägt meine Hände weg. »Du hast mich angelogen!«

»Ich weiß«, sage ich erschöpft. »Noch einmal, ich wusste, was du von Dreiern hältst und wie sehr sie dich abstoßen. Ich wollte nicht –«

Mit grimmigem Gesicht platziert sie ihre Hände auf meiner Brust, um mich von sich zu stoßen. »Nein. Du hast über Avril und Dane gelogen. Ich habe dich gefragt, wie es sein kann, dass zwei Menschen erst jahrelang beste Freunde sind und sich dann ineinander verlieben, und du hast mir gesagt, dass du es nicht wüsstest. Aber du wusstest es. Du hattest bei dieser Show einen Platz in der ersten Reihe und hast mir darüber eine Lüge aufgetischt.«

»Weil ich wusste, dass du mich deswegen hassen würdest«, fahre ich sie an und verliere nun vollkommen die Geduld. »Es war falsch von mir, es dir zu verheimlichen. Ich hätte es dir sagen sollen, ganz besonders dann, als du diese Art von Fragen gestellt hast. Aber ich wollte nicht das ruinieren, was ich mit dir hatte. Es war so zerbrechlich und ich hatte Angst. Ich habe eine schlechte Entscheidung getroffen –«

»Das hast du«, fällt sie mir ins Wort und senkt die

Stimme. »Du hast einen Fehler gemacht, als du mich am Straßenrand aufgelesen hast, und ich habe einen noch größeren Fehler gemacht, als ich zu dir in den Wagen gestiegen bin. Wie ich jemals gedacht hatte, dir vertrauen zu können, ist mir ein absolutes Rätsel.«

»Brynne.«

Sie wendet sich von mir ab und geht steifen Schrittes ins Schlafzimmer. Ich folge ihr nicht, weil ich denke, dass sie eventuell etwas Zeit für sich benötigt.

Stattdessen bin ich jedoch schockiert und traurig, als sie einige Minuten später mit ihrem Rollkoffer hinaustritt. Sie würdigt mich keines Blickes, als sie in die Küche geht und ihre Handtasche von der Arbeitsfläche nimmt.

Nachdem sie sie sich über die Schulter gehängt hat, sagt sie: »Ich werde dafür sorgen, dass meine restlichen Sachen so schnell wie möglich abgeholt werden.«

»Wo gehst du hin?«, frage ich hilflos.

Ihre Stimme ist kalt und abgehackt, als sie auf die Tür zugeht. »Zurück nach Hause. Ich habe beschlossen, ein Jobangebot anzunehmen, das mir mein alter Chef gemacht hat. Ich habe ihm soeben eine E-Mail geschrieben und meine Zusage mitgeteilt.«

»Bitte tu das nicht«, flehe ich und stelle mich ihr in den Weg. Als sie stehen bleibt und mich böse ansieht, strecke ich beruhigend meine Hände aus. »Bitte bleib und lass uns reden. Ich liebe dich und will dich nicht verlieren.«

In ihren Augen blitzt wilde Entschlossenheit auf und sie weist mich heftig zurück. »Ich denke, wenn es um das Thema Männer und Liebe geht, habe ich endlich meine Lektion gelernt. Es ist alles ein riesiger Haufen Scheiße, aber vielleicht sollte ich dir sogar danken, weil du es mir bewiesen hast. Diesen Fehler werde ich nicht noch einmal machen.«

»Brynne«, flehe ich sie in gebrochenem Flüstern an.

Auf ihrem Gesicht flackert ein kurzer Schmerz auf, aber sie verbirgt ihre Gefühle rasch hinter kalter Gleichgültigkeit, als sie sich auf dem Weg zur Tür an mir vorbei drängt. Ich sehe dabei zu, wie sie Schwierigkeiten hat, sie zu öffnen und ihren großen Koffer hindurchzuschieben, bewege mich jedoch keinen Zentimeter, um ihr zu helfen. Ich will verdammt sein, wenn ich ihr dabei behilflich bin, mein Leben zu verlassen.

»Du bist unfair«, sage ich zu ihrem Rücken, als sie nach draußen tritt. Das bringt sie dazu anzuhalten. Ich spüre ein kleines Fünkchen Hoffnung und spreche weiter. »Es ist unfair von dir, mich mit anderen Menschen in deinem Leben zu vergleichen, die dich verletzt haben. Ich habe dich nur geliebt und versucht, dich zu beschützen.«

Brynne lässt die Schultern sinken und ich denke, dass ich in ihr vielleicht einen Punkt getroffen habe, der uns dabei helfen wird, diese ganze Sache zu rationalisieren. Aber dann seufzt sie leise und sagt lediglich: »Vielleicht ist das so. Aber du hast mich ebenfalls verletzt und das ist nicht unabsichtlich geschehen. Du wusstest, wie ich mich fühlen würde, wenn ich es auf diese Weise herausfinde.«

Jetzt bin ich derjenige, der die Schultern hängen lässt, denn dagegen kann ich mich nicht verteidigen. Ich wusste, dass ich ein Risiko eingehe, wenn ich wegen meiner Beziehung zu Avril und Dane nicht ehrlich zu ihr sein würde.

Deswegen halte ich sie auch nicht noch einmal auf, als sie nach draußen tritt und die Tür hinter sich schließt.

Denn vielleicht habe ich ihr auch deswegen nicht die Wahrheit gesagt, weil das, was wir miteinander hatten, nicht so ernst war, wie ich es mir in meinem Kopf ausgemalt hatte.

Ich weiß, dass sie mir ohne Weiteres einen Vertrauensbruch vorwerfen kann, und das akzeptiere ich, aber vielleicht habe ich ihr auch einfach nicht ausreichend vertraut, um die Karten offen auf den Tisch zu legen. Und vielleicht bedeutet das, dass Brynne doch nicht die Frau meines Lebens war, wie ich gedacht hatte.

KAPITEL 20

Brynne

ICH TROTTE ÜBER den Plattenweg zu meiner Eingangstür und sehe uninteressiert meine Post durch, die ich soeben aus dem Briefkasten genommen habe.

Das meiste ist Reklame, einige Rechnungen und mein monatlicher Scheck von Jesse. Es ist der zweite, den ich erhalten habe, seit ich nach San Diego zurückgekehrt bin, und der Schock darüber, ihn zu sehen, ist genauso groß wie beim ersten im vergangenen Monat.

Weil er eine tiefsitzende Erinnerung daran ist, wie sehr sich mein Leben in den letzten Monaten verändert hat, und dazu noch auf so unfassbar schlechte Weise.

Dieser monatliche Gehaltsscheck, den ich von Jesse als Teil meiner Abfindung erhalte, die er mir zahlt, repräsentiert den absoluten Niedergang meines persönlichen Glücks. Er ist ein bitteres Zeichen für meinen Verlobten, der mich betrogen hat, für meine beste Freundin, die versucht hat, ihn mir wegzunehmen, und für mich, die sich in einen attraktiven Fremden verliebt hat, der den Eindruck erweckte, alles zu sein, nach dem ich mich jemals gesehnt habe, und die Erkenntnis, dass eine Liebe mit jemand so Wundervollem für mich einfach nicht bestimmt ist.

Mein Telefon vibriert in meiner Handtasche. Als ich an der Haustür ankomme, nehme ich die Post und meinen Schlüssel in eine Hand, damit ich es herausziehen kann. Als ich darauf blicke, bin ich enttäuscht, dass es sich um eine Nachricht meines neuen Arbeitgebers handelt, der mich daran erinnert, dass ich morgen früh um acht Uhr meinen ersten Termin habe.

Ich antworte nicht und versuche, die Traurigkeit darüber zu ignorieren, dass es nicht die Nachricht war, die ich mir erhofft hatte zu bekommen.

Seltsamerweise habe ich eine Nachricht von Avril sehen wollen, weil sie mir in den letzten paar Monaten sehr gewissenhaft auf die Nerven gegangen ist.

Ich habe keine Ahnung, woher sie meine Nummer hat. Andrew hätte sie ihr nicht freiwillig gegeben, doch ich nehme an, dass sie mit ihrem Reichtum und ihren Kontakten keine Schwierigkeiten hatte, sie herauszufinden.

Obwohl Andrew den Versuch aufgegeben hat, mit mir zu reden – in den ersten zwei Wochen, nachdem ich nach San Diego zurückgekehrt war, hatte er mich angerufen, mir Nachrichten geschrieben und pausenlos E-Mails geschickt –, lässt Avril auch weiterhin einfach nicht locker. Nachdem Andrew aufgehört hatte, mich zu kontaktieren, war Avril an seine Stelle getreten und hatte gleich noch einen Zahn zugelegt. Sie hat mir lange Sprachnachrichten hinterlassen, in denen sie versuchte, mir die kranke Beziehung zu erklären, die die drei miteinander hatten, und auch ihre Nachrichten waren nicht weniger predigend gewesen. Als ich ihr nicht antwortete oder in irgendeiner Form zu verstehen gab, dass ihre Worte anfingen, zu mir durchzudringen – und das sind sie –, wurde ihr Ton plötzlich sehr aggressiv, was mir zeigte, wie sehr sie Andrew liebt und will, dass er glücklich ist. Sie versuchte nicht mehr, ihr abscheuliches Verhalten zu erklären, sondern fing an, mich für meine Engstirnigkeit zu verurteilen.

Für mein fehlendes Mitgefühl und Verständnis.

Sie nannte mich eitel und voreingenommen, und einmal sogar prüde.

Aber trotz allem schloss sie immer mit der Bitte, dass ich Andrew noch eine Chance geben sollte, weil sein Herz gebrochen sei und es niemals jemand anderen geben würde, der mich ersetzen könnte.

Mann ... das hat mich tiefer berührt als irgendetwas anderes, das sie mir bis dahin gesagt hatte. Trotzdem habe ich ihr noch nicht geantwortet oder in irgendeiner Weise angedeutet, dass ich meine übereilte Entscheidung darüber bereuen würde, den Mann verlassen zu haben, den ich geliebt habe.

Immer noch liebe.

Mein Gott, ich liebe ihn, aber ich kann mich in

meinem Kopf einfach nicht mit ihm versöhnen. Ich bringe die Dinge durcheinander und manchmal mache ich Andrew noch immer für das verantwortlich, was Jesse und Tara getan haben, weil ich zwischen seinen und ihren Taten in der Vergangenheit nicht unterscheiden kann.

Am seltsamsten ist jedoch, je öfter ich mir Avrils Sprachnachrichten anhöre – ja, ich habe sie alle gespeichert – und ihre Mitteilungen lese, desto mehr Schönheit finde ich in der einzigartigen Freundschaft, die die beiden miteinander haben.

Nicht in den sexuellen Akten – diese Sache liegt mir immer noch schwer im Magen –, sondern dass sie dazu in der Lage waren, das hinter sich zu lassen. Dass es Andrew wichtig genug war zu erkennen, dass sich zwischen Avril und Dane etwas Besonderes entwickelt hatte, und was noch viel wichtiger ist, dass ihre Freundschaft den Teil des sexualisierten Tabus überstanden hat.

Aber trotzdem … bin ich traurig, dass es nicht Avril war, als mein Telefon vibriert hat. Eigentlich habe ich seit fast einer Woche nichts mehr von ihr gehört und das sagt mir, dass auch sie mich aufgegeben hat.

Seufzend lasse ich das Telefon wieder in meine Handtasche gleiten und schließe die Haustür auf, wobei ich mich darauf vorbereite, eine weitere einsame Nacht zu verbringen, in der ich von dem Gedanken über die Frage heruntergezogen werde, wie groß die Fehler wirklich waren, die ich begangen habe.

In Wahrheit vermisse ich Andrew so sehr … und bin mir ziemlich sicher, dass ich diejenige war, die die Dinge zum Scheitern gebracht hat.

◆

ICH KLOPFE UNUNTERBROCHEN an Jesses Haustür und es interessiert mich nicht, dass es beinahe schon zwei Uhr morgens ist. Ich höre zuerst, wie er durchs Haus stapft und laut vor sich hin brummt, bevor er mit Schwung die Tür aufreißt.

Sein Gesichtsausdruck verändert sich von wütend zu positiv überrascht, als er mich dort stehen sieht. »Brynne.«

Ich ignoriere die Tatsache, dass er nur Boxershorts trägt, und überreiche ihm den Umschlag, den ich mitgebracht habe. »Ich wollte dir das hier zurückgeben.«

Jesse zieht verwirrt die Augenbrauen zusammen und betrachtet den Umschlag, nachdem er ihn mir aus der Hand genommen hat.

»Ich will nicht, dass du mir noch weiter eine Abfindung zahlst«, sage ich und trete einen Schritt von seiner Tür zurück.

Er hebt den Kopf und sein Kiefer ist nun angespannt mit etwas, das für mich wie Frustration aussieht. »Und das musstest du mir unbedingt um zwei Uhr morgens mitteilen?«

»Nein«, antworte ich schulterzuckend. »Aber ich

wollte dich etwas fragen.«

»Etwas, das du mich nicht am Telefon hättest fragen können oder zumindest um eine vernünftige Uhrzeit?«, will er wissen und lehnt sich dann mit vor der Brust verschränkten Armen gegen den Türrahmen. Es ist nicht zu übersehen, dass er wütend auf mich ist, trotzdem schlägt er mir nicht die Tür vor der Nase zu.

»Andrew hat dich dazu gezwungen, mein Angebot zu akzeptieren, nicht wahr?«, frage ich. Obwohl es sich um eine Frage handelt, bemerkt Jesse an der Überzeugung in meiner Stimme vermutlich, dass ich es ihm nicht glauben würde, sollte er es abstreiten.

»Er hat mich überzeugt«, sagt er kurz angebunden.

»Er hatte dich in der Hand«, rate ich.

Jesse weigert sich zu antworten, aber ich kann es in seinen Augen erkennen.

»Wie hat er dich dazu gebracht?«, bohre ich nach, in der Hoffnung, dass er eventuell noch ein Fünkchen Zuneigung für mich übrighat oder vielleicht sogar ein klitzekleines Schuldgefühl, das ihn dazu bewegen würde, meine Neugier befriedigen zu wollen.

Er bleibt stur und sagt kein Wort.

»Es muss etwas Furchtbares gewesen sein«, spotte ich, weil ich hoffe, ihn so weit zu provozieren, dass seine Gefühle die Oberhand bekommen. »Womit auch immer er dich unter Druck gesetzt hat.«

Jesse presst zwar die Zähne fest aufeinander, doch ich bin überrascht, als er mir eine Art Antwort zukommen lässt. »Es war nicht furchtbar, aber es hat das Geldproblem und den Vorschlag, dich auszuzahlen, in eine bessere Perspektive gerückt. Sagen wir einfach, dass er mich auf eine Weise überzeugt hat, bei der mir klar wurde, dass ich dein Angebot, dich herauszukaufen, nicht *nicht* akzeptieren konnte.«

Ich schürze die Lippen, denn mit dieser Antwort kann ich rein gar nichts anfangen. Während ich darüber nachdenke, wie ich ihn dazu bringen könnte, es mir zu erzählen, stößt sich Jesse vom Türrahmen ab und tritt wieder zurück in seinen Flur. Mit der Hand an der Türklinke sagt er: »Also, es war schön, mit dir zu plaudern, Brynne. Ich werde deine Bitte berücksichtigen, dir keine weiteren Schecks zukommen zu lassen, und wünsche dir alles Gute. Auf Wiedersehen.«

Er will gerade die Tür schließen, doch ich halte mit meiner Handfläche dagegen, bevor es ihm gelingt. »Warte!«

Jesse blickt nach draußen, doch durch den Türspalt kann ich nur einen Bruchteil seines Gesichts erkennen. Trotzdem spüre ich, dass er genervt von mir ist, also mache ich es kurz. »Ich wünsche dir auch alles Gute.«

Das eine für mich sichtbare Auge wird vor Überraschung groß und sein Mund öffnet sich erstaunt.

»Wirklich«, versichere ich ihm. »Ich bin über das hinweg, was du mir angetan hast.«

Und mir wird klar ... das bin ich tatsächlich.

Ich bin nicht in den frühen Morgenstunden bei

Jesses Haus aufgekreuzt, weil ich gedacht habe, ich könnte meinen Frieden mit ihm machen. Ich hatte einfach nur jegliche Verbindung zu ihm abbrechen wollen, weil ich vollständig dazu in der Lage sein wollte, diesen Betrug hinter mir zu lassen. Ich habe sämtliche Boshaftigkeit, die sich in meinem Herzen befunden hat, zurücklassen müssen. Die Bitterkeit und das Selbstmitleid. Ich habe den Schock dessen, was er mir angetan und mit wem er es getan hat, loslassen müssen. Ich habe ihm so gut es mir möglich war vergeben müssen, wenn ich mein Herz jemals wieder irgendjemandem würde öffnen wollen.

Wenn ich jemals noch einmal eine Chance mit Andrew haben wollte, worüber ich mir an diesem Punkt immer noch nicht sicher bin.

Oder ob ich es überhaupt verdiene.

Aber ich muss mich von sämtlichen negativen Dingen befreien.

Ich muss meine Denkweise bewusst verändern, damit zukünftige Möglichkeiten nicht beeinflusst oder von Dingen übertüncht werden, die ich nicht kontrollieren kann.

Mit anderen Worten, ich muss die Linsen in meiner Brille austauschen und anfangen, die Dinge etwas deutlicher zu betrachten.

KAPITEL 21

Andrew

DAS KLOPFEN AN meiner Bürotür irritiert mich und ich beschließe, es zu ignorieren. Ich hoffe, meine Reaktion macht die Person auf der anderen Seite wütend, denn ich befinde mich in einer Stimmung, in der ich möchte, dass es den Menschen um mich herum genauso miserabel geht wie mir.

Ich versuche, mich auf den Artikel über HIV zu konzentrieren, den ich auf meinem Computerbildschirm lese, aber ich kann nichts davon aufnehmen. Der Grund dafür ist vermutlich, dass ich ständig an Brynne denke und mich frage, was sie wohl macht.

Ist sie traurig, dass es mit uns vorbei ist?

Denkt sie überhaupt noch an mich?

Empfindet sie immer noch Abscheu wegen der Sache, die ich mit Avril und Dane hatte, die mich übrigens mittlerweile auch angefangen hat anzuwidern?

Und dass sie es geschafft hat, eine meiner Erfahrungen, die für mich einmal eine liebevolle

Erinnerung war, auf irgendeine Weise so sehr zu beeinträchtigen, dass ich ein unangenehmes Ziehen in der Magengegend verspüre, wenn ich meine Freunde nur ansehe, macht mich wirklich sauer.

Klopf, klopf.

Ich ignoriere das Geräusch, balle und öffne meine Fäuste einige Male und beuge mich ein weiteres Mal noch ein wenig näher zu meinem Bildschirm.

Meine Bürotür öffnet sich, was bedeutet, dass es sich lediglich um einen von zwei Menschen handeln kann, die es wagen würden, mich zu stören. Ich hebe den Kopf und sehe Dane vor mir stehen.

Ich blicke ihn durchdringend an, dann setze ich einen hochkonzentrierten Gesichtsausdruck auf und widme meine Aufmerksamkeit wieder meinem Laptop. »Ich bin beschäftigt.«

»Das wirst du gleich sein«, sagt er geheimnisvoll. »Gehen wir.«

Meine Schultern verspannen sich und ich spüre, wie der Ärger in mir hochsteigt. »Wie bitte?«

»Gehen wir«, weist er mich mit einem arroganten Lächeln auf dem Gesicht an. »Ich bin dein Chef und ich befehle dir, deinen Arsch von diesem Stuhl zu bewegen und mit mir zu kommen.«

»Wohin gehen wir?«, frage ich skeptisch.

»Raus aus dem Büro«, antwortet er glatt und bedeutet mir mit einer Handbewegung, dass ich durch die Tür hindurchtreten soll, die er offenhält. »Du vergräbst dich nun schon seit zwei Monaten in Forschungsberichten. Damit ist jetzt Schluss. Ich muss einige geschäftliche Dinge mit dir besprechen und ich will es an einem anderen Ort tun. Auf diese Weise kann ich sichergehen, dass ich deine ungeteilte Aufmerksamkeit bekomme.«

Ich rolle mit den Augen. »Nicht jetzt. Ich bin gerade mitten in einer —«

»Sofort!«, schnauzt er. Dieser Dane Hawthorne, der mich so eiskalt herumkommandiert, ist nicht mein bester Freund. Er ist nicht der Mann, den ich seit beinahe zwei Jahrzehnten kenne und der immer hinter mir steht, und er ist ganz sicher nicht der Mann, dessen Frau ich gemeinsam mit ihm vernascht habe.

»Dane«, sage ich eindringlich, denn ich weiß sehr genau, dass er sich mit mir nicht übers Geschäft unterhalten will.

Er will über »mich« sprechen und darüber, wie es mir geht.

»Sofort«, knurrt er. »Oder ich werde dich feuern, so wahr mir Gott helfe!«

»Das wirst du nicht«, behaupte ich selbstbewusst.

»Das werde ich«, entgegnet er stur. »Aber wenn du mir das nicht glaubst, dann glaub mir wenigstens, dass ich mir große Sorgen um dich mache, und wenn du mir nicht die Möglichkeit gibst, mich davon zu überzeugen, dass es dir gut geht, macht dich das zu einem ziemlich schlechten Freund.«

Arschloch.

»Gut«, murmele ich, klappe meinen Laptop zu und erhebe mich mit einem geschlagenen Seufzer von meinem Stuhl.

Wortlos folge ich Dane aus meinem Büro. Ich halte kurz an, um meiner Sekretärin mitzuteilen, dass ich in einigen Minuten wieder zurück sein werde, aber Dane sagt ihr, dass es länger dauern wird, und bittet sie, sämtliche Termine abzusagen, die ich heute noch habe. Obwohl sie meine Sekretärin ist, weiß sie dennoch, von wem sie am Ende des Monats ihren Lohn erhält, und sagt: »Selbstverständlich, Mr. Hawthorne. Ich kümmere mich darum.«

Ich beiße die Zähne fest aufeinander und sage nichts, doch innerlich weiß ich selbst, dass wir dieses Gespräch miteinander führen müssen. Die Geduld, die Dane und Avril mit mir haben, ist nicht unendlich. Nach zwei langen Monaten, in denen ich mich vollkommen zurückgezogen habe, denke ich, dass sie das Recht haben, mich zur Rede zu stellen.

Avril hat das ganz sicher versucht. Sie ist nicht so durchsetzungsstark wie Dane, aber sie hat mich zum Mittagessen eingeladen oder gefragt, ob ich nach der Arbeit etwas mit ihr trinken möchte, und ich habe mir jedes Mal eine andere Ausrede einfallen lassen, um ihr aus dem Weg zu gehen. Sie macht sich furchtbare Sorgen, das weiß ich, und ich habe deswegen auch ein ziemlich schlechtes Gewissen.

Dane ist offensichtlich ebenfalls besorgt, aber er ist ein Mann und hat ein sehr viel dickeres Fell als die zarte Avril. Er kann meine mürrische Laune und die Abwesenheit meiner Freundschaft eine Weile ertragen.

Dane geht schnellen Schrittes voran und zwischen uns herrscht kein fröhliches Geplänkel, wie es sonst der Fall wäre. Ich folge ihm aus dem Caterva-Gebäude heraus und bin leicht überrascht, dass wir nicht seinen Wagen nehmen. Ohne Fragen zu stellen, gehe ich hinter ihm her und achte nicht wirklich darauf, wohin er mich führt, aber ich erwarte, dass wir zu einem der teuren Restaurants in der Umgebung gehen werden, wo er einen Tisch in einem abgeschiedenen Bereich, abseits von neugierigen Blicken, fordern wird, an dem er mir wegen meiner »Laune« in den letzten paar Wochen ungestört auf den Zahn fühlen kann.

Stattdessen hält er jedoch nur wenige Blocks später vor einem vierzigstöckigen Gebäude an, in dessen Obergeschoss sich das Wicked Horse befindet.

Mir fällt vor Erstaunen die Kinnlade herunter, als er sich umdreht und mich anblickt. »Wir gehen rein. Ich werde im Apartment zu Mittag essen und mir danach einen netten Drink gönnen. Du wirst deine Hoden mal so richtig entleeren und wir werden nicht eher gehen, bis Brynne Adams für dich nichts weiter als eine flüchtige Erinnerung ist. Und wenn du das Gefühl hast, dass du deine Munition vollständig verschossen hast, werde ich noch einen weiteren Drink zu mir nehmen, vielleicht eine Runde Poker spielen, und du wirst dich ein weiteres Mal vergnügen. Haben wir uns verstanden?«

Ich bekomme Hitzewallungen – nicht von dem Gedanken, in einem Sex-Club zu vögeln, sondern vor Wut. »Bist du vollkommen verrückt geworden, Dane?«

»Nein, du aber«, antwortet er spöttisch und beugt sich zu mir. »Es ist mehr als deutlich, dass du nichts, aber auch rein gar nichts unternehmen wirst, um Brynne zurückzubekommen, und auch nichts tun wirst, um über sie hinwegzukommen, also erlaube ich es mir als dein bester Freund – und zukünftiger Trauzeuge bei einer Hochzeit, die du eines Tages erleben wirst –, dich aus dieser misslichen Lage zu befreien. Du willst weder mit mir noch mit Avril sprechen und ich bin es leid, dass meine Frau weint, weil sie sich Sorgen um dich macht. Also werde ich mit absoluter Sicherheit dafür sorgen, dass du – bevor du heute Abend schlafen gehst – die unumstößliche Entscheidung treffen wirst, ab jetzt nach vorn zu blicken und Brynne mitsamt all ihrer Probleme in der Vergangenheit zu lassen. Du verdienst etwas Besseres als sie.«

Eine weitere Hitzewelle überrollt mich. Ich beuge mich nach vorn, gehe zwei Schritte und dränge ihn gegen die Seitenwand des Gebäudes. »Es gibt niemanden, der besser für mich ist als Brynne, du Arschloch.«

»Warum zum Teufel bläst du dann Trübsal und unternimmst deswegen nichts?«, fragt er ruhig und das nimmt mir sofort den Wind aus den Segeln.

Ich atme hörbar frustriert aus, sacke ein wenig in mich zusammen und lehne mich mit dem Rücken neben ihn an die Wand. »Weil ... ich mir nicht sicher bin, ob es wirklich stimmt. Ob Brynne wirklich die Beste für mich ist.«

»Endlich fängst du an zu reden«, sagt er und strahlt mich erleichtert an. »Ich werde einmal vermuten, dass das Wicked Horse für dich nicht von Interesse ist. Da du scheinbar willens bist, mir dein Herz auszuschütten, lass uns doch einfach Mittagessen gehen.«

»Du bist so ein Arschloch«, murmele ich, aber innerlich bin ich tatsächlich froh, dass Dane mich dazu zwingt, mich diesem Problem zu stellen. »Aber ja, gehen wir etwas essen und reden wir darüber.«

Wir entscheiden uns für eins unserer bevorzugten italienischen Restaurants, das nur wenige Häuserblocks zurück in Richtung Caterva liegt, und Dane bestellt eine Flasche Wein, um sicherzugehen, dass ich nicht wieder in Schweigen verfalle.

Nachdem wir einen kleinen Laib knuspriges Brot geteilt haben, um es in Olivenöl zu tunken, breche ich das Schweigen und stelle die erste Frage. »Avril hat meinetwegen geweint?«

»Sie hat wegen dieser ganzen Sache schreckliche Schuldgefühle«, sagt Dane. Das habe ich nicht erwartet und es macht mich sehr traurig.

»Aber warum?«

»Weil sie denkt, dass sie dich dahingehend

beeinflusst hat, Brynne nichts von uns zu erzählen«, antwortet er und dreht sein Stück Brot in dem Öl herum.

Dem kann ich eigentlich nichts entgegensetzen, trotzdem streite ich es ab. »Am Ende habe ich diese Entscheidung getroffen. Davon einmal abgesehen, würde ich mich immer noch in der gleichen Situation befinden, wenn ich ihr von Anfang an die Wahrheit gesagt hätte.«

Dane wedelt mit seinem Brot herum. »Das ist doch nebensächlich. Viel wichtiger ist, was du jetzt deswegen unternehmen wirst.«

»Ich bin mir nicht sicher, ob ich überhaupt etwas tun sollte«, sage ich düster, ignoriere das Brot und nehme stattdessen einen großen Schluck von meinem Wein. »Ich fühle mich zwar schrecklich, weil ich Brynne so verletzt habe, aber ich bin ebenfalls etwas sauer auf sie.«

»Weil sie so engstirnig ist?«, vermutet er.

»Und voreingenommen«, füge ich hinzu. »Ich bin sauer, weil sie mich dazu gebracht hat, mich für etwas zu schämen, von dem ich der Meinung bin, dass ich mich dafür nicht schämen sollte. Ich will nicht, dass das, was wir hatten – was wir gemeinsam als *vernünftige, einwilligende Erwachsene* getan haben –, wie ein schmutziges Geheimnis wirkt.«

Dane sagt mir nicht, dass er meiner Meinung ist, weil er das nicht muss. Ich weiß, wie er über das Thema denkt. Stattdessen widmet er sich sogleich der Problemlösung. »Was, wenn Brynne weiß, dass sie mit alledem falschliegt?«

»Warum denkst du das?«, frage ich interessiert, weil das der einzige Weg ist, auf dem die Dinge zwischen uns jemals funktionieren könnten.

Wenn Brynne wirklich kein Problem damit hätte, diesen Teil meiner Vergangenheit zu kennen, und ihn akzeptieren würde.

»Ich denke das nicht«, sagt er schulterzuckend. »Was weiß ich, vielleicht betet sie sogar jeden Abend, um dich vor der ewigen Verdammnis zu bewahren oder so etwas.«

»Großartig, ich fühle mich gleich schon sehr viel besser.«

»Gut, aber warum hat sie dir dann nicht die Unterlagen zukommen lassen, damit eure Ehe annulliert werden kann?«, will er wissen. »Avril hat gesagt, dass du sie ihr zugeschickt hättest. Es sind beinahe zwei Monate vergangen und sie hat sie dir noch nicht zurückgeschickt. Was um alles in der Welt sagt dir das?«

»Dass der Brief in der Post verloren gegangen ist?«, antworte ich tonlos, auch wenn ich zugeben muss, dass ich mich tatsächlich gefragt habe, warum sie die Annullierung nicht beschleunigt hat. Ich denke, ich habe dahingehend nichts unternommen, weil ich mich an den letzten Strohhalm geklammert habe, dass es mit uns vielleicht doch noch funktionieren könnte.

Dane ignoriert meine letzte Aussage. »Ich sage ja nur, dass die Möglichkeit besteht, sie könnte das, was sie getan und gesagt hat, bereuen, aber du wirst die

Wahrheit nie herausfinden, wenn du weiterhin nur auf deinem Hintern sitzt und nichts tust. Deswegen musst du den ersten Schritt machen und mit ihr darüber reden.«

Noch bevor er den Satz zu Ende sprechen kann, schüttele ich bereits abwehrend den Kopf. »Ich habe es probiert. Nachdem sie mich verlassen hatte, habe ich zwei Wochen lang unaufhörlich versucht, sie dazu zu bringen, mit mir zu sprechen. Sie hat nicht geantwortet. Sie hat mich vollkommen links liegen lassen.«

»Und daran kannst du vermutlich erkennen, wie sehr du sie verletzt hast«, gibt Dane mir zu bedenken. »Aber Kumpel ... das ist zwei Monate her. In dieser Zeit kann sich jede Menge ändern. Ich bin der Meinung, du solltest es zumindest noch ein letztes Mal versuchen.«

Wieder schüttele ich den Kopf. »Ich bin mir einfach nicht sicher.«

»Blödsinn«, rügt er mich. »Du bist ein Feigling.«

»Nein«, korrigiere ich ihn und spreche mit ihm wie mit einem Fünfjährigen. »Ich bin stur und halte noch immer an der Wut fest, die ich für sie empfinde. Weil sie mich dazu gebracht hat, mich wie ein Stück Dreck zu fühlen, wegen dem, was wir drei getan haben. Und selbst wenn ich ihr hinterherlaufen und einen Versuch starten würde, diese Beziehung zu retten, würde ich mich fühlen, als ob ich dich und Avril enttäusche.«

Dane blickt mich einen Moment lang ausdruckslos an, dann legt er den Kopf in den Nacken und beginnt, hysterisch zu lachen. Alle Gäste im Restaurant werden plötzlich ganz still und schauen in unsere Richtung, was mich dazu bringt, auf meinem Stuhl tiefer nach unten zu rutschen.

»Mann ... hör mit diesem verrückten Lachen auf. Das ist peinlich.«

»Du bist peinlich«, erwidert er, während er immer noch gluckst. »Glaubst du nicht, dass Avril und ich uns mit dem gleichen Mist befassen mussten, als wir festgestellt haben, dass wir ineinander verliebt sind?«

Ich ziehe die Augenbrauen zusammen. Ich bin völlig perplex.

Mit einem klugen Lächeln beugt Dane sich über den Tisch. Er spricht leise, aber seine Stimme ist voller Weisheit. »Avril hatte Schuldgefühle, weil sie mit dir intim war. Auch ich habe mich deswegen schuldig gefühlt. Wir hatten einen riesigen Haufen Gefühlsscheiß zu verarbeiten und haben dabei sehr viele Dinge angezweifelt. Zum Beispiel, ob unsere Freundschaft wirklich echt war ... und was es über mich als Mann sagt, dass ich dich die Frau habe vögeln lassen, die ich liebe. Und Avril hat sich geschämt, weil sie dachte, sie hätte dich vielleicht verführt oder sogar dein Herz gebrochen –«

»Das hat sie nicht«, unterbreche ich ihn. »Sie weiß das. Wir haben darüber gesprochen.«

»Ganz genau«, sagt Dane und legt den Kopf schief. »Ihr habt euch über diese Dinge unterhalten. Ihr beide habt eure Emotionen verarbeitet und jetzt fühlt ihr euch beide vollkommen sicher mit dem, was passiert ist. Avril und ich mussten miteinander das Gleiche tun. Wir mussten miteinander über diese Empfindungen sprechen. Es war der einzige Weg, um Frieden mit dem zu finden, was wir getan haben.«

»Aber du und ich haben das nie getan«, stelle ich fest, denn jetzt bin ich wirklich neugierig, wie er sich wegen der Dinge fühlt, die passiert sind. Ich bin einfach davon ausgegangen, dass zwischen uns alles in Ordnung sei.

Dane grinst. »Kumpel ... ich bin selbstbewusst genug, um zu wissen, wie meine Frau für mich empfindet, und habe deswegen, was dich angeht, keinerlei Schuld- oder Eifersuchtsgefühle. Ich werde die Zeit, die wir gemeinsam verbracht haben, niemals vergessen. Es war einfach total scharf und ich weiß, dass du Avril Lust bereitet hast. Ich will nur, dass sie glücklich und zufrieden ist, und während dieser Zeit war sie es.«

»Na, sieh mal an, wenn du nicht der Typ mit dem unerschütterlichen Selbstbewusstsein bist«, murmele ich.

»Das bist du doch auch«, entgegnet er leise, trotzdem haben seine Worte eine Wirkung auf mich.

Ich blinzele überrascht. »Was?«

»Du bist nicht die Art von Mann, der herumsitzt und sich von seinen Zweifeln auffressen lässt. Sicher, du hast vielleicht zugelassen, dass Brynnes Reaktion dir ein wenig das Hirn vernebelt, aber ganz ehrlich, Drew ... sieh mir in die Augen und sag mir, dass du ernsthaft glaubst, was wir mit Avril getan haben, war falsch.«

Ich muss nicht einmal darüber nachdenken. Die Antwort kommt wie aus der Pistole geschossen. »Nein. Es war nicht falsch. Während dieser Zeit in unserem Leben war es eigentlich sehr richtig.«

»Gut ... lass mich dir eine weitere Frage stellen.«

»Und die wäre?«

»Warum hast du dich in Brynne verliebt?«, will er wissen.

Wieder muss ich nicht darüber nachdenken. »Weil mich alles an ihr angezogen hat. Ab dem Moment, in dem sie in meinen Wagen gestiegen ist, wusste ich, dass sie eine abenteuerlustige Frau ist. Bis wir zum ersten Mal miteinander geschlafen haben, habe ich zuvor noch nie solche Perfektion im Bett erlebt. Und als sie jeden Grund hatte, vor der Möglichkeit zurückzuschrecken, mit mir zusammen zu sein, hat sie an mich geglaubt, und das hat mich dazu gebracht zu denken, dass das mit uns etwas Ernstes ist.«

»Ich würde sagen, dass das zwischen euch sogar sehr ernst ist und dass du es mit ein klein wenig Mühe wieder hinbiegen kannst. Ich weiß, dass du sie für voreingenommen hältst, aber ich denke, sie war einfach nur so schockiert, dass sie auf die einzige Weise reagieren konnte, die ihr bekannt war. Ich wette, sie empfindet deswegen nicht mehr das Gleiche.«

»Das kannst du gar nicht wissen«, sage ich mit einem schiefen Lächeln und bin bereit, diese gesamte

Diskussion von vorn anzufangen, weil ich nicht überzeugt bin.

»Meinst du etwa, so wie ich gar nicht wissen konnte, dass wir dazu in der Lage wären, eine Maschine zu bauen, die Blutuntersuchungen weltweit revolutionieren würde?«

Ich klappe meinen Mund zu.

Dagegen kann ich wohl kaum ein Argument vorbringen.

KAPITEL 22

Brynne

»ICH BIN HIER, um mit Avril Hawthorne zu sprechen«, sage ich zu der Rezeptionistin von Caterva. Ich presse meine Hände fest ineinander, damit sie nicht zittern.

Die Frau schenkt mir ein Lächeln, das weder warm noch kühl ist, sondern eigentlich eher entgegenkommend. »Haben Sie einen Termin?«

»Nein«, antworte ich nervös.

»Es tut mir leid«, sagt sie freundlich. »Aber um mit Mrs. Hawthorne zu sprechen, brauchen Sie einen Termin. Sie ist eine sehr beschäftigte Frau. Wenn Sie möchten, kann ich ihren Kalender aufrufen und sehen, wann ich Sie dazwischenschieben kann.«

Ich lehne das Angebot ab und wende ihr den Rücken zu. Ich werde mich von dieser Absage nicht abschrecken lassen, will die arme Rezeptionistin aber trotzdem nicht in meine Probleme hineinziehen.

Ich nehme mein Telefon aus der Handtasche, suche

Avrils Namen in meinen Kontakten und rufe sie an. Sie antwortet nach dem dritten Klingeln und die Überraschung in ihrer Stimme ist für mich gar nicht so überraschend. »Brynne? Bist du das?«

»Hey«, melde ich mich leise, damit die Rezeptionistin mich nicht hören kann. »Hör zu … ich bin in der Eingangshalle. Ich weiß, es ist wirklich scheiße, einfach so aufzukreuzen, aber –«

»Ich bin sofort da«, antwortet sie und legt auf.

Ich drehe mich wieder zu der Rezeptionistin um, die mich erwartungsvoll ansieht.

»Äh … ich habe gerade Mrs. Hawthorne angerufen«, erkläre ich mit heißem Gesicht. »Sie ist auf dem Weg.«

Die Rezeptionistin wird blass. »Es tut mir leid. Ich wusste nicht, dass Sie eine persönliche Freundin sind. Hätte ich es gewusst, so hätte ich in ihrem Büro angerufen –«

»Das bin ich nicht«, entgegne ich schuldbewusst. »Ich … es ist nur … also, wir sind miteinander bekannt.«

Verwirrt runzelt die Rezeptionistin die Stirn, aber ich werde von weiteren Peinlichkeiten verschont, als sich eine Tür öffnet und Avril hindurch schreitet.

Sie sieht so hübsch aus wie immer, aber trotzdem ganz anders im Vergleich zum letzten Mal, als ich sie in einem lässigen T-Shirt und abgeschnittener kurzer Hose gesehen habe. Sie trägt ein klassisches, marineblaues Kostüm, das ihren Körper perfekt umschmeichelt. Ich kann beinahe schon garantieren, dass sie sich das Kostüm hat maßschneidern lassen. Ihr Haar ist zu einem Chignon-Knoten zusammengebunden und sie sieht tatsächlich aus wie die Geschäftsführerin eines Unternehmens.

Avril kommt zu mir, nimmt mich am Arm und führt mich auf die andere Seite der Eingangshalle, so weit von der Rezeptionistin entfernt wie nur möglich. »Andrew ist nicht hier«, teilt sie mir in barschem Ton mit, der alles andere als einladend klingt.

»Ich bin hierhergekommen, um mit dir zu sprechen, nicht mit Andrew«, antworte ich und streiche mir einige Haarsträhnen hinter das Ohr. Eine vollkommen nervöse Geste.

Avril richtet sich auf. »Nun, ich denke nicht, dass ich etwas damit zu tun haben sollte – worum auch immer es sich handelt ...«

Ich hebe die Hand, um sie zu unterbrechen, und beginne mit einer Entschuldigung. »Es tut mir leid. Es war nicht meine Absicht, dich in irgendetwas hineinzuziehen. Ich bin hierhergekommen, um mit Andrew zu sprechen, aber ich habe stundenlang auf dem Parkplatz gesessen und versucht, den Mut aufzubringen, das Gebäude zu betreten. Aber ich habe schreckliche Angst und nun ja ... ich dachte, ich könnte vielleicht kurz mit dir sprechen, um herauszufinden, wie schlimm ich die Dinge mit ihm vermasselt habe.«

Sie blickt mich beinahe schon hochmütig, aber definitiv mit gesteigertem Interesse an. Schließlich sagt sie: »Gehen wir in mein Büro.«

Ich wiederspreche nicht, denn ich bin dankbar, dass sie sich überhaupt die Zeit nimmt. Sie ist eine sehr wichtige Frau, die sehr viel mehr Dinge im Kopf hat, als mich von meiner Schuld zu erleichtern oder mir dabei zu helfen, mein Selbstbewusstsein wiederaufzubauen.

Nachdem ich auf einem der Gästestühle vor ihrem Schreibtisch Platz genommen und ihr Angebot, mir einen Kaffee oder Tee zu bringen, abgelehnt habe, setzt sie sich auf ihren Stuhl und schlägt die Beine übereinander.

»Es tut mir leid, dass ich auf deine zahlreichen Kontaktversuche nie reagiert habe«, beginne ich und entscheide mich, ehrlich zu sein und ihr das mitzuteilen, was ich tatsächlich in meinem Herzen empfinde.

Es stimmt sie nicht im Geringsten milder und ihre Stimme ist eisig, als sie antwortet: »Ich bin mir bewusst, dass du nicht die höchste Meinung von mir hast, deswegen überrascht es mich nicht.«

»Das stimmt nicht«, beeile ich mich, ihr zu versichern, aber sie zieht lediglich ihre Augenbrauen hoch und bringt mich so zum Schweigen. »Gut … ich habe am Anfang schlimme Dinge gedacht, aber das hat nicht lange angehalten. Ich war nicht böse auf das, was du … äh … also, ich will damit sagen, dass ich nicht wegen der Entscheidungen wütend war, die ihr drei getroffen habt. Ich meine, was die Leute in ihrem Privatleben tun —«

»Hören wir doch auf, um den heißen Brei herumzureden, Brynne«, sagt Avril, nachdem sie sich nach vorn gebeugt und ihre Hände übereinander auf den Schreibtisch gelegt hat. Ihr Ton ist scharf und professionell. »Ich hatte eine einvernehmliche, sexuelle Beziehung mit Dane und Andrew. Manchmal haben wir drei uns gemeinsam ein Bett geteilt. Andere Male habe ich mit nur einem von ihnen Zeit verbracht. Es zählt jedoch nur, dass es mir egal ist, wie du über mich persönlich denkst. Ich stehe selbstbewusst zu meinen Entscheidungen und bereue rein gar nichts. Überspringen wir also einfach diesen Teil, damit du mir sagen kannst, was du hier willst.«

Ich muss sagen, dass mich noch niemals jemand schärfer zurechtgewiesen hat, und obwohl ich vollkommen eingeschüchtert bin, weil ich über diese Dinge sprechen muss, nehme ich ihre Bedingungen trotzdem dankbar an. »Gut. Danke, dass du das gesagt hast. Und danke, dass du dir Zeit für mich nimmst, denn ich bin mir bewusst, dass ich es nicht verdiene.«

Meine Worte rufen bei ihr lediglich ein schmallippiges, gezwungenes Lächeln hervor.

»Ich muss mich bei dir, Dane und Andrew entschuldigen. Da du es bist, mit der ich nun hier sitze, fange ich mit dir an. Ich hatte kein Recht, über das zu urteilen, was ihr drei miteinander tut. Ich habe meine Meinung von meinen eigenen Erfahrungen beeinflussen lassen und es tut mir leid, wenn ich dich verärgert habe.«

»Das hast du nicht«, sagt sie immer noch distanziert, aber ich bin dankbar, dass ihre Stimme ein klein wenig wärmer zu sein scheint. »Ich sorge mich einzig und allein um Andrew, und das war auch der einzige Grund, warum ich versucht habe, dich zu kontaktieren.«

»Ich weiß«, antworte ich leise, und vor lauter Schuld- und Schamgefühlen presse ich meine Hände im Schoß fest zusammen. »Und es tut mir leid, dass ich nicht einmal die Höflichkeit besessen habe, dir überhaupt zu antworten.« Ich hebe den Kopf und blicke sie durchdringend an. »Ich habe eine Weile gebraucht, um das alles in meinem Kopf zu verarbeiten. Und bitte glaube mir ... es war wirklich nur alles in meinem Kopf. Mein Herz hat stets Andrew gehört. Das tut es noch immer, wenn er es noch haben will, aber ich war wegen des Videos, das ich gesehen habe, wirklich – und das sage ich, weil mir kein besseres Wort einfällt – vollkommen verstört.«

Trotz Avrils starker Worte darüber, wie sie bedingungslos zu ihrem vergangenen Lebensstil mit ihren beiden besten Freunden steht, färben sich ihre Wangen ein klein wenig rosa, als ich sie daran erinnere, dass ich sie dabei gesehen habe, wie sie von zwei Männern gleichzeitig genommen wurde. »Angesichts dessen, was du wegen Jesse und Tara durchgemacht hast, kann ich mir vorstellen, dass es nicht einfach war zu akzeptieren, dass Andrew selbst seine Erfahrungen mit Dreiern gemacht hat.«

Ich klopfe mir mit einem Finger an die Schläfe. »Hier oben war es nicht einfach. Der Schmerz in meinem Herzen hatte nichts mit dem zu tun, was auf körperlicher Ebene passiert ist. Ich fand es schlimm, dass er es mir nicht gesagt hat, denn für mich war das der Betrug.«

»Das weiß er«, sagt Avril und dieses Mal wird ihre Stimme ganz weich, als sie erneut zu Andrews Heldin wird. »Und es tut ihm so schrecklich leid.«

Ich hebe meine Hand. »Das weiß ich. Und ich glaube es. Du musst es mir nicht stellvertretend für ihn sagen.«

»Dann wirst du also mit ihm reden?«, fragt sie zögernd.

»Wenn er mit mir reden will«, weiche ich aus, in der Hoffnung, dass sie mir Auskunft darüber geben wird, wie es ihm ergangen ist.

Avril weiß, worauf ich aus bin. Ich kann es an ihrem Gesichtsausdruck erkennen. Sie hat allen Grund, mich etwas zappeln zu lassen, weil ich ihrem besten Freund wehgetan habe, aber sie tut es nicht. »Er liebt dich. Er vermisst dich. Du hast ihn sehr verletzt, aber Andrew ist liebevoll und nicht nachtragend. Ich denke, wo du ihn wirklich hart getroffen hast und worauf du dich konzentrieren solltest, ist –«

»Sag es nicht«, entfährt es mir. Abwehrend strecke ich ihr beide Hände mit den Handflächen entgegen, um ihre Worte abzuwehren. »Sag mir nicht, was ich tun muss oder ihm sagen soll. Ich muss das alleine herausfinden. Ich meine ... ich glaube, ich weiß es bereits. Ich glaube, dass ich sehr genau weiß, wie ich Andrew verletzt habe, und ich muss es ganz alleine in Ordnung bringen. Ich wollte eigentlich nur von dir wissen, ob er mich bereits vollständig abgeschrieben hat oder ob ich eventuell noch eine Chance bei ihm habe.«

In Avrils Augen blitzen Belustigung und ein klein wenig Respekt auf. »Er hat dich nicht abgeschrieben.«

Erleichtert seufze ich laut auf und löse endlich den tödlichen Griff meiner beiden Hände. »Gott sei Dank!«

»Es könnte aber sein, dass du um Gnade winseln musst«, sagt sie.

»Kein Problem«, versichere ich ihr.

»Und du solltest dir vielleicht ein Zimmer in einem Hotel nehmen, zuerst ein wenig schlafen und eventuell dein Haar ein wenig kämmen«, schlägt sie vor und betrachtet mich mit leicht gerümpfter Nase.

Ich grinse. »Tut mir leid. Aber ich habe in der letzten Nacht kein Auge zugetan. Ich war zu nervös.«

»Es braucht dir nicht leidzutun«, sagt sie freundlich. »Ich bin mir sicher, dass alles gut wird.«

»Soll ich ihn einfach anrufen oder ihm eine Nachricht schreiben, um ihm zu sagen, dass ich in der Stadt bin?«, frage ich.

Sie zuckt mit den Schultern. »Er isst gerade mit Dane zu Mittag. Mein Mann war es leid, ihm dabei zuzusehen, wie er in Selbstmitleid versinkt, also hat er ihn vor etwa einer Stunde aus dem Büro gezerrt.«

»Oh«, sage ich nachdenklich und frage mich, was das tatsächlich bedeutet. Versinkt Andrew in Selbstmitleid, weil er mich liebt und glaubt, ich erwidere diese Liebe nicht, oder weil ich ihm unfassbar wehgetan habe?

»Dane ist mit ihm zum Wicked Horse gegangen«, bemerkt Avril locker.

Mein gesamter Körper zuckt zusammen, als ich die Bedeutung ihrer Worte erfasse, und ich kreische beinahe schon: »Was?«

Sie zuckt mit den Schultern. »Entspann dich. Ich bezweifele, dass Andrew hineingegangen ist. Das war lediglich Danes Versuch, ihn aus seiner depressiven Stimmung herauszuholen. Er dachte, er könnte ihn mit einem Nachmittag lockerer, ungezwungener sexueller Aktivitäten dazu zwingen, dich aus dem Kopf zu bekommen.«

Meine Gedanken fangen an zu rasen, um das zu verarbeiten, was sie soeben gesagt hat.

Diese Menschen sind verrückt, sie verhalten sich, als ob es keine große Sache wäre, einen Sex-Club zu besuchen.

Dane ist ein Freund der seltsamsten Sorte.

Es könnte sein, dass Avril mich nur verarscht.

Es besteht die Möglichkeit, dass Andrew in diesem Moment Sex mit jemand anderem hat.

Aber … nein!

Avril hat gesagt, dass Andrew mich liebt. Ganz egal, wie verlockend der Club für ihn ist, wenn er mich wirklich liebt, würde er dort nicht hineingehen.

Ich entspanne meine Gesichtszüge, räuspere mich und lächele Avril selbstbewusst an. »Andrew kann mir alles über seinen Nachmittag mit Dane erzählen, wenn ich ihn später treffe.«

Scheinbar beeindruckt von meiner Antwort verzieht sich ihr Mund zu einem schelmischen Grinsen. »Weißt du ... ich glaube wirklich daran, dass ihr beide ein langes und glückliches Leben miteinander haben werdet.«

»Ich denke, damit könntest du recht haben«, stimme ich zu und grinse zurück. »Ich muss Andrew bloß davon überzeugen, mir noch eine Chance zu geben, aber das liegt in meiner Hand.«

Und ich bin mir ziemlich sicher, dass ich das hinbekommen werde.

KAPITEL 23

Andrew

DIE VORBEREITUNGSSPIELE FÜR die kommende Football-Saison sind wirklich todlangweilig, aber sie sind immer noch besser, als überhaupt kein Football zu schauen. Ich versuche, mich auf ein extrem schlechtes Spiel zu konzentrieren, bei dem sämtliche drittrangige Spieler versuchen, einen Punkt zu erzielen.

Nachdem ich mein Bier ausgetrunken habe, erhebe ich mich schwerfällig vom Sofa und begebe mich in die Küche, um mir ein neues Getränk zu holen. Seit meinem heutigen Mittagessen mit Dane habe ich endlich damit aufgehört, ständig an Brynne zu denken. Es war einfach großartig.

Es bedeutet zwar nicht, dass ich gar nicht an sie denke und alles ernst nehme, was Dane gesagt hat, aber zum ersten Mal seit langer Zeit scheint sich mein Gehirn etwas beruhigt zu haben.

Oder ist es mein Herz, das sich beruhigt hat?

Ich bin mir nicht sicher, aber es dreht sich alles um

Hoffnung.

Bevor Dane mich aus meinem selbst auferlegten Exil im Land der gebrochenen Herzen befreit hat, war meine Besessenheit mit Brynne so ausgelegt, dass ich gar kein Interesse hatte, aus besagtem Exil überhaupt einen Weg herauszufinden. Ich habe nur vor mich hin gebrütet und die Dinge, die falsch gelaufen sind, immer und immer wieder in meinem Kopf durchgespielt. Ich habe nicht zugelassen zu glauben, dass ich irgendetwas tun könnte, um diese Sache wieder geradezurücken.

Dane hat mir das heute zurückgegeben, auch wenn ich mir nicht sicher bin, dass ich jetzt schon irgendetwas dahingehend unternehmen werde. Die einzige Sache, bei der er mir nicht hat helfen können, war meine Wut auf Brynne, weil sie mich dazu gebracht hat, meine Gefühle anzuzweifeln.

Nicht meine Gefühle für sie, sondern für Avril und Dane.

Ich versuche, ihr zu vergeben – zu akzeptieren, dass Brynne diese Dinge gesagt hat, weil sie schockiert war und sich betrogen gefühlt hat, und dass die Worte, die sie benutzt hat, vielleicht nicht so gemeint waren.

Zum Beispiel, als sie mich einen Freak genannt hat.

Das hat wirklich wehgetan und war die Quelle meiner Unsicherheiten. Und wie ich Dane bereits gesagt habe, wenn ich in irgendeiner Form Verständnis für Brynnes Verhalten aufbringen und es einfach vergeben könnte, würde ich das Gefühl haben, die beiden zu enttäuschen, auch wenn er mir gesagt hat, dass dem nicht so wäre.

Die Situation ist immer noch sehr verfahren, aber ich besitze jetzt wenigstens mehr Klarheit.

Ich habe Hoffnung.

Ich muss nur herausfinden, was ich damit anstellen soll.

Das Klopfen an meiner Tür kommt nicht überraschend und ich gehe an der Küche vorbei, um sie zu öffnen. Ich stelle meine leere Bierflasche auf dem Tisch im Flur ab und ziehe mein Portemonnaie aus der Gesäßtasche meiner Hose.

Als ich die Tür öffne, erwarte ich einen Lieferanten, der mir mein chinesisches Essen bringt, doch stattdessen steht dort Brynne. Ich vergesse sofort das Portemonnaie und bewege meine Arme vor meinen Körper, muss mich jedoch zurückhalten, um sie nicht zu umarmen. Sie steht dort einfach nur und die Unsicherheit ist auf ihrem Gesicht deutlich abzulesen.

Sie sieht fantastisch aus, aber warum sollte sie das nicht tun? Sie ist immer noch die schönste Frau auf der Welt und wird es auch immer sein. Obwohl mein Kopf und mein Herz in Bezug auf sie immer noch einige Unstimmigkeiten haben, hat mein Körper keins dieser Probleme. In meinem Schritt zieht sich alles zusammen und mein Blut fängt an, mir durch die Adern zu rauschen.

»Hey«, sagt sie leise und richtet den Träger ihrer

Handtasche, die sie sich über die Schulter gehängt hat.

»Hey«, antworte ich … dümmlich.

Und ich starre sie einfach nur an.

Sie tut es mir gleich, scheint dann aber aufzuschrecken. Sie fängt an, in ihrer Handtasche herumzukramen, und sagt: »Ich habe dir etwas mitgebracht.«

Ich spüre einen Stich in der Brust, als ich den Umschlag sehe, den ich ihr mit der Bitte um Unterschrift vor etwa sechs Wochen zugeschickt habe und der die endgültigen Unterlagen enthält, die für die Annullierung benötigt werden. Sie streckt ihn mir entgegen und ich würde ihr gern die Tür vor der Nase zuknallen, um die vollständig unterschriebenen Dokumente abzulehnen, die das Ende unserer Ehe bedeuten.

Weil ich nicht weiß, wie ich reagieren soll, blicke ich von ihr zu dem Umschlag und dann wieder zu ihrem Gesicht. Es ist teilnahmslos und ich kann an ihm rein gar nichts erkennen.

Brynne tritt einen Schritt nach vorn und wedelt mit dem Umschlag vor mir herum. »Nimm schon!«

Ich gehorche widerwillig und nicke grimmig. »Danke. Ich reiche sie gleich morgen ein.«

Ihr Mund verzieht sich zu einem kleinen, dankbaren Lächeln und mir wird klar, dass Dane vollkommen falschgelegen haben muss. Es gibt keine Hoffnung mehr.

Brynnes Lächeln wird nur noch breiter. »Das wirst du nicht tun können.«

Das schockiert mich und ich öffne den Mund, um zu fragen warum, doch in dem Moment öffnen sich die Aufzugstüren und der Essenslieferant tritt heraus. Er blickt auf einen Zettel in der Hand, zu der Wohnungsnummer, die in Messingzahlen neben meiner Tür hängt, und dann zu mir. »Mr. Collings?«

»Ja«, murmele ich, ziehe hastig das vergessene Portemonnaie heraus und öffne es. Brynne tritt zur Seite, um ihm Platz zu machen, und ich nehme einige Scheine heraus. Wir führen den Tausch durch – Essen gegen Geld – und ich sage zu ihm: »Der Rest ist für Sie.«

»Vielen Dank«, antwortet er, während er Brynne und mich beäugt. Ich denke, dass er die Unbehaglichkeit bemerkt hat, die in der Luft hängt. Er nickt mir zu und betritt wieder den Aufzug.

Mein Blick wandert zu Brynne, während ich die braune Papiertüte hochhalte, in der sich Rindfleisch, Broccoli und eine Portion Eiereinlaufsuppe befinden. »Hast du Hunger?«

»Eigentlich nicht«, sagt sie düster. »Ich bin viel zu nervös, um zu essen.«

Ich gehe einige Schritte in den Flur meiner Wohnung und bedeute ihr mit einer Kopfbewegung, dass sie eintreten soll. »Naja, komm trotzdem rein. Wir können reden und du kannst mir erklären, warum ich diese Dokumente nicht einreichen kann.«

Nachdem Brynne eingetreten ist, schließe ich die Tür hinter ihr und gehe dann in die Küche, um die Speisen auf der Arbeitsplatte abzustellen. Ich nutze die wenigen Augenblicke dazu, um mich auf das vorzubereiten, was sie mir zu sagen hat. Da sie die Papiere nicht unterschreiben will, gehe ich davon aus, dass sie etwas von mir will – vermutlich Geld. Ich wusste, ich hätte darauf bestehen sollen, dass sie den Ehevertrag unterschreibt, ganz so, wie Dane es mir geraten hatte.

Als ich zu ihr ins Wohnzimmer komme, sehe ich, wie sie auf meinen Schreibtisch starrt, insbesondere auf meinen Computermonitor.

In der Mitte befindet sich ein Loch, das ich dort hineingeschlagen habe, nachdem sie mich vor zwei Monaten verlassen hatte. Ich habe ihn noch nicht ersetzt, hauptsächlich weil mir die Erinnerung daran gefällt, was im Leben passiert, wenn man nicht vollkommen ehrlich zu einem Menschen ist.

»Was stimmt denn nun mit den Papieren nicht?«, frage ich, den Umschlag immer noch in den Händen haltend.

Sie zuckt mit den Schultern. »Mach ihn auf und sieh selbst nach.«

Ich fange an, ungehalten zu werden, denn mir gefällt es nicht, dass sie das Ganze in ein Spielchen verwandelt, aber ich tue, worum sie mich gebeten hat. Ich öffne den Umschlag, blicke kurz hinein und bin erstaunt, nichts weiter als einen Haufen geschreddertes Papier vorzufinden.

Ich hebe ruckartig den Kopf und mir fällt die

Kinnlade herunter. Sie schenkt mir ein zaghaftes Lächeln. »Was darin stand, hat mir nicht zugesagt.«

»Also hast du die Papiere geschreddert?«, frage ich und spüre, wie das Gefühl der Hoffnung sich wieder in meiner Brust breitmacht.

»Wenn ich es zugeben muss«, sagt sie schüchtern, »es gefällt mir, mit dir verheiratet zu sein.«

Mist, mir gefällt, was ich da höre, aber mich überkommt ein überwältigendes Gefühl der Vorsicht. Ich lege den Umschlag auf einem Beistelltisch ab. »Was willst du mir damit sagen, Brynne? Ich erinnere mich nur noch daran, dass du dich von mir betrogen gefühlt hast … und das ist für einen festen Ehebund nicht gerade förderlich.«

Ihr Gesicht nimmt einen traurigen Ausdruck an und ihre Augen glänzen feucht. »Es tut mir leid, Andrew. Ja, ich habe mich betrogen gefühlt und dadurch habe ich einige schreckliche Dinge gesagt. Und um ehrlich zu sein … damals habe ich es vermutlich auch genauso gemeint. Aber der Grund dafür waren meine Wut und alle diese furchtbaren Gefühle, die ich für Jesse empfunden habe. All das hat sich in meinem Inneren vermischt und ich war nicht mehr dazu in der Lage, die Dinge differenziert zu betrachten.«

Verdammt, ich will ihr glauben. Das will ich wirklich.

Sie interpretiert mein Schweigen als die Zurückhaltung, die es tatsächlich sein soll, zu akzeptieren, was sie sagt, und fährt fort: »Du hast an diesem Tag versucht, es mir zu sagen. Du hast versucht, mir zu erklären, dass du mit Jesse rein gar nichts gemeinsam hast. Dass ich es zu diesem Zeitpunkt nicht akzeptieren konnte, zeigt nur, wie schwach ich war, aber es bedeutet nichts mehr. Und auch wenn du mir vielleicht nicht glaubst, nur kurz nachdem ich gegangen war, wusste ich bereits, dass es falsch von mir war, dich mit ihm zu vergleichen.«

»Warum sagst du mir das alles erst jetzt?«, frage ich.

»Weil mir immer noch nicht in den Kopf gehen wollte, was du getan hast und warum, obwohl ich wusste, dass du ein guter Mann bist und deine Situation eine andere war. Es hat mich verwirrt und mir das Gefühl gegeben … dir nicht zu genügen.«

»Brynne, nein!«, rufe ich. »Das stimmt nicht.«

Sie lächelt erneut, aber es dringt nicht bis zu ihren Augen vor, die jetzt voller Tränen sind. »Auch das ist meine Schwäche, nicht deine, und sie hat mich dazu gebracht, dir diesen ganzen Mist vorzuhalten. Ich war einfach so darin verstrickt. Dann habe ich angefangen zu arbeiten und meinen Job als Flucht genutzt, um zu versuchen, das alles zu vergessen, aber das hat nicht wirklich funktioniert. Ich konnte nicht aufhören, an dich zu denken, und habe jeden einzelnen, schrecklichen Gedanken angezweifelt, der mir in den Kopf kam, aber trotzdem ist mir nicht klar geworden, wie ich das alles wieder in Ordnung bringen kann.«

»Ich wünschte, ich hätte davon gewusst«, sage ich leise zu ihr. »Wir hätten miteinander reden können.«

»Du hast es doch versucht. Du hast mich so viele Male kontaktiert und ich habe dich abgewiesen. Avril hat es ebenfalls probiert, aber nach all diesem Schmerz und dem ganzen Durcheinander war ich einfach nicht mehr dazu in der Lage, mich wegen mir selbst noch furchtbarer zu fühlen, indem ich zugebe, dass ich bei allem vollkommen falschgelegen habe.«

Genau in diesem Augenblick möchte ich sie in meine Arme schließen.

Sie küssen und ihr sagen, dass sie all das loslassen muss, aber innerlich weiß ich, dass es genau das ist, was sie tut. Sie steht vor mir, öffnet mir ihr Herz und zeigt mir, dass sie es vollkommen reinmachen will.

»Was hat sich verändert?«, frage ich.

Sie lacht freudlos. »Dieser Idiot Jesse. Ich habe meine Abfindung für den zweiten Monat von ihm erhalten, habe mir den Scheck angeschaut und plötzlich gehasst, wofür er stand. Dass Jesse immer noch diese Macht über mich hat. Jedes einzelne negative Gefühl, das ich für dich empfunden habe, rührte von meinen tief verwurzelten Gefühlen für ihn. Und ich wusste einfach, dass ich es herausschneiden musste, also bin ich um zwei Uhr morgens zu seinem Haus gefahren und habe ihm den Scheck zurückgegeben.«

Ich unterdrücke ein Lachen, als ich mir vorstelle, was Jesse darüber gedacht haben muss.

»Und weißt du, was ich zu ihm gesagt habe?«, fragt sie zögernd.

»Was denn?«

»Ich habe ihm gesagt, dass ich ihm für sein Leben alles Gute wünsche«, antwortet sie atemlos. »Und ich habe es auch so gemeint, Andrew. Ich habe ihn losgelassen. Ich habe das Schlechte losgelassen und als ich mich umgedreht habe und weggegangen bin, war ich dazu in der Lage, alles ganz deutlich zu sehen. Ich habe Jesses Scheußlichkeit abgestreift und konnte danach nur noch das Gute von dir vor mir erkennen. Ich wusste, dass ich es zurückbekommen musste, also habe ich eine Tasche gepackt, bin in mein Auto gestiegen und die ganze Nacht durchgefahren, um hierherzukommen.«

Bei diesem Geständnis fällt mir die Kinnlade herunter. Weil sie Jesse vergeben hat – glaube ich – und sich von dem Negativen befreit hat, um das mit uns wieder in Ordnung zu bringen. »Aber … warum kommst du erst jetzt? Du bist doch sicher schon eher angekommen.«

»Ich bin zu Caterva gefahren, war aber zu feige, um hineinzugehen und nach dir zu fragen. Schließlich habe ich mich mit Avril getroffen. Wir haben ein gutes Gespräch geführt. Ich musste mich sowieso für all die furchtbaren Dinge entschuldigen, die ich über sie gesagt habe.«

»Sie hat mir nichts erzählt«, murmele ich ein klein wenig irritiert.

»Ich habe sie gebeten, nichts zu sagen«, erwidert sie, um Avril zu verteidigen.

Ich nicke und habe Avril bereits vergeben, dass sie es mir vorenthalten hat, und finde es respektabel, dass Brynne sie vor meinem Ärger geschützt hat. Und dennoch …

»Ich bin mir nicht sicher, was du sagen willst, Brynne. Ich verstehe nicht, ob du es ernst meinst, wenn du sagst, dass du gern meine Frau bist, und ich weiß nicht genau, was es bedeutet, dass du Jesse endlich losgelassen hast. Du musst schon deutlicher werden.«

Mein Herz hämmert, als Brynne das Zimmer durchquert und ihre Handtasche ohne einen weiteren Gedanken zu Boden fallen lässt. Als sie vor mir steht, ergreift sie meine Hände. Das Gefühl ihrer Hände lässt mir ein klein wenig schwindelig werden. »Du möchtest, dass ich deutlicher werde?«

Ich nicke.

»Ich liebe dich, Andrew. Ich habe nie damit aufgehört. Ich hoffe, du hast auch nie aufgehört, mich zu lieben, aber wenn doch, hätte ich gern eine Chance, um deine Liebe zurückzugewinnen. Du hast mir einmal etwas gesagt … du sagtest, dass ich mein Herz kennen würde und darauf hören sollte. Und du hast recht. Während dieser ganzen Zeit hat es mit mir gesprochen, auch wenn mein Kopf ihm in die Quere gekommen ist. Und ich bin hier, weil mein Herz mir sagt, dass wir beide zusammengehören, und ich diese Beziehung wieder in

Ordnung bringen will.«

Reflexartig drücken meine Hände die ihren, trotzdem ist mein Lächeln zurückhaltend. »Ich glaube dir. Und du hast ja keine Ahnung, wie froh ich darüber bin, dich diese Dinge sagen zu hören. Aber abgesehen von allem, was du mir soeben erzählt hast, hattest du ebenfalls eine sehr heftige Meinung über das, was ich mit Avril und Dane getan habe.«

»Ja«, haucht sie. »Die hatte ich.«

»Wenn ich damals, als ich mich auf eine sexuelle Beziehung mit den beiden eingelassen habe, gewusst hätte, dass ich dich eines Tages treffen und es dich verletzen und meine Chancen bei dir zunichtemachen würde, hätte ich Nein zu ihnen gesagt. Ich hätte dich Dane und Avril vorgezogen, jedes Mal. Für immer.«

Ihr Lächeln ist dünn. »Ich würde nichts an dir ändern, Andrew. Oder an deiner Vergangenheit.«

»Ich bin froh, dass du das sagst«, entgegne ich aufrichtig. »Denn auch, wenn ich es in diesem Fall selbstverständlich ausnutzen würde zu wissen, wie sich meine Vergangenheit auf meine Zukunft auswirkt, werde ich dennoch niemals bereuen, was ich mit den beiden getan habe – nicht einmal deinetwegen. Es ist ein Teil von mir. Es ist eine Erfahrung, die ich immer schätzen werde, auch wenn sie weder konventionell noch dauerhaft aufrechtzuerhalten war. Sie hat einen Platz in meinem Herzen und das lasse ich mir nicht nehmen … selbst wenn es eine Zukunft mir dir unmöglich machen würde.«

»Das würde ich niemals von dir verlangen«, sagt sie und drückt meine Hände. Sie beugt sich nach vorn, hebt ihr Kinn und blickt mir tief in die Augen. »Es war falsch von mir, dich deswegen zu verurteilen. Falsch, dich einen Freak zu nennen. Ich bin in mich gegangen, Andrew, und ich habe erkannt, dass das, was du mit Avril und Dane hattest, aus Liebe und Respekt entstanden ist. Es war nicht nur dazu gedacht, Befriedigung zu erfahren, und du hast es ebenfalls nicht für den Adrenalinrausch getan. Ich weiß auch, dass du während dieser Erfahrung Zeuge von etwas Wunderbarem geworden bist – du hast gesehen, wie deine beiden besten Freunde sich ineinander verliebt haben. Ich glaube dir, wenn du sagst, dass es eine wichtige Erfahrung für dich ist, und ich werde dir das niemals wegnehmen. Das schwöre ich dir. Und wenn du meinen Worten nicht glaubst, dann wirst du mir einfach die Zeit geben müssen, es dir zu beweisen. Irgendwann werde ich dir schon zeigen, dass es niemals zwischen uns und den Gefühlen stehen wird, die wir füreinander haben. Ich werde dich dazu bringen, mir in dieser Angelegenheit wieder zu vertrauen.«

Und das … das war es, was ich hören musste. Dieses letzte kleine Stückchen, das gedroht hatte, mich für immer von Brynne wegzutreiben. Es war ein Teil von mir, den ich niemals aufgeben könnte, weil das, was ich mit Avril und Dane erlebt habe, einen Einfluss auf den Mann hatte, der ich heute bin. Und der Mann, der ich heute bin, liebt Brynne so viel mehr, weil ich mit den beiden etwas so Wunderbares erlebt habe.

Allein die Tatsache, dass sie es erkannt und mir die Möglichkeit gegeben hat, an diesen Erinnerungen straffrei festzuhalten, ist mehr, als ich jemals dachte, von ihr bekommen zu können.

Der Drang, sie zu küssen, ist übermächtig und ich war noch nie jemand, der sich selbst die Lust verboten hat. Ich ziehe sie an mich und drücke meine Lippen fest auf ihre. Brynne schlingt ihre Arme um meinen Hals, drückt sich an mich und erwidert meinen Kuss wie eine Frau, die bis über beide Ohren verliebt ist und gerade herausgefunden hat, dass diese Liebe von ihrem Mann erwidert wird.

Ohne Vorbehalte.

»Sag, dass du mir verzeihst«, murmelt sie in meinen Mund. Ich sauge diese Worte ein und lege meine Hände auf ihren Hintern, um sie noch näher an mich zu ziehen.

»Ich verzeihe dir, Brynne«, sage ich leise, während ich mit meinem Mund an ihrem Hals entlangwandere. Sie stöhnt und mein Schwanz verhärtet sich an ihrem Bauch.

»Sag, dass du mich liebst«, flüstert sie und ihre Stimme stockt ein wenig, als ich sie in die zarte Haut direkt über dem Schlüsselbein beiße.

»Ich liebe dich. Meine Frau.«

Sie lacht. »Das gefällt mir.«

Ich hebe den Kopf und frage feierlich: »Willst du mich heiraten? Ich meine, ich möchte, dass es echt ist.«

Sie schüttelt den Kopf, aber bevor sich das Gefühl der Enttäuschung in meinem Magen ausbreiten kann, lächelt sie mich bereits freudestrahlend an. »Wir sind schon echt verheiratet. Und davon einmal abgesehen … hatte ich den großartigsten Hochzeitstag und die wunderbarste Hochzeitsnacht, die sich eine Frau jemals wünschen kann. Ich würde rein gar nichts ändern, es sei denn, du möchtest immer noch einen Ehevertrag aufsetzen. Den unterschreibe ich.«

Ich hebe meine Hand und gebe ihr zur Strafe einen schmerzhaften Klaps auf den Hintern. Sie kreischt auf und drückt ihre Hüfte an mich, was meinen Schwanz nur noch härter werden lässt.

»Wenn ich noch einmal höre, wie du diesen Ehevertrag erwähnst, werde ich dir gründlich den Arsch versohlen, hast du mich verstanden?« Ich funkle sie an, damit ihr klar wird, dass ich nie wieder darüber sprechen will.

Sie grinst mich nur schelmisch an, was mir sagt, dass ihr dieser Klaps sehr gut gefallen hat. »Wir werden sehen.«

»Ja, das werden wir«, murmele ich, bevor ich sie mit meinem Kuss vereinnahme.

EPILOG

Brynne

D IE TÜR ÖFFNET sich und Andrew ruft: »Schatz …
ich bin zu Hause!«

Meine Muschi zieht sich vor Verlangen zusammen.
Andrew war vier Tage lang auf Geschäftsreise an der
Ostküste und ich habe ihn schrecklich vermisst.

Es war nicht schwer, mich in meinem neuen Leben
mit ihm zurechtzufinden. Ich habe in meinem Job eine
Kündigungsfrist von zwei Wochen erfüllen müssen und
mein Chef hat mir alles Gute gewünscht und exzellente
Referenzen versprochen, wenn ich mich dauerhaft in Las
Vegas niederlasse. Ich bin nun schon seit fast einem
Monat hier, habe mich aber noch nicht um eine neue
Stelle beworben, weil ich in Nevada immer noch auf
meine Zulassung als Zahnärztin warte. Es war ein
Albtraum, alle Unterlagen zusammenzusuchen, die die
Behörden benötigen, und viele von ihnen haben
beglaubigt werden müssen, aber ich hoffe, dass die neue
Lizenz nicht mehr lange auf sich warten lassen wird.

Ich habe mich jedoch immer noch nicht entschieden, was ich mit besagter Lizenz anfangen will. Ich bin mir sicher, dass ich mit Leichtigkeit einen Job finden könnte, aber Andrew möchte, dass ich darüber nachdenke, ob ich nicht meine eigene Praxis eröffnen will. Er weiß, wie sehr mir diese Herausforderung gefallen hat, und sagt, dass ich im Herzen eine Unternehmerin bin. Er hat mir angeboten, die Praxis für mich zu finanzieren, aber ich weiß nicht, was ich davon halten soll.

Ich meine, ich weiß, dass ich seine Frau bin und gar nicht weiter darüber nachdenken sollte, aber trotzdem … es könnte sein, dass ich noch ein wenig mehr überzeugt werden muss.

Aber davon abgesehen kann ich auch bis später warten, um mich mit ihm darüber zu unterhalten. Ich meine, wir werden den Rest unseres Lebens miteinander verbringen und genau jetzt drehen sich meine Gedanken nur darum, Sex mit meinem Mann zu haben, den ich schon seit einigen Tagen nicht mehr gesehen habe.

Ich habe ebenfalls etwas vorbereitet, das ihn verrückt machen wird, und kann es nicht erwarten, damit anzufangen.

»Im Schlafzimmer, Baby!«, rufe ich mit einem sexy Schnurren.

Es folgt ein Knall und dann ein Fluch von Andrew. Als er um die Ecke des Schlafzimmers biegt, hat er bereits sein Hemd ausgezogen und nestelt an seiner Gürtelschnalle.

Er blickt mich an und stöhnt, als er sieht, was ich in der Hand halte.

»Meine Güte, Brynne«, murmelt er und blickt dorthin, wo ich mich vollkommen nackt auf dem Bett räkele. Er nickt zu dem Objekt, das flach auf meiner Hand liegt, die ich ihm hinstrecke. »Bist du bereit dafür?«

»Ich habe geübt«, antworte ich schelmisch und werfe den schweren Glasstöpsel, den ich in der Hand gehalten habe, aufs Bett. Er ist wesentlich dicker und länger als alles andere, was er zuvor bei mir benutzt hat, aber ich weiß, dass es ihn zum Tier machen würde, wenn ich ihm mitteile, dass ich dieses Ding bereits in seiner Abwesenheit an mir selbst ausprobiert habe.

Als Belohnung verdunkeln sich seine Augen und sein Schwanz schwillt unter dem Jeansstoff rasch an. Seine Stimme ist belegt und rau, als er fragt: »Du hast dieses Ding in deinen Hintern eingeführt? Ganz alleine?«

»Es war unangenehm«, gebe ich zu, aber ich weiß, dass ihn das nur noch schärfer machen wird. »Und ich musste mich ziemlich verbiegen. Aber ja … ich habe es getan.«

»Brynne«, murmelt er mit so viel brennender Lust in der Stimme, dass ich sofort tropfnass zwischen den Beinen werde. »Ich bin mir nicht sicher, ob ich den Gedanken daran aushalten kann, dass du ihn dir selbst eingeführt hast.«

»Wie wäre es stattdessen, wenn du ihn mir

einführst?«, frage ich grinsend und schiebe den Stöpsel in seine Richtung. Er nimmt ihn flink auf und begutachtet die Größe.

»Mein Schwanz ist nicht viel dicker als dieses Ding. Schon bald wirst du bereit für mich sein.«

»Heute Abend«, teile ich ihm mit einem schelmischen Zwinkern mit. »Heute Abend werde ich für dich bereit sein.«

»Oh Gott …« Stöhnend beugt er sich über das Bett, um mich zu küssen. Als er sich zurückzieht, fragt er: »Wo ist das Gleitmittel?«

Ich hatte es bereits neben mich gelegt, also nehme ich es nur noch in die Hand und reiche es an ihn weiter.

»Scheiße, Scheiße, Scheiße«, ruft er aus, als wären soeben alle seine Gebete erhört worden. Dann befiehlt er mir: »Geh auf alle viere, Baby!«

Mir jagt ein Schauer den Rücken herunter und ich zögere, ihm zu gehorchen. Es gefällt mir, wenn Andrew die Kontrolle übernimmt, was meistens der Fall ist, wenn wir miteinander im Bett sind. An seiner Seite bin ich immer probierfreudiger geworden und möchte ihm immerzu zeigen, dass ich seine perverse Seite bewundere und liebe. Tatsächlich gibt es nichts, was ich nicht für ihn tun würde, wenn er mich darum bäte, und ich habe bereits zugelassen, dass er einige schmutzige Dinge mit mir anstellt. Ich habe mich nach und nach auf Analsex vorbereitet, nicht weil es ihm gefällt, sondern weil ich weiß, dass es mir ebenfalls Spaß machen wird.

Ich erschaudere, als ich höre, wie er die Tube Gleitmittel öffnet, und stöhne, als er meine Pobacken auseinander drückt. Die kühle Flüssigkeit berührt meine empfindliche Haut und er zögert keine Sekunde. Er murmelt zärtliche Worte, als er die Spitze des Stöpsels an meinem Loch platziert und anfängt, das dicke Glasobjekt in mich hineinzudrücken. Ich dehne mich, brenne und passe mich an, während ich vor Lust aufstöhne, als der Stöpsel meinen engen Muskel überwindet und schwer in mir verschwindet.

»Oh Mann, das ist scharf«, sagt er und reibt mit seiner Hand über meinen mit Gänsehaut überzogenen Hintern.

»Baby?«, frage ich heiser.

»Ja?«

»Ich würde gern diese Sache mit dem Ehevertrag noch einmal ansprechen«, sage ich mit einem düsteren Lachen.

Ich werde von dem knallenden Geräusch seiner Hand belohnt, die mit Wucht ihren Weg auf meine Arschbacke findet und den Stöpsel in mir bewegt. Von der Lust und dem Schmerz gleichermaßen erregt schreie ich auf und stachele ihn weiter an, indem ich schamlos meine Beine spreize.

Ich blicke ihn über die Schulter hinweg an und sage: »Ich will dein Geld nicht, deswegen finde ich es nur gerecht, einen Ehevertrag zu unterzeichnen.«

Ich mache mich bereit und werde mit einem

weiteren festen Schlag belohnt, dieses Mal mit der offenen Handfläche auf meine Muschi. Sogar als ich vor Schmerzen aufschreie, zuckt meine Klitoris und mein Bauch zieht sich zusammen.

»Meine Güte, Brynne«, sagt Andrew verwundert, als er seine Finger auf die warme Stelle legt, der er soeben einen Schlag verpasst hat. »Du bist total feucht.«

Andrew führt zwei Finger in mich ein und schlägt mir dann noch einmal auf den Hintern. Meine Muschi zieht sich um seine Finger zusammen und als ich höre, wie er den Reißverschluss seiner Hose öffnet, fange ich an, stockend zu atmen.

Er drückt seine dicke Schwanzspitze an meinen Eingang, während er mit den Handflächen meine Arschbacken massiert. Das wiederum bewegt den Analstöpsel in meinem engen Loch vor und zurück. Das Gefühl ist einfach überwältigend. Als er sich in meine feuchte Muschi schiebt, zerbreche ich unter einem brutalen Orgasmus, der uns beide unvorbereitet trifft.

»Du bist verdammt noch mal die schärfste Frau, die ich jemals gesehen habe«, knurrt er, als er anfängt, in mich hineinzustoßen.

Andrew ächzt und flucht, und ich versuche, mich auf die Zuckungen der orgastischen Lust zu konzentrieren, die von der Art und Weise, wie er seinen Schwanz in mich hinein rammt, nur noch verstärkt werden.

Als er ihn herauszieht, ist das Gefühl furchtbar und ich schreie auf: »Nein!«

»Ganz ruhig«, sagt er und legt seine warme Handfläche auf mein Steißbein. »Halt still.«

Ich senke den Kopf und sehe verschwommen auf die Decke, die Andrew mich hat kaufen lassen, weil ich das monochrome Grau, das er ausgesucht hat, nicht leiden konnte.

Und dann zieht er den Stöpsel aus meinem Hintern und ich wimmere, weil er es nicht langsam tut.

Mir entfährt ein so tiefes und kehliges Stöhnen, dass ich mich beinahe schon schäme, als er seinen Schwanz in mich hineinschiebt, um den Stöpsel zu ersetzen. Er geht dabei langsam vor, aber nicht weil er Angst hat, dass ich ihn nicht aufnehmen könnte – denn das kann ich –, sondern weil er jede Bewegung dessen genießt, wie sein Schwanz einen Ort meines Körpers erobert, den noch nie jemand anderes betreten hat.

Nachdem er sich vollständig in mich hineingeschoben hat, krümmt er seinen gesamten Körper über meinen Rücken, schlingt einen Arm um meine Taille und hält mich fest.

»Brynne ... du fühlst dich so gut an«, murmelt er an meinem Nacken. »Danke, dass du mir dieses Geschenk machst.«

»Ich liebe dich«, ist alles, was ich antworten kann, denn das ist der Grund dafür, warum ich es getan habe.

Es ist der Grund, warum ich mir die Zeit genommen habe, mich auf ihn vorzubereiten. Damit er etwas haben kann, das nur ihm ganz allein gehört.

»Ich liebe dich auch«, flüstert er, als er anfängt, sich in mir zu bewegen. »Es ist wunderbarer als alles, was ich jemals zuvor erlebt habe.«

Und ich empfinde ganz genauso.

~ Ende ~

Finden Sie heraus, welche sexy Verlockungen das Wicked Horse Vegas zu bieten hat!

sawyerbennett.com/bookstore/wicked-horse-vegas-die-serie-auf-deutsch

Biografie

Seit der Veröffentlichung ihres ersten modernen Liebesromans »Off Sides« im Januar 2013 hat Sawyer Bennett viele weitere Bücher herausgebracht, von denen ein Großteil auf den Bestsellerlisten der New York Times, USA Today und des Wall Street Journals zu finden war.

Als reformierte Strafverteidigerin aus North Carolina bedient Sawyer sich Erfahrungen des Alltags, um ansprechende Geschichten zu schreiben, mit denen ihre Leserinnen und Leser sich identifizieren können. Angefangen bei New Adult Literatur bis hin zu erotischen Liebesromanen schreibt Sawyer Bücher für fast jeden Geschmack.

Sawyer mag ihre Bloody Marys stark und ihre Martinis schmutzig; ihre Helden sind in der Regel eine Kombination aus beidem. Wenn Sawyer nicht gerade fiktive Liebesgeschichten zum Leben erweckt, arbeitet sie als Chauffeurin, Frisörin, Köchin, Putzfrau und persönliche Assistentin für ihre äußerst aktive Tochter und als Vollzeitbedienstete für ihre bezaubernd frechen Hunde. Sie glaubt an das Gute im Menschen und dass ein schlechter Tag mit einem Besuch im Fitnessstudio und einem Stück Kuchen gerettet werden kann – oder am besten mit beidem.

Sawyer beschäftigt sich ebenfalls mit den Bereichen allgemeine Belletristik und Frauenliteratur unter dem Pseudonym S. Bennett. Außerdem veröffentlicht sie herzige Liebesromane unter dem Namen Juliette Poe.

Besuchen Sie Sawyer im Netz!

sawyerbennett.com

twitter.com/bennettbooks

facebook.com/bennettbooks

Bücher von Sawyer Bennett

Wicked Horse Vegas – Die Serie:
Sündhafter Gefallen (Buch Eins)
Sündhaftes Begehren (Buch Zwei)
Sündhafte Eifersucht (Buch Drei)
Sündhafte Vermählung (Buch Vier)
Sündhafte Entscheidung (Buch Fünf)
(ab Ende April 2019 erhältlich)

Affären vor Gericht – Die Serie:
Affären vor Gericht: Die Geschichte von McKayla (Buch Eins)
(ab Ende März 2019 erhältlich)

The Wicked Horse – Die Serie:
Wicked Fall (Buch 1)
Wicked Lust (Buch 2)
Wicked Need (Buch 3)
Wicked Ride (Buch 4)
Wicked Bond (Buch 5)
(ab Anfang April 2019 erhältlich)

**Und auch die folgenden Bücher von Sawyer Bennett werden
in Kürze auf Deutsch erhältlich sein:**

Aus der Reihe »Wicked Horse Vegas«:
Wicked Knight (Buch 5)

Aus der Reihe »Affären vor Gericht«:
Confessions of a Litigation God (Buch 2)
Clash (Buch 3)
Grind (Buch 4)
Yield (Buch 5)
Sexy Lies and Rock & Roll (Buch 6)
The Pecker Briefs (Buch 7)